죽지 않을 이유가 필요해

죽지 않을 이유가
필요해

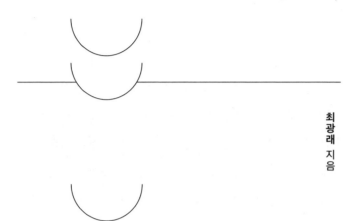

최광래 지음

모두 그만두고 싶은 순간,
살기 위해 찾아낸
죽지 않을 이유 100가지

컨셉진

이 글을 쓰게 된 계기는 너무나도 사소하고, 어쩌면 우스울 정도로 단순했다. 모든 것이 무의미하게 느껴지던 시기, 더 이상 할 것도, 바랄 것도 없다고 생각하던 때가 있었다. 어떤 의미도 찾을 수 없을 것 같았고, 그저 사라진다는 생각조차 사치처럼 여겨졌다. 부모님은 나를 안쓰럽게 바라보면서도 건들지 못했고, 친구들의 위로는 오히려 내 편에서 거절했다. 살아야 할 이유를 전혀 찾지 못했으니까.

그런 내가 글을 쓰기 시작했다. 무언가를 적는다는 것, 그것이 내게 살아갈 이유가 되어줄지도 모른다는 생각이 들었기 때문이다. 다른 어떤 것도 할 수 없을 것 같은 무력감 속에서, 그나마 글쓰기는 나에게 남은 기력으로 할 수 있는 일이었다. 하루에 한 끼조차 제대로 먹지 못하던 그 시기에, 내 손으로 남길 수 있는 유일한 흔적이 바로 글쓰기였다.

100일 동안 글을 쓰기로 한 것은, 그저 무언가를 남기기 위함이었다. 하지만 여기에는 그 이상의 의미가 있었다. 과거 100일을 무사히 넘긴 아이들이 살아갈 수 있다고 믿었던 것처럼, 나도 이 100일 동안 글을 쓰며 삶을 이어갈 수 있을지 모른다는 작은 희망을 품었다.

여기에 적은 것은 한 사람의 작은 몸부림일 수도, 누군가의 삶에 대한 작은 관찰기일 수도 있다. 나는 이 글이 독자들에게 어떤 의미로 받아들여질지 예상할 수 없다. 하지만 이 글을 통해 분명해진 한 가지는, 어쨌든 나는 이 글을 완성했고, 살아가고 있다는 것이다. 그리고 이 글을 읽는 당신에게도 그 사실만이 유효할 것이다.

죽지 않을 이유 100가지를 찾아 써 내려간 100일은 특별하지 않았다. 그저 평범하고, 대단할 것 없는 일상의 연속이었다. 이 평범한 날들이 당신이 이미 겪었거나, 또는 앞으로 겪을 수도 있는 날들의 기록이 되기를 바란다. 이 이야기가 당신에게도 죽지 않을 이유로 다가가기를 희망한다.

차례

'죽고 싶다'는 생각이 진심이 된 순간 밥맛을 잃었다. 이전엔 그토록 좋아했던 양념치킨을 손에 대지 않게 된 것이다. 끼니를 거르는 일이 잦았고 여차하면 하루 종일 아무것도 먹지 않곤 했다. 그러다 정말 배가 고플 때면 눈에 보이는 것을 입에 쑤셔 넣었다. 그 행위는 절대 식사가 아니었다. 그냥 허기를 달래는 식욕의 밑바닥이었다.

그렇게 14kg이 빠졌다. 다이어트가 아닌 그저 굶은 결과는 핼쑥해진 얼굴과 푸석한 피부, 그리고 점점 빠져가는 머리였다. '죽고 싶다'는 생각처럼 나는 천천히 죽어가고 있었다. TV에서만 보던 공황 장애와 우울증이 내 이야기가 됐다.

병원에 갔다. 죽지 않을 이유를 생각해 보라는 선생님의 권유가 있었다. 생각해 보면, 죽고 싶은 이유는 참 많았다. 최종 면접에서 세 번 연속 탈락해서, 친한 친구와 싸워서, 20대 후반이 되어서도 부모님께 용돈을 받아야 해서, 사랑하던 사람에게 지겹다며 이별을 통보받아서…. 이런 거창한 이유로 시작된 죽음은 라면 물을 못 맞춰서, 커피가 뜨거워서, 아침 해가 너무 밝아서, 이불이 잘 개어지지 않아서, 캔 음료 뚜껑이 잘 안 따져서처럼 사소한 것들로 확장되었다. 어제는 그냥 핸드폰 알람이 켜졌다는 이유만으로도 죽고 싶었다.

그래, 죽지 않을 이유를 생각해 보자. 아직은 잘 떠오르지 않는다. 그래도 일단 100일간 글을 적어야 하니 죽지 않아야 한다. 100일간 사소하게, 처절하게, 볼품없는 이유들을 찾아보려 한다.

오늘의 죽지 않을 이유

100일간 글을 적어야 해서.

"지금까지 최광래였습니다."

발표 끝에 항상 쓰는 맺음말이다. 시간을 내줘 감사하다고, 일방적인 소통인 발표를 참아준 청중들께 드리는 마지막 예의다. 그래서 어떤 주제든 내 이름 세 글자를 걸고 발표를 한다.

콘텐츠를 다루다 보면 비슷한 아이디어를 많이 보게 된다. 그렇기에 누가 만들었는지, 어떤 브랜드가 말하는 것인지를 더 눈여겨보게 된다. 콘텐츠의 내용과 종류보다 중요한 건 누가 만드는지가 아닐까? 마찬가지로 강의도 내용만큼이나 '누가 말하는지'가 중요하다. 주제는 대체할 수 있지만, 발언자는 대체할 수 없기 때문이다. 점 하나 찍는 것으로 예술이 되었다고 욕먹었던 현대미술이 그렇지 않았을까. 비슷한 아이디어라고 저작권 싸움을 하던 광고가 그렇지 않았을까. 같은 주제라도 저마다 다르게 느껴지는 수많은 책이 그렇지 않았을까.

배운 게 도둑질이라 공모전을 주제로 가끔 강연을 가곤 한다. 대학교에 가기도, 다른 곳에 초청받아 가기도 하지만, 강연하러 가장 많이 방문하는 곳은 바로 내가 활동했던 동아리다. 강연에서는 공모전을 처음 접하는 사람들에게 필요한 것들을 알려준다. 그래서 기술을 말하기도 하고 지식을 말하기도 한다. 그렇지만 오늘만큼은 다른 것들을 이야기하고 싶었다.

그래서 이번에는 공모전 이야기를 짧게 줄이고 '내 이야기'를 나눴다. 공모전에 막무가내로 매달리던 내 집착에 관해, 그리고 아팠던 시간들에 대해. 그렇게 아프게 배웠음에도 불구하고 여전히 조금은 헤매고 있는 지금에 대해.

강연이 끝나고 돌아가는 기차에 바삐 몸을 실었다. 몇 번씩 알람이 울린 휴대폰 속에는 '나라는 사람의 이야기'에 대한 감사 인사가 도착해 있었다. 좁은 좌석에 앉아 불편했던 몸을 뒤척인 뒤에야 겨우 잠이 들 수 있었고, 잠이 들고 나서야 진정으로 말할 수 있었다. "지금까지 최광래였습니다"라고.

오늘의 죽지 않을 이유

'나'라서 감사하다는 말을 들어서.

좋아서 하는 일이다.

'음식은 전라도가 맛있지'라는 선입견이 있다. 하지만 어머니가 자식에게 보내는 반찬에는 지역의 차이가 없다. 어떤 음식이든 항상 맛있었던 것이다. 마음이 담겨서 그렇다는 말은 진부한 표현이겠지만, 이토록 진부해도 부정당하지 않은 것을 보니 어쩌면 진리일지도 모른다. 회사에서 동료들과 반찬을 나눠서 함께 밥을 먹다 보면 '내가 원래 고구마 줄기를 좋아했었나? 매실장아찌나 깻잎김치를 좋아했었나?' 싶은 생각이 든다. 나는 고기반찬이 아니면 투정을 부리던 아이였는데, 이곳에서 먹는 반찬들은 어찌 그렇게도 많은 밥을 훔쳐 가는 걸까.

"짜잔, 오늘은 칠첩반상을 준비했어요."

그렇게 좋아하지는 않았던 호박 나물, 멸치볶음이 가득하다. 정성이 담겨있으니 왠지 먹어보고 싶었고, 먹어보니 실제로 맛있기까지 하다. 어쩌면 나는 그 반찬들을 좋아하고 있었는데 좋아하려고 하지 않았던 건 아닐까 싶은 생각도 불현듯 스쳤다.

깻잎의 쌉싸래한 맛 뒤에 찾아오는 상쾌한 느낌과 짭짤한 간장의 기운, 말캉한 식감 뒤에 찾아오는 달콤하고 고소한 애호박의 잔향을 나는 좋아하려 한 적이 있었나. 이 반찬을 대했던 것처럼, 어쩌면 죽고 싶은 우울함에 대해서만 생각하면서 집에 오는 길에 마주한 공기의 상쾌함과 오늘 하루 몸을 뉠 침대의 푹신함은 알아채지 못했다.

반찬을 나눠주는 동료들을 보며 생각했다. 이 반찬들은 각자가 받은 사랑을 나누는 일이라고. 그 사랑의 뿌리가 된 어머니의 마음을 생각하면서도, 자신이 독점했을 사랑을 나눠주는 동료의 따뜻한 마음이 계속 맴돌았다.

오늘의 죽지 않을 이유
──────────────────────────────
반찬을 나눠 먹는 동료들이 있어서.
──────────────────────────────

어머니는 백화점에서 식기와 도자기를 판매하신다. 손님이
오면 응대를 하고 포장을 하고 흥정을 막는 일이 주된 업무다.
어제는 어떤 할머니 한 분이 오셔서 물끄러미 화병을 쳐다보고
계셨다고 한다. 그러던 중 이내 자세가 불편하신지 다리를 들
었다 놨다 하는 모습을 보이셨고, 어머니는 직감적으로 '신발
에 이물질이 꼈나?' 생각했다고 한다.

절뚝이며 걸음을 옮기려는 할머니를 붙잡아, 기어코 어머니
는 신발 밑창을 살폈다. 밑창 틈 사이를 파고든 작은 돌멩이 여
러 개가 할머니의 전정기관이 감당하기 힘든 불균형을 만들어
낸 것이었다. 어머니는 30분 가까이 낑낑대며 신발 밑창을 정
리해 주었고 할머니는 30만 원이 넘는 화병을 일시불로 구매
하셨다. 원래 화병을 사러 오신 거냐는 어머니의 물음에 그냥
그렇다고 말하시고는 포장도 대충 해 떠났다고 한다.

우리 어머니는 그런 분이셨다. 굳이 상대가 바라지 않아도 해주고 마는 분. 손이 커서 요리를 해도 넉넉히 해 주변에 나눠주는 분이셨고, 김치 하나를 담가도 고모와 삼촌들을 불러 보쌈을 먹이는 분이셨다. 나도 그런 어머니를 닮아 베푸는 것을 좋아하는 사람이지만, 상대를 생각하는 법은 잘 몰랐다. 그냥 현금을 주거나 카드를 쥐여주는 것으로 선물을 때우는 게 편했고, 맹목적인 응원으로 '파이팅'을 외치는 게 편했다. 연인에게도 그냥 사랑을 퍼붓는 것만을 만능으로 생각했다. 적어도 내게 있어 베푼다는 것은 상대가 필요로 하는 것을 주는 게 아니라, 내가 주고 싶은 것들을 막무가내로 건네는 일이었다. '주제넘게 아무 일에나 참견하다'라는 말뜻처럼 나의 배려는 사실 '오지랖'이었다.

지금 회사에서 맡고 있는 조직 관리 업무는 여기저기 참견하기 좋아하는 내게 참 잘 맞는 일이다. 조직에는 응원도, 피드백도 필요한 법이니까. 나의 오지랖은 다행히도 조직의 필요속에서 빛나는 배려가 될 수 있었다.

오늘은 천천히 조금씩 필요한 것들을 찾아봤다. 항상 큰 단위의 전략만 짜다가 실무와 운영을 진행해 보니 새롭게 보이는 어려움이 있었다. 그래서 조금은 필요에 맞춰 피드백과 응원을 보내봤다. 몇 번은 성공하고 몇 번은 실패한 것 같다.

이전엔 실패하면 어제를 후회하기만 했는데, 상대가 필요한 것을 주는 배려의 즐거움을 조금이나마 맛본 이후로는 달라졌다. 오늘의 실패는 아쉽지만, 내일은 더 잘할 수 있을 것이라는 자신감이 생긴다. 내가 좋아하는 것들을 다른 사람들도 좋아할 수 있도록 만들어 준 필요들에 감사를 전한다. 필요한 것들이라 무척이나 다행이었다고.

오늘의 죽지 않을 이유

내일은 조금 더 배려해 보고 싶어서.

연말 시즌의 광고회사는 바쁘다. 어느 회사나 바쁜 건 마찬가지겠지만, 특히 광고회사의 경우 새로운 수주 계약과 먹거리를 고민해야 하기 때문이다. 그렇게 이번 주는 매일 야근으로 보내고 있다. 막차를 타고 집에 돌아오면 열두 시가 넘는다. 조심히 현관을 열어야 한다. 거실에서 주무시는 부모님의 습관 때문이다. 살금살금 발걸음을 옮겨 화장실로 들어간다. 최대한 조용히 씻고 나왔는데도, 아뿔싸! 어느새 내가 온 것을 알아챈 어머니와 아버지는 게슴츠레 눈을 뜨고 있기 일쑤다.

오늘은 조금 일찍 집에 왔다. 식탁 위에 올려진 롤케이크를 보며, 누가 사 왔나 확인했다.

"앞집에서 공사 중이라 미안하다고 두고 갔더라."

조심스레 두고 간 롤케이크에서 '앞으로 잘 부탁한다'는 마음이 느껴졌다. 당연한 권리로 이어질 수 있는 바닥 공사에도 주변인에게 미안해할 수 있는 그런 사람이라고 생각했다. 이웃이 남기고 간 롤케이크에는 왠지 모를 친근함이 묻어있었다.

얼마 전 회사에서 신입 채용을 진행했다. 신입사원 신 님(가명)은 언제나 조용하다. 아직 적응 중이라 그런지 모른다. 때때로 말을 걸기도 하고 이야기를 나누기도 하지만, 사람마다 소통 스타일이 다르니 그녀의 방식을 존중할 것이다. 우리 회사에서는 매번 신입사원이 입사하면 환영 짤을 만들어 주는데, 이번에는 그녀의 환영을 너무 자연스레 잊었다. 워크숍이 문제였을까. 변혁의 시기에 주위를 둘러보지 못한 탓이었을까. 늦었지만 조심히 그녀의 자리에 환영 짤을 만들어 붙여두었다. 모니터에 작게 남은 테이프 자국에 우리의 반가움을 담았다. 그 마음이 잘 묻었을까. 잘 묻었길 바란다.

묻은 것들을 생각하며 블로그를 되돌아봤다. 언젠가 묻은 것에 대해서 글을 쓴 적이 있었다. 모른 채 묻은 것에 관한 이야기. 어떤 외로움에 쌓여 허정허정 들어온 집 앞에서 거울에 비친 내 앞섶을 봤다. 아까 먹은 감자탕이 묻은 흰 도화지. 묻었는지도 모른 채 있었구나. 내 외로움은 이거면 됐다는 생각이 들었다. 맵고 짠 국물 같은 것 말이다.

내가 죽음을 생각하게 된 이유는 행복이 보이지 않아서였다. 사랑, 우정, 진실 같은 중요한 가치들은 눈에 보이지 않는다. 만질 수도 없고 들리지도 않는다. 누구는 사랑 때문에 살기도 한다지만, 내 손에 만져지지도 않는 감정으로 죽음을 막을 수는 없었다. 김초엽 작가가 그려낸 상상 속 '감정의 물성'*처럼 차라리 감정을 손에 쥔 채 그저 바라보고 싶었다. 때로는 어떤 것들은 존재를 확인하는 것만으로 위로가 되곤 하니까.

감자탕 국물, 아들의 퇴근, 그리고 이웃의 배려심까지…. 묻어있을 것들은 아무리 피하더라도 묻어있게 되더라. 맛있던 감자탕의 기억을 발견하고, 안전하게 귀가한 아들을 알아차리고, 앞으로 살아갈 이웃에 대한 설렘을 만들어 간 것처럼 사랑 같은 중요한 것들을 발견하는 순간을 기다리게 된 것이다.

얼룩은 여전히 묻어있겠지. 알아채지 못할 만큼 작게. 혹시

---

* 김초엽, 《우리가 빛의 속도로 갈 수 없다면》, 허블, 2019.

내가 빨래를 해버려서 지워질 수도 있지만, '아직 발견하지 못한 것뿐이지, 존재하지 않는 건 아닐 테니까'라는 믿음이 있다. 오늘만큼은 남들이 말하는 그 가치를 나도 기대하며 잠드는 것이다.

오늘의 죽지 않을 이유

내가 가진 좋은 것들을 발견할 수 있을까 싶어서.

며칠을 일 생각으로 보냈다. 자기 전까지 일 생각을 하다가, 깨어나서도 일 생각뿐이었다. 하루는 일부러 알람을 맞추지 않았다. 잠에 들면 생각을 멈출 수 있을 테니까. 일 생각이 싫은 건 아니다. 오히려 좋다. 살아있다는 느낌도 들고, 사실 재밌는 부분이 더 많다. 그저 '휴식'이라는 단어에 충실해야 하는 건 아닐까?'라는 생각으로 일을 분리하려 했었다.

무작정 나쁘다고 생각했다. 일을 분리하지 못하는 내 성격에 대해서. "온전히 쉬는 순간이 필요하다"라는 어느 문장에서 비롯된 편견은 잘 알지도 못하는 '온전히'라는 수식어에 나의 행동을 담았다. 벗어나려 하면 자꾸 잘라내고 꺾어대면서 존재의 유무조차 알 수 없는 '온전한 휴식'을 추구했던 것이다.

"아무것도 하지 않고 쉬고 싶다."

정말 바쁠 때면 불현듯 생각난다. 그리고 상상했었다. 정말 아무것도 하지 않고 싶다고. 잠깐이라도 그러고 싶다는 생각이 간절했던 때가 있었다. 그렇게 목표했던 '무'의 상태에 조금이나마 닿게 되었을 때, 공교롭게도 나는 죽음을 생각했다.

몸을 움직이지 않으니, 행동 범위가 줄었다. 그렇게 할 수 있는 일이 줄어들었다. 에너지가 없는데 의지의 크기는 그대로였으니, 작은 행동 하나하나가 실패였다. 반복된 실패는 더 작은 범위의 행동으로 스스로를 제한했다. 나중에는 물을 떠다 마시는 일에서마저 화가 났다. 이것조차 하기 싫었고, 이것조차 나를 고통스럽게 하는 일이었다. 그렇게 부정의 막바지에 닿게 되었을 때, 나는 차라리 죽어버리고 싶다는 생각을 했다.

삶은 고통이라고 누가 말했는지 모르지만, 그 사람은 분명 평생을 시체처럼 살았을 것이다. 직접 반쯤 시체가 된 몸으로 생각하니, 삶은 분명 고통이었다. 근육을 움직이는 것도, 숨을 쉬는 심장의 박동도 아픔이 되었다. 몸을 죽일수록 작은 자극도 큰 울림이 되었다. 변한 건 없는데 내 수용성이 낮아진 것이다. 그렇게 작아진 역치로 바라보니 모든 것이 고통이고 아픔이고 슬픔이었다.

며칠을 바쁘게 보냈다. 일을 하고 운동을 하고 부지런히 글을 쓰고 책을 읽었다. 정말 생각할 시간조차 부족했다. 해야 할 일들에 비해 시간이 너무 부족했다. 집중해서 재빨리 처리했다면 여유가 있었겠지만, 나는 느긋한 일 처리를 선택했다. 경험적으로, 이론적으로 리드 타임이 없으면 사고가 난다는 것을 깨달았기 때문이다. 그렇게 퇴근 시간이 늦어지니, 책을 읽을 시간은 출퇴근길밖에 없었다. 집에 도착하면 씻고 자기 바빴다. 혼자 있을 시간이 필요했던 것 같지만, 혼자 있는 시간에 생각을 할 순 없었다. 글을 쓰고, 운동을 하고, 책을 읽었다. 한시도 몸을 가만히 두지 않았다.

사실 이 책을 쓰기 전까지는 죽고 싶다는 생각과 우울한 감정들이 하루에도 수십 번씩 떠올랐다. 그러나 지금은 조금 달라졌음을 느낀다. 물론 일시적인 착각일 수도 있다. 미처 알아차리지 못한, 신경 쓰지 못한 우울이 숨어있을 수도 있다. 그럼에도 일단 지금은 나를 죽음으로 끌어당기는 무언가를 발견할 수가 없다. 정확히 말하면 그럴 새가 없다. 몸을 계속 움직이니까. 풍경도 계속 바뀐다. 눈물이 흘러내릴까 싶다가도 달리며 마주하는 바람에 자꾸 날아가 버린다.

죽음은 멈춰야만 볼 수 있는 것 같다. 멈추지 않으니 죽음이 보이지 않는다. 미래가 없는 것을 죽음이라 부른다면, 지금 나에게는 미래가 끊임없이 다가오고 있다.

오늘의 죽지 않을 이유

멈추지 않고 계속 움직이고 있어서.

"아, 이어폰 두고 나왔다."

경기도에 살다 보니 어딜 가더라도 한 시간은 잡아먹는다. 버스, 지하철, 도보까지 포함해서 길을 걷는 동안 이어폰이 없으면 허전함을 느끼니, 포노 사피엔스Phono Sapiens(스마트폰에 의존하는 인간이라는 뜻의 신조어)가 아니라 이어포노 사피엔스일지도 모른다.

친구들과 밤을 새운 것이 문제였다. 친구들과 함께 월세방을 계약해서 아지트로 쓰고 있는데, 모처럼 시간이 나 들렀다. 거기서 새벽이 되도록 게임을 하다가 늦게 잠이 들었고, 오후 약속을 위해 급히 나온 것이 원인일 테다. 반쯤 왔을 때 걸음을 돌려 이어폰을 챙기러 갔어야 했는데, 그때는 집에서 씻고 약속에 가는 길에 충분히 들를 수 있을 것이라 생각했다.

그런데 집에서 씻고 나오니 예상과 달리 시간이 촉박했다. 경기도민은 아는 광역 버스의 잔인한 간격. 아지트에 들르느라 이번 한 대를 보내고 나면 약속에 지각할 것이 분명했다. 그냥 타기로 했다. 그렇게 이어폰 없이 한 시간의 여행길을 떠났다. 앞자리 사람의 통화 소리를 BGM 삼고 창밖에 보이는 풍경들을 보며 눈과 귀를 채웠다.

"멀미만 아니었어도 책을 읽는 건데."

책을 못 읽는다고 생각하니 이어폰을 두고 온 자신이 더 원망스러웠다. 그때 발걸음을 돌려 이어폰을 챙길걸. 이대로 꼬박 저녁까지 빈 귀로 돌아다녀야 할 것이 분명했다. 왜 바로 돌아가서 찾지 않았을까. 왜 잠시 뒤에 챙기면 된다고 생각했을까.

가끔 머릿속에 좋은 글감이 떠오를 때가 있다. 어이없게도 꼭 그럴 때면 메모를 할 수 없는 상황일 때가 많다. '기억해 둬야지' 하고 외우려는 순간 글감은 사라지고, 혹여나 기억이 날까 키워드를 떠올려 봐도 그 글감은 원래의 맛을 잃은 지 오래다. 그 당시에 바로 적어두지 않으면 사라지는 것이다. 그런 면에서 영감은 참 잔인하다. 순간 휘몰아쳐 놓고는 흔적도 없이 사라진다. 휩쓸고 간 자리에 조금의 생채기를 남기고 떠날 뿐이다. 이럴 때면 노트가 손에 붙어있지 않은 게 원망스럽다.

항상 미뤄두고 사는 것 같다. 이어폰도, 글감도. 그냥 잠깐 되돌아가거나 조금 늦으면 되는 일인데, 계획된 경로를 그렇게도 벗어나기 싫은 것이다.

"조금 늦으면 어때."

어떤 문장가의 한마디에 큰 위안을 느꼈다고 생각했는데, 말처럼 쉽게 되지는 않는다. 조금 늦으면 어떻긴, 친구가 기다리겠지. 조금 늦으면, 어머니가 잠들지 못하시겠지. "조금 늦으면 어때"라는 말이 누군가를 기다리게 한다는 사실을 너무나도 잘 알고 있으니까. 나의 것들을 미뤄두더라도 나를 기다리는 사람의 마음을 모르는 체할 수 없는 것이다.

이어폰이 중요할까, 나를 기다리는 친구가 중요할까? 어떤 것이 내가 바로 추구해야 할 행복일까? 버스 창가에 앉아 듣는 음악 소리가 나를 지켜주는 행복일지, 지각해서 미안한 마음으로 시작하지 않아도 되는 친구와의 만남이 행복일지, 선택의 기로에서 무엇을 택해야 하는지는 잘 모르겠다. '행복을 미루지 말자'는 말은 어떤 게 행복이고 어떤 게 행복이 아닌지를 모르는 내게는 어렵기만 하다. 행복과 행복의 싸움에서 어떤 행복이 더 큰 행복이길래 다들 그렇게 쉽게 말하는 걸까.

"갈비찜 해놨는데, 점심에는 먹을 시간 없겠네. 저녁에 집에 오면 먹어"라는 어머니의 애정 어린 연락과 '오늘은 퇴근 후 카페에 가서 책을 읽다가 늦게 들어가 볼까?' 하는 온전한 내 시간에 대한 욕심 사이에서 갈팡질팡한다. 어떤 것이 더 큰 행복일까? 어떤 것이 더 나은 행복일까? 둘 다 가질 수는 없다는 점에서, 현재의 행복을 선택한다는 말이 참 어렵다. 도처에 행복이 많아질수록 더 어려운 일이다.

"어떤 선택을 한 뒤로는 그 선택을 최선으로 만드는 겁니다."

광고인 박웅현 님이 자주 하시는 말씀이다. 그도 나와 같은 고민을 했던 것일까. 어떤 선택이 현재의 행복일지 알 수 없는 내게 꽤나 도움이 된다. 최선의 선택이 아닌, 선택을 최선으로

만든다는 생각이 행복을 미루지 말란 말보다 백배, 아니 천배
는 좋다.

내일은 오랜만에 축구를 하러 간다. 갑자기 하고 싶었다. 바
쁜 중에도 하고 싶었던 일이다. 내일 아침이 됐을 때, 갑자기 귀
찮을 수도 있고, 그럼에도 몸을 이끌어 운동장으로 나갈 수도
있다. 무엇이 더 좋은 선택일지는 알 수 없다. 둘 다 좋은 면이
있으니까. 그래도 선택해야 하겠지. 그렇다면 그 선택이 최선
일 테고. 일단 오늘은 살기로 선택했다.

오늘의 죽지 않을 이유
_____
살기로 한 선택에 더 이상 의문을 품지 말자.
_____

그토록 공들였던 것들이 운이라는 흐름을 타고 구름처럼 흩어져 버린다. 어떻게 아무렇지 않을 수 있을까. "최선을 다했니?"라는 물음에 숨소리 하나, 표정과 말투, 타이밍까지 신경 썼다고 말할 수는 있다. 하지만 그렇다기엔 내 팔다리는 멀쩡하고, 물불 가리지 않고 모든 방법을 총동원한 것은 아니었다. 사람과 관련된 일은 증거조차 남지 않는다. "그래서 성공했어?", "어떻게 됐어?"라며 결과를 묻는 일에 대답할 수 없다. 나의 최선은 결과 앞에서 사르르 사라져 버린다.

무리해서 압박을 넣어야 했을까? 기간을 더욱 당겨야 했을까? 그냥 시간이 짧았을 뿐이다. 스스로 합리적인 인간이라 생각했었는데, 범위의 큰 그림을 넘어 시간의 축을 조망하게 됐을 때 합리성은 길을 잃었다. 몸을 태우지 않는 선택이 최선이었다고 생각하지 않지만, 다른 선택이 최선인 것도 아니다. 꽤 자주 비슷한 가치를 두고 고민하곤 했으니까.

"친구의 불안 앞에서 운칠기삼을 들먹였다. 나는 하지도 못
하는 마음가짐을 가르쳤다. 칠 할이나 되는 운을 비틀어 멱살을
잡고 싶은 마음이다. 실버 라이닝을 틈타 구름을 잡을 수 있다
면 이카로스가 되어볼 텐데. 결과라는 놈을 노력의 품에서 떼어
낼 수 있긴 한 것일까?"

- 2020년 11월 7일 인스타그램에 쓴 글 중에서

축구가 마라톤과 다른 점은 순간 가속에 있다. 마라톤이 꾸
준히 오래 움직이는 등속 지구력 운동이라고 한다면, 축구는
상황에 맞춰 다양한 근육을 폭발적으로 활용하는 급가속 발진
형 운동이라고 부를 수 있겠다. 따라서 쓰는 근육도 다르다. 중
둔근 및 대퇴근 등 대근육을 중심으로 쓰는 마라톤과 달리 축
구는 몸의 여러 소근육을 사용한다. 꾸준히 사용하는 근육은
몇 개로 한정돼 있으나 발목의 꺾임이나 급가속, 급격한 방향
전환으로 인해 다양한 근육의 순간적인 폭발이 요구된다.

이러한 폭발적인 팽창과 수축은 부상과 직접적인 연관이 있
다. 무엇이든 급가속과 급정지는 장치에 무리를 준다. 중력과
관성 앞에서 근육이란 것도 쉽게 터지는 하나의 장기에 불과하
다. '급하게 움직이면 다친다'는 말처럼, 관계나 일에 있어서도

급함은 항상 실수나 사고를 유발한다. 몸도 아는 것을 마음은 아직 잘 모르는지…. 따지고 보면 다 비슷하다는 게 참 묘하다. 이럴 때면 세상을 관통하는 몇 개의 진리가 있는 게 아닐까 싶다. 어디에나 통용되고 어디에나 활용할 수 있는 것. 보통 그런 것들은 본질적인 것이 많았다. '급한 움직임'도 마찬가지.

축구에선 잔발이라는 개념이 있다. 복싱에서 쓰는 스텝과 비슷한데, 단순히 몸을 움직이는 것이 아니라, 급하게 나갈 수 있도록 도와주는 역할이다. 급하게 움직이는 폭발을 막을 수 없으니 평상시에도 계속 조금씩 움직이는 것이다. 자동차로 치면 저속 주행이랄까. 확실히 잔발을 두면 체력 소모는 심하지만, 과격한 운동을 할 때 무리가 덜하다. 호흡이 가빠지는 것은 맞지만, 근육도 지키고 심장의 박동도 크게 변하지 않는다. 그러고 보면 근육의 팽창이나 심장 박동이 빨라지는 것이 문제가 아니라, 급격하게 변하는 것이 문제였다. 관계도 감정도 그런 듯하다. 마음에 잔발을 두는 일, 천천히 박동을 맞춰가는 일은 어디에서나 중요한 게 아닐까.

일에도 잔발을 둘 필요가 있는 것 같다. 오랜만에 하는 회사 생활이라 조금 더 잘하고 싶어 급하게 하고 무리를 한다. 힘을 쥐서 일하고 호흡을 가쁘게 돌려 생각의 자전을 빠르게 한다. "잘 해내야 해"라고 스스로를 다독이면서 일에 몰두하는 것이다. 하지만 몸은 알고 있다. 그러다가 다친다는 것을. 회사에 들어가기 전에 일을 쉬면서 몇 개월을 보냈다. 멈춰있던 몸에 예열이 필요하듯 일에도 예열이 필요했다. 논 것만은 아니지만, 이 작은 소근육은 써본 적이 없어서 잔발을 밟았어야 했다.

동료들에게도 잔발이 필요하다. 특히 처음이라면. 아니면 오랜만이라는 이유로도. 잔발, 서서히 서서히 그렇지만 분명히 움직이는 일. 그런 시간들을 기다려 줄 수 있는 여유가 있는 사람이, 회사가 되었으면 좋겠다.

잘은 못해도 꾸준히 잔발을 두며 글을 썼다. 이렇게 글을 쓸 수 있게 된 것도, 가끔 깊고 마음을 울리는 글을 쓰고서도 지치지 않았던 이유도 모두 잔발 덕일 테다. 삶에도 잔발을 둘 수 있을까? 이 끄적임이 그렇다고 생각한다. 아직 경기는 끝나지 않았다. 살아있다면 지금이 잔발을 둘 시간이다.

오늘의 죽지 않을 이유

아직 경기가 끝나지 않아서 잔발을 둬야 하니까.

사과가 빠른 것은 내가 가진 몇 안 되는 장점이었다. 자존심
이 방어가 되는 소통 속에서 빠른 사과는 분명한 장점이었다.
괜한 자존심으로 관계를 그르치거나 사건의 본질을 벗어나는
행위를 돌려놓는 메트로놈 같았다. 빠르게 사건의 평상심을 되
찾는 일. 잘못 나간 엇박을 정박으로 돌려놓는 데는 빠른 사과
만큼 좋은 약이 없었다.

사과를 빠르게 하는 데는 별다른 이유가 없었다. 잘못을 했
기 때문이었다. 스스로의 발언과 행동이 타인에게는 오해와 상
처를 줄 수 있다는 것을 잘 알기 때문이었다. 내겐 잘못이 아니
지만, 상대에게는 잘못이 될 수 있다는 사실을 어렵지 않게 이
해할 수 있었다. 살아온 환경과 언어가 다른 것은 잠깐 엇나갈
이유일 뿐이라고 생각했다. 사과라는 접착제가 있으니 금세 되
돌릴 수 있을 거란 자신이 있었다. 어렸을 때 엄마는 나를 혼내
고 나면 사과와 꿀을 섞어 끓인 사과꿀차를 타서 주시곤 했다.

부모의 입장에서 쉽게 입에 담기 힘들었을 미안하다는 사과를 꿀을 발라 내게 전했다. 달콤하고 따뜻한 사과는 어머니께 배운 기술이었다.

"사과는 알겠어. 하지만 용서는 나의 권리이지 않니?"

그런데 살다 보니 사과를 해도 정박으로 돌아오지 않는 경우가 생겼다. 비탈길에서 꼬인 스텝을 제대로 잡는 길이 사과라고 배웠고 그렇게 사용해 왔는데, 몇몇에게는 사과가 의미 없었다. 사과해 준 것은 감사한 일이지만, 용서는 자신의 권리라는 말. 사과가 일방적이라는 사실을 처음 깨달은 순간이었다.

지금껏 사과를 하면 받아줘야 하고, 용서는 미덕이라는 말을 당연하게 여겼다. 그러나 반대로 생각해 보면 미덕이기에 꼭 지켜야 하는 법칙은 아니었던 것이다. '미덕'이라는 말 그대로 아름다운 일이었지 꼭 해야 하는 일은 아니었다. 조금만 생각해 봐도 쉽게 이해할 수 있었다. 자신이 받은 상처 속에서 아름다움과 품격이 무슨 의미가 있을까. 겉보기를 신경 쓰는 나조차도 기분이 퍽 상하는 날이면 말투가 비뚤어지고 날이 서곤 했다. 사과는 그저 잘못한 사람의 발언일 뿐, 용서라는 결과로 이어지는 필연은 아니었던 것이다.

"어떤 자살은 가해였다. 아주 최종적인 형태의 가해였다. 그
가 죽이고 싶었던 것은 그 자신이기도 했겠지만 그보다도 나의
행복, 나의 예술, 나의 사랑이었던 게 분명하다. 그가 되살아날
수 없는 것처럼 나도 회복하지 못했으면 하는 집요한 의지의 실
행이었다."

– 정세랑,《시선으로부터》*

정세랑 작가의《시선으로부터》에서 담은 문장이다. 미디어
와 주변을 통해 몇 건의 자살을 겪은 뒤로 내게는 두 번의 관점
전환이 있었다. 자살은 죄악이라고 여기던 것에서, 그럴 수도
있겠다는 생각으로 변했다. 그럴 수도 있다는 생각에서 그 마
음이 경이롭게 느껴지던 순간도 있었다. 많지 않기를 바랐지
만, 수없이 행해져 온 자살을 간접적으로 겪으며, 자살은 항상
연민의 대상이 됐고, 동경의 대상이 되기도 했다.

* 정세랑,《시선으로부터》, 문학동네, 2020.

그런데 '어떤 자살은 가해'라니, 문장을 여러 번 곱씹지 않을 수 없었다. 아마 회피에 대한 이야기일 것이다. 다소 과격하지만, 일방적인 소통의 끝은 단절일 테니. 관계에서 흔히 하는 행동들인 단절이나 회피는 자살과 같은 맥락에 있다고 생각했다. 그들의 세상에서 죽어버린 존재가 되는 것이었기 때문이다. 다만, 언젠가 부활할 수도 있다는 아주 얕은 희망을 준다는 점이 달랐다.

소설에서 마티아스라는 인물은 자살 협박을 통해 주인공인 심시선에게 폭력을 자행한다. '사랑했었다', '그녀로 인해 죽는다' 등 유언장에 쓰인 문구들로 인해 다른 사람들이 심시선을 배신자 혹은 잔혹한 팜므파탈로 바라보게 했다. 그러한 상황 속에서 심시선은 본인이 죽인 게 아니라고 세상에 외치고 싶었지만, 사람들은 전혀 듣지 않았다.

얼마 전 친구에게 꽤 큰 잘못을 저질렀다. 평소와 같이 빠르게 사과했지만, 무언가 지울 수 없는 찝찝함이 남았다. 그것은 아마 일방적인 사과에 대한 깨달음이었을 것이다. 나의 사과는 일방적이었고, 상대는 타인을 많이 신경 쓰는 사람이었기에 "그래, 괜찮아"라며 마음에 없는 용서를 했을 것이다. 아마 조금 더 솔직했던 과거의 친구들이었다면 "사과는 좋아, 근데 용서는 아직 못 하겠어"라고 말했을 테지.

담담하게 상황을 보고 내가 잘못한 부분들을 되짚었다. 상대의 입장에서 어떤 부분들이 무례하고 기분이 나빴을지 적어 내려갔다. 이런 상황에서 사과를 하는 이유가 이기적인 나의 태도라는 것도 함께 적었다. 그럼에도 사과는 하고 싶다고, 용서라는 권리만큼은 자유롭게 쓰도록 기다리겠다고.

어쩌면 '빠른' 사과보다 필요했던 건 '진정한' 사과였을지도 모른다. 미안하다는 말이 만들어 내는 용서의 관성을 벗어나 진짜 아픔을 알아보고, 옆에 서서 상처 준 칼날을 인정하고 바라보는 일. 깊게 베인 상처를 쥐고 우는 상대에게 다가가 왜 빨리 피를 멎게 하지 않느냐고 다그치는 일은 없어야겠다고 생각했다. 그저 상처가 보기 싫어서 붕대를 감는 빠른 사과를 하지는 않길. 혈소판이 모이고, 필요하다면 꿰맬 수 있을 만큼, 충분히 지혈할 수 있도록 기다려 주길. 상대가 아픈 상처를 기억에 담아둔 채로 나를 용서할 수 있는 권리만큼은 지켜주길. 이 모든 게 조금은 느린 사과를 해야 할 이유였다.

죽음도 그렇지 않을까? 내가 죽음을 선택했을 때, 그것이 일방적 사과와 같은 행동이라면 문제가 될 것이다. "너를 아끼는 사람들이 있으니 죽지 마"라는 말보다, "네가 죽음으로써 누군가는 피해자가 될 거야"라는 말에 더 공감했다. 잠시 숨을 고르고 내가 죽음을 선택할 때, 어떤 가해로 이어질 수 있는지를 생각했다. 무례했던 과거, 잔인했던 표현, 누군가에게 끔찍했을 나의 언행 등 내가 관계에 남긴 크고 깊은 상처들이 아물 때까지는 살아있어야겠다고 다짐했다. 꽤 많이 가해하며 살아온 것들이, 나의 죽음으로 인해 되돌릴 수 없게 고착화되는 것은 참 잔인했다. 모든 상처가 아물고 나서는 어떡해야 하나 고민이 들 때쯤, 또 다른 당연함이 찾아왔다. '인간이라서 나는 항상 상처를 주고 살지 않았던가?' 그것은 어쩌면 살아있어야 할 하나의 이유였다.

오늘의 죽지 않을 이유

나의 죽음이 누군가에게 가해가 될 것이라서.

러닝 석 달 차, 이제는 꾸준히 나가는 일이 익숙해질 만도 한데 정신을 차려보면 잠들 시간이다. 퇴근하고 글을 한 편 쓰고 숨을 돌리면 밤 11시가 넘었다는 핑계로 자리에 눕는다. 허리가 아파서, 어제 축구를 해서, 오늘 택배 상자를 많이 옮겨서 등 뛰지 않을 이유는 잠깐만 생각해도 천장을 가득 메울 수 있다. 이토록 작문 실력이 좋은 줄 알았으면, 조금 더 빠르게 글쓰기를 시작할 걸 그랬다.

하지만 작가가 되지 못한 이유도 별반 다르지 않다. 뛰어야 할 이유를 적어보자니 몇 가지밖에 생각나지 않는다. 매일 뛰기로 해서, 건강을 위해서…. 아니, 건강도 사실 지금 자는 게 더 좋을 것 같다. 뛰어야 하는 이유는 이렇게 쉽게 밀어낼 수 있는 이유가 된다.

죽고 싶은 이유는 몇 분만 주면 노트를 가득 채울 수 있다.

죽지 않을 이유는 아직 9개밖에 적지 못했는데, 벌써 고갈되는 것 같다.

오늘 뛰지 않은 이유는 축구를 하다 무리한 근육이 비명을 질렀기 때문이다. 솔직히 말하면 집에서 떡볶이를 먹고 게으름을 피우다 보니 새벽이 됐기 때문이다. 아니, 새벽이 되었어도 뛸 수 있었지만, 내일 출근을 핑계로 댔다. 아니, 하루쯤 조금 늦게 자도 괜찮지만, 뛰지 않았다. 결과적으로 뛰지 않은 이유는 그렇게 대단한 것은 아니었다.

뛰어야 할 이유는 건강해지기 위해서이다. 정확히 말하면 오랜만에 찾은 건강한 취미이기 때문이다. 건강을 챙기는 사람으로 보이고 싶기 때문이다. 멋지다는 생각도 든다. 솔직히 살이 빠져서 외모가 준수해지는 효과도 있었을 것이라 믿는다. 러너에 대한 이미지가 멋지고 쿨해서인 것도 있다. 지향점을 가득 담아 뛰어야 할 이유를 만들었다.

뛰지 않을 이유는 겉보기엔 많아 보이지만 깊게 들어가 보면 그렇게 대단한 것은 아니었다. 뛰어야 할 이유는 겉보기엔 몇 개 없었지만 더 나아지고 싶은 본능에서 온 것이었다. 마찬

가지로, 죽고 싶은 이유도 겉보기엔 많아 보이지만 그렇게 대
단한 것들은 아니었다. 어쩌면, 죽지 않을 이유도 겉보기엔 몇
개 없었지만 거기에는 분명히 앞으로 더 나아질 가능성이 존재
하고 있었다.

오늘의 죽지 않을 이유

앞으로 더 나아질 가능성이 있는 것 같아서.

'구체적으로'

참 많은 것들 앞에 붙는 말이었다. 꿈을 구체적으로, 목표를 구체적으로, 계획을 구체적으로…. 구체적으로는 완성을 위한 도구 같은 존재였다.

"그래서 구체적으로 뭘 하겠다는 건데?"

기획안을 올릴 때마다 자주 듣던 피드백이었다. 마케팅과 광고 일을 하면서 '구체적'이라는 놈은 더 크게 다가왔다. 무엇을 만들고, 어떤 형태로, 어느 시간에 진행하는지 등 육하원칙을 대지 못하는 아이디어는 살아남지 못할 것 같았다.

"좋아하는 음식 있어요?"

아이스 브레이킹을 위한 한마디에도 구체성이 필요하다. 사실, 어떤 음식을 정말 좋아해 본 적이 있나 싶다. 그냥 먹을 뿐이지만, 그렇게 먹다 보면 맛있다 싶을 때도 있었다. 맛이 없더라도 끼니를 때웠으니 감사한 정도였다.

항상 구체적이지는 않았다. 그냥 노는 걸 좋아하고, 책을 좋아하긴 하지만 어떤 작가나 장르를 특별히 선호하지는 않았다. 어떤 점 때문에 자기를 좋아하냐고 묻는 애인에게도 "그냥"이라고 말하곤 했다. 구체적인 게 중요한 세상에서 내가 가진 모호함과 불분명함은 조금은 서툴러 보였고, 모자라 보였고, 어긋나 보였다.

힙합을 좋아했다. 세상을 바라보는 시적인 비유가 좋아서 좋아했었다. 시간이 지나며 '플렉스'와 '주색잡기'를 논하는 힙합의 트렌드가 싫어졌다. 좋았던 이유가 분명했던 만큼, 그 이유가 사라지니 당연하게도 더 이상 좋지 않았다.

모호하다는 건, 어쩌면 그만큼 그 자체로 좋아한다는 뜻일지도 모른다. 불분명하기에 사소한 단점을 눈감을 수 있고, 불분명하기에 어떤 형태와 시각에서 바라보건 상관이 없었다. 모호하게 좋아하기 때문에, 싫어하지 않을 수 있는 것일지도 모른다.

강력하게 이끌렸던 인디밴드의 앨범이 회차를 거듭하며 변해가는 모습에 실망하는 것처럼, 우리 삶에 대한 구체적인 기대와 희망이 시간이 지나며 망가지고 틀린 일이 될수록 삶이 고달팠던 것 같다.

구체적이지 않은 삶의 지향, 어쩌면 그저 괜찮은 삶 같다는 모호함이 우리를 살게 하는 것일지도 모른다.

오늘의 죽지 않을 이유

'그냥' 괜찮은 것 같아서.

"아, 젠장. 실수로 계약서 다시 뽑아야 하네."

작은 실수였다. 4월을 5월로 표기한 것이다. 그렇지만 이 작
은 숫자 차이는 계약서를 다시 쓰게 만든다. 도장을 찍고, 인쇄
를 하고, 2부를 복사해 서로 나눠 가지는 과정을 다시 진행해야
한다. 고작 4를 5로 표기했기 때문. 아주 약간의 차이, 고작
1byte에 불과한 차이가 몇 mb를 송두리째 바꿔놓은 것이다.

때때로 성과보단 문제없이 마무리하는 게 조직의 KPI가 되
곤 하니, 이런 실수가 마음에 남는다. 마음에 남기지 않고 싶어
도, 문제가 발생하지 않는 것을 목표로 두니 발생하는 문제마
다 머리를 치고 간다. 잠깐 흐려진 잉크, 잘못 입력된 숫자, 비
뚤어진 책상이 신경 쓰인다. 문제도 아닌 것이 문제다. 별것 아
닌 것들이 하루를 건드린다.

'깨진 유리창 이론'이란 것이 있다. 범죄 빈도가 높은 구역에서, 차 유리창을 깨놓았더니 그렇지 않은 경우보다 도난 사건이 더 자주 일어났다는 이야기다. 작은 문제를 방치하면 큰 문제가 된다는 이야기다. 경영학을 머리로 배웠더니, 그 이론이 진짜처럼 느껴졌나 보다. 작은 문제가 하루를 괴롭힌다. 진짜 맞는 건가, 그놈의 깨진 유리창 이론.

회사에서 저녁으로 떡볶이를 시켜 먹었다. 자주 먹지는 않지만 딱히 거절할 이유도 없었다. 오랜만에 즐기는 맛, 그리웠던 맛, 어쩌면 좋아했던 맛이었다. 매운 걸 먹지 못해서 착한 맛을 시킨 동료들이 조금은 웃겼다.

어쩌다 먹은 소시지 토핑이 참 맛있었다. 몇 개 없어서 하나씩 먹으면 금세 동날 양이었다. 천천히 어묵을 음미하고 계란찜의 맛을 즐기면서 소시지를 먹은 기억을 희석했다. 맛있지만, 소시지가 더 남아있지는 않을 거라는 아쉬움을 덮어둔 채로 식사를 마무리하려고 했다. 그런데 국물을 먹으려 건져 올린 마지막 숟가락에 한 조각이 묻어있었나 보다. 입에 감기는 맛이 소시지였다. 작은 조각이었던 것 같은데, 금세 입안을 가득 채웠다. 작지만 맛있는 녀석, 작은 소시지가 식사의 마무리를 즐겁게 만들어줬다.

　고작 소시지 하나, 아니 하나도 안 되는 조각으로 그렇게나 기분이 좋았다. 나는 이런 사소한 것으로도 기뻐하는 사람이구나. 깨진 유리창 이론에 맞서는 '작은 소시지 이론'이 있었으면 좋겠다고 생각했다.

오늘의 죽지 않을 이유
***
작은 소시지 한 조각 때문에.
***

글쓰기 수업에서 나는 아이에게 이렇게 말한다.

"너는 커서 네가 될 거야. 아마도 최대한의 너일 거야."

아이들에게 그저 다음 주의 글감을 알려주며 수업을 마친다. 얼마나 평범하거나 비범하든 간에 결국 계속 쓰는 아이만이 작가가 될 테니까.

– 이슬아,《부지런한 사랑》*

나는 나로 태어나서 내가 되어가는 과정이라는 작가의 말. 어쩌면 내 삶의 초상은 나라는 목표로 나아가는 나일 것이다.

* 이슬아,《부지런한 사랑》, 문학동네, 2020.

최대한의 나는 무엇일까? 아마도 시간이 흐를수록 나는 나일 텐데, 그렇다면 나다움은 시간과 정비례하는 것일까? 시간을 보내고 싶은 이유는 나의 최대치가 궁금하기 때문이다. 좋고 나쁨을 떠난 100%의 나를 향한 헤엄. 그 항해가 시간의 흐름 속에서 자연스러운 것이라면….

우리를 인간이라 부를 수 있는 이유는 무엇일까? 나는 인간이라 부를 수 없는 경우를 생각했다. 장기가 하나 없어도 인간이고, 생김새가 달라도 인간이다. 악해도 인간이고 선해도 인간이다. 싫어도 인간이고 좋아도 인간이었다.

숨. 어쩌면 숨이 붙어있다는 것이 인간의 기본이지 않을까 생각했다. 죽은 자들은 기록되면 역사가 됐고 기억되면 추억이 됐으니까. 어쩌면, 계속 숨 쉬는 것만이 인간의 일이다. 결국 계속 숨을 쉬는 사람만이 인간인 것이다.

오늘의 죽지 않을 이유
───────────────────────────────
인간으로서 내가 궁금해서.
───────────────────────────────

잠에 들기 전, 하루가 아쉬워 유튜브에 접속한다. 나의 어제
들이 반영된 알고리즘은 백예린과 빈지노의 라이브 영상을 추
천해 준다. 그리고 〈쇼미 더 머니 9〉까지.

힙합을 좋아하면서도 조금은 좋아하지 않는 마음이 공존하
게 된 나에게는 〈쇼미 더 머니 9〉은 보고 싶으면서도 보고 싶
지 않은 그런 프로그램이다. 원래 오디션 경쟁 프로그램을 좋
아하지 않기도 하거니와 힙합이 주는 메시지가 변했다고 생각
하기 때문이다.

그러던 중 오랜만에 주비트레인을 만났다. 그룹 부가킹즈의
멤버 주비트레인이 경연에 참가한 것이다. 2000년대를 주름잡
았던 힙합 그룹 부가킹즈. 자주 들었고 좋아했었던 그 사람이
가장 싫어하는 프로그램에 나왔다. '망해가는 식당의 사장님'
이라고 자신을 소개하며 노래하는 그의 가사에는 타자화된 자

기 자신에 대한 객관적인 판단이 녹아있었다.

"포기에 지친 삶에 거친 청춘들도 누구누구 탓 모두 다 내 탓
딴따라 인생 Good Bye Bye"

누구의 탓도 아닌데. 그렇게 좋아하던 딴따라 인생을 왜 보
내줘야 했던 걸까.

삶의 길을 걸어온 여러 선배들과 스승들의 의견을 종합해
보면 삶은 고통인 것 같다. 정확히 말하자면, 인간의 생명 활동
은 고통을 수반하는 것 같다. 피로와 고통을 수반하며 잠이 필
요한 삶. 그렇게 살면서 죽어가는 삶이 인간의 생명 활동 결과
라고 생각했다.

익숙한 것이 쉬운 탓인지 고통을 노래하고 쓰는 일은 참 쉽
다. 그저 매일을 기록하는 것만으로도 고통과 슬픔이 남는다.
어쩌면 고통받기 위해 사는 게 아닐까 싶다.

그에 비해 행복은 쓰기 어렵다. 행복을 이야기하는 곡의 수
가 훨씬 적고 행복을 이야기하는 문학이 훨씬 적다. 어쩌면 행

복은 너무나 특별한 것이라는 프레임 속에서 행복의 가치를 평가절상한 것은 아닐까 고민했다. 행복을 줘야 살 테니까. 우리를 만든 권위적인 존재는 행복을 미끼로 쓰고 있는 것 같다. 적은 것에도 크게 감동하게 만들어 버리는 최고의 환각. 게다가 행복은 보이지도 않는다. 고통은 몸으로 느껴지고 행복은 마음으로 느껴진다는 게 불공평하다. 행복도 움켜쥐고 싶다.

어제 본 주비트레인 팀의 단체곡에는 이런 후렴이 존재한다.

"My Life So Good Good Good Your Life So Good Good Good Thank you God bless you you you"

단순히 행복에 대한 예찬으로 보이는 이 가사는 주비트레인이 코로나19로 인해 가게를 폐업하고 적어낸 후렴구였다. 어쩌면 고통은 끽해야 몸뚱아리 안의 일이고, 행복은 무형이라 마음껏 커질 수도 있는 것일지도 모르겠다.

오늘의 죽지 않을 이유

내 행복에 바람을 넣고 싶어서.

편의점에 갔다가, 에비앙을 보고 놀랐던 적이 있다. 물 한 병이 이렇게 비싸도 되나 싶었다. 이해할 수 없는 가격이었던 에비앙을 뒤로하고 나는 아이시스를 손에 쥐었다. 사실 가격은 고작 몇백 원 차이였다.

패션을 전공하며 명품에 대해 배웠다. 이전엔 생판 이름도 들어보지 못했던 브랜드들, 셔츠 한 벌에 수백만 원을 호가하는 그런 것들을 공부했다. 낯선 가격의 사치스러움을 곱씹는 내 모습에 비해, 동기들은 명품 브랜드들의 철학과 생산 방식에 감동하며 예찬하곤 했다.

명품. 비싼 것이 명품인 줄 알았다. 에비앙도 명품이라고 생각했다. 마침 나는 그리 비싼 제품을 살 만큼 돈이 많지 않았다. 제품의 쓸모에 집중하는 내게 명품은 사치이고 그저 비싼 것이었다.

한 병에 11만 원짜리 막걸리가 인터넷을 뜨겁게 달궜다. 아마도 나와 같은 생각을 가진 사람들이 많았나 보다. 막걸리는 비싸니 욕을 먹고, 시계는 비싸면 명품이 된다. 아무도 막걸리를 명품이라 부르지 않았다. 비싸다고 명품이 되는 것은 아니었다. 그저 비싼 제품일 뿐이었다.

마케팅을 배우며 가격 전략을 배웠다. 상위 가격 전략을 사용하면 고객들의 충성도를 높이고 프리미엄 제품으로 포지셔닝할 수 있다고 했다. 11만 원짜리 막걸리는 아마 그런 자문을 받고 태어난 것 아닐까. 그저 비싸기만 했던 게 문제였을까. 제품의 재료가 싼 게 문제였을까.

자동차는 재료비가 비싸다. 차 한 대에 수천만 원을 호가하는 일은 기본이다. 아무리 싸도 몇백만 원이 드는 자동차를 두고 우리는 명품이라 부르지 않는다. 11만 원짜리 막걸리가 재료가 부족해서 명품이 아닌 줄 알았는데, 천오백만 원짜리 경차도 명품이 아니었다. 비싼 것만으로는 명품이 되지 못했다.

한번은 에르메스 전시회를 간 적이 있었다. 가방의 박음질을 수공예로 한 땀 한 땀 따는 모습을 보여주는 영상이 있었다.

그것이 명품의 조건이라면, 시간과 인력을 낭비해야 하는 것일까 생각했다. 정성이 명품의 조건이라면, 우리 어머니의 요리도 다 명품이지 않을까 생각했다. 기계를 최소로 쓰는 게 명품이라면, 내가 그린 그림도 명품이지 않을까 했다. 유명한 장인이 만들어서 명품이라기엔, 유명인의 제작물이 모두 명품인 것은 아니었다. 자기가 명품이라 불러도 소비자가 명품이라 여기지 않으면 그냥 비싼 제품일 뿐이었다.

사실, 명품이 되기 위해서 할 수 있는 것은 아무것도 없었다. 다만 조그맣게 쓰인 '우리는 명품입니다'라는 문장을 공통적으로 발견할 수 있었다. 오직 스스로를 명품으로 부르는 일만이 가능했던 것이다. 어쩌면 에르메스, 구찌, 롤렉스 등 수많은 명품들도 처음에는 스스로에게만 명품이었을지 모른다.

11만 원짜리 막걸리도 어느 순간엔 명품이 되어있을까? '스스로 명품이라고 여기다 보면 그렇게 되지 않을까?' 하는 호기심이 기대로 바뀌었다. 그렇게 나도 방구석 명품이 됐다.

오늘의 죽지 않을 이유

명품답게 굴어야지.

사람들이 말하는 열등감의 무서움은 끝없는 비교일 것입니다. 타인과의 비교를 통해 자신의 가치를 깎아내리는 일이 열등감에 쌓인 사람들에게는 무엇보다 쉬운 일이기 때문입니다. 그래서 단순히 "그러면 안 돼"라고 말해서는 안 됩니다. 쉬운 일을 놔두고 어려운 일을 하는 것은 불가능하니까요. 또한, 타인과의 비교 자체를 무의미하다고 말해서는 안 됩니다. 눈 뜨고 고개만 들어도 주변이 보이는 상황에서 타인이 의미 없다고 말하는 것은 설득이 안 되는 일입니다. 안 된다고 말하고 틀렸다고 말하는 것은 열등감이 가득한 사람들의 자존감마저 앗아가는 일이 될 겁니다.

열등감의 원인 중 가장 큰 부분을 차지하는 것은 낮은 자존감입니다. 따라서 단순히 자존감을 올리면 문제가 해결된다고 생각할 수 있지만, 이는 기업에서 매출을 올리라는 1차원적인 해결책과 크게 다르지 않습니다. 매출 상승의 기회를 발견하듯 자존감 상승의 기회를 발견해야 합니다. 이는 스스로, 혹은 타인과 함께할 수 있는 일입니다. 저는 처음 턱걸이를 시작할 때, 한 개를 목표로 했습니다. 운동에 자신이 없어 낮은 목표를 세웠기에 가능했습니다. 그런 면에서 자존감은 자신감이 없는 종목에 도전함으로써 키울 수 있다고 봅니다. 어쩌면 초심이라는 말은 성실함이 아니라, '못하는 것이 당연하다'는 마음에서 출발하는 것 같습니다. 따라서, 자존감을 높일 기회는 자신 있는 일보다는 자신이 없는 일에 더욱 많습니다. 즉, 자기 존중은 자신을 찾는 것에서부터 출발한다는 이야기입니다.

주변에 열등감으로 힘들어하는 친구가 있다면, 부디 손을 내밀어 줄 여유가 당신에게 있길 바랍니다. 이해합니다. 삶은 고통이고 모두에게는 우주만큼의 사연이 있기 때문에 그럴 여유가 없을 수도 있겠죠. 그렇지만 이 또한 우리가 자신 없어 하던 부분이라고 생각합니다. 친구를 도움으로써 자존의 기회를 얻을 수 있습니다. 열등감에는 완치가 없습니다. 누구나 기분이 좋을 때는 에너지가 넘치고 긍정적이 됩니다. 문제는 우리 기분이 항상 좋지는 않고 몸은 마음에 비해 쉽게 지친다는 것입니다. 잠복된 열등감이 자라나지 못하도록 심신의 건강에 적극 투자했으면 좋겠습니다.

열등감에 대한 전문가도 아니고 심리학에 대해서는 교양 서적 한 권 읽은 게 전부입니다. "내가 해봤는데…"를 말하는 것도 아닙니다. 그냥 그랬으면 좋겠습니다. 논리와 지식은 '그냥' 앞에서 이토록 무기력합니다. 점점 그냥이 많아지는 것을 보니 '그냥'을 좋아하거나, '그냥'을 이해할 수 있게 된 것 같습니다. 뭐가 됐던 포기의 그냥이 아니라서 다행입니다. 설명을 하지 않아도 되는 그냥이 참 마음에 듭니다.

요 몇 주간 감사하다는 말을 주제넘게 많이 듣고 살았습니다. 보상이라 생각하자니 해야 할 일이었고, 칭찬으로 받아들이자니 부끄러운 일입니다. 그냥 단순히 생각하기로 했습니다. 어쨌든 살아있으니 행복한 일이 많습니다. 그래서 살아있음을 감사하기로 했습니다. 점점 자신이 짙어지는 기분입니다.

오늘의 죽지 않을 이유

살고 싶다고 자신 있게 말할 수 있다.

수업 시간이었다. 검정 칠판에 문제를 적고 한 명씩을 호명해서 풀이를 시키는 그런 수업 방식. 나의 학창 시절에는 흔한 일이었다. 초등학교 때 들은 "나대지 마라"라는 말이 마음에 걸린 건지, 호명되는 순간에는 긴장이 됐다. 적절한 속도로 풀고 너무 어려운 문제는 적당히 몰라야 한다는 생각. 잘했다는 선생님의 칭찬을 듣고 행복해하면 티가 날 것이다. 그렇다고 너무 쉬운 것도 못 풀면 바보로 낙인찍힐 것이다. 잘해도 못해도 미움을 살 것 같았다.

"너는 머리는 좋은데 노력을 안 해서 문제야."

노력을 안 하는 이유에 대해서는 아무도 묻지 않았다. 30점이라는 수학 점수를 볼모로 학원에서 열두 시간 동안 자습할 때도, 시험지를 숨기기 위해 하교 후 집이 아닌 학원으로 향했던 저녁에도, 머리가 좋았다는 과거와 점수가 높지 않다는 현재의 결괏값만으로 평가하고, 문제 삼고, 해결을 바랐다. 부모님만의 이야기는 아니었다. 학원에서도, 학교에서도 나는 매를 들면 문제를 잘 풀고 시험을 잘 봤다. 그렇게 '맞으면 잘하는 애'가 됐다. 학원에서는 등산 스틱으로 맞았다. 선생님은 과거에 테니스 선수를 준비하던 사람이었다. 나는 맞을 때마다 이토록 아픈 이유가 그저 금속 때문이라고 생각했다.

세상에 맞을 짓이 존재하는지는 잘 모르지만, 적어도 내겐 있었다. 모르면, 나는 맞았다. 왜 모르는지, 왜 알려고 하지 않는지에 대해서는 아무도 묻지 않았다. "옛날에는 잘 알아듣더니…"라며 곧잘 하던 과거는 지금의 현재를 매질하는 회초리가 됐다. 잘 기억도 나지 않는 유치원 시절에 자동차 부품을 다 외웠다는 내 모습은 계속해서 현재를 평가절하했다. 결국 자동차도 금속이었다. 조심하지 않으면 사람을 다치게 하는 것은 금속의 본질이었다.

고등학교에 들어가며 맞는 일은 크게 줄었다. 갑작스레 커버린 키 탓이었을까, 성장기의 끝에 다다랐다는 어른들의 판단이었을까, 아니면 교육부의 방침이 강화됐기 때문이었을까? 어쨌든 나는 더 이상 맞지 않아도 됐다. 중학교 때만 해도 훈육의 끝은 회초리였는데, 고등학교에서는 거의 그런 일이 없었다. 유치하다는 생각이었을까? 아니면, 이제는 성장의 차이로 찍어 누르는 일방적인 폭력이 불가능해졌기 때문이었을까? 가끔 구레나룻을 잡아당기거나, 꿀밤을 놓는 정도로 마무리됐다. 그것도 물론 폭력이었지만, 피멍이 들던 시절에 비하면 쓰다듬는 일에 가까웠다.

폭력은 사라졌지만, 모른다는 것에 대한 기억은 사라지지 않았다. 자동차 부품은 그렇게 쉽게 까먹었으면서 이런 건 쉽게 잊히지 않는다. 남기고 싶은 것들은 남지 않고, 잊고 싶은 것들은 너무나도 생생히 기억난다. 이런 걸 보면 참 비합리적으로 설계된 것이 인간이었다. 어쨌든, 나는 모르는 것을 여전히 두려워했다. 누가 회초리를 들지 않았지만, 테니스를 배운 선생님은 더 이상 볼 일이 없었지만, 나는 모른다는 생각이 들 때마다 종아리가 아려왔다.

아는 것이 나쁜 것만은 아니었다. 밤을 새워서 정보를 수집하고, 책을 읽고, 이야기를 들을 동기가 되어주곤 했다. 그렇지만 여전히 대화에서 수없이 존재하는 '모르는 영역'은 날카로운 쇳소리를 내며 내게 다가왔다. 그렇게 모르는 것들을 줄여

가며 '위키피디아'라는 별명을 얻었다. 알면 알수록 더 많은 질문들이 다가온다. 학창 시절 수학을 잘하는 친구에게 질문이 몰렸던 것처럼, 잘하는 사람에게는 더 많은 문제들이 다가온다. 알면 알수록 모르는 영역은 넓어진다. "저 사람은 모르는 게 없어"라는 말에는 칭찬과 조소가 섞여있음을 안다. 그럼에도 모르는 것보단 나았다.

"지식의 최대 적은 무지함이 아닙니다. 허황된 지식이죠."

시대의 지성이라고 부르는 스티븐 호킹도 생전에 이렇게 말했다. 어쩌면 내가 위키피디아였던 이유는 내가 아는 것들이 적당하고 얕은 지식이었기 때문이다. 그저 모르는 게 두려워 아는 체하기 좋은 지식들을 흡수했다. 이유야 어쨌든 지식이 없는 자신이 두려워서 허황된 지식으로 빈자리를 채웠던 것이다. 적당한 관심을 가진 사람들에게는 물어보기 좋은 수준이었겠지만, 진심으로 공부하고 탐구하는 사람들 앞에서 나는 항상 지식의 부족함을 실감해야 했고 인정하기 싫은 무지함의 벽 앞에서 무릎 꿇어야 했다.

엊그제 지인과 오랜만에 함께한 술자리에서 대화를 하다가,

나는 "잘 모르겠다"라고 말했다.

"나는 형이 그렇게 말하니까 참 좋다."

돌아보면 내가 아는지 모르는지가 중요했던 것은 아니었다. 필요하면 그때부터 알아가면 되는 것들이 많았다. 학창 시절에 대한 기억도 부정을 지워내고 바라보면, 나의 무지가 아닌 나의 무지를 향한 태도를 지적하는 일이 대부분이었다. '왜 무지하려 하는지'를 묻는 말이었던 것 같다. 다만 내가 이해하지 못할 소통이었을 뿐이다. 나는 지금도 지식과 무지의 사이에서 덜컥 심장을 부여잡곤 한다. 나를 믿어주고 기대하는 사람들에게 무지함을 내보여선 안 된다는 생각이 올라올 때도 많다.

그렇지만 더 중요한 사실을 알고 있다. 사람들이 기대하는 것은 지식과 정보가 아니라, '지식과 정보를 제공할 수 있는 태도'라는 것을. 인사관리를 해보니까 더욱 체감된다. 당장에 모르는 것은 아쉽긴 해도 큰 문제가 아니다. '이 사람은 분명히 해낼 거야'라는 믿음을 주는 사람들이 있다. 당장은 모르고 조금은 미숙해도, 분명히 해낼 것 같은 사람들. 그 사람들은 모르는 것을 부끄러워하지 않는다. 알 수 있음에 기뻐한다. 모자람을 단점으로 인식하는 것이 아니라, 앞으로 성장할 수 있는 기회와 행운으로 여긴다. 주변을 둘러보니 꿈같은 낭만을 몸과 마음으로 실현하는 사람들이 있었다.

이제는 '모른다'는 말에 대한 두려움을 조금은 지워내 본다.

"이 문제는 내가 풀지 못한다. 나는 모르기 때문이다. 이 내용은 내가 모른다. 지금껏 본 적이 없기 때문이다. 네 상황은 내가 모른다. 나는 경험해 본 적이 없기 때문이다. 그러니까 같이 알아가 보자. 내가 먼저 알게 되면 알려줄 것이다. 아니라면 당신이 알려줬으면 한다."

오늘의 죽지 않을 이유

아직 나는 삶을 모른다. 그래서 알고 싶다.

"이번 신입 지원자 봤어? 무슨 대행사에서 인턴을 두 번이나
했대."

고작 마케팅 동아리.

"이 사람은 어떻고? 공모전에서 대상 탔던데. 이거 우리 예
전에 광탈했던 거 아니냐?"

고작 대학생들의 모임.

뛰어난 사람들을 보면 항상 인상이 먼저 찌푸려진다. 사회
성이 발달해서 겉으로 드러내는 일은 거의 없지만, 그들을 마
주할 때면 마음속에서는 화가 치밀어 오른다. 물론 그들에게는
죄가 없다. 잘난 체를 한 것도 아니고, 그냥 뛰어났을 뿐이니까.
그저 내가 싫어하는 것이다. 그러면서 또 한편으로는 그들을

좋아하고 다가서고 싶어 한다. 닿지 못할 능력에 대한 존경이 내 경우에는 질투심으로 표출되곤 했다. 아무래도 자존이라는 지지대가 부실한 탓이었다. 이토록 편한 핑계가 없다. '자존감' 하나면 모든 행동으로부터 변호를 할 수 있다. 어쩌면 자존감은 죄책감을 덜기 위한 마지막 자존심일지도 모른다.

　그저 존경할 수 있다고 생각했었다. 나는 닿지 못한 감수성, 일에 대한 순수한 열정 같은 것들. 누군가를 좋아하게 된 이유가 뛰어남이었기에, 나는 더 이상 질투하지 않을 수 있다고 생각했다. 그건 완전한 착각이었다. 봄과 여름을 함께 지내며 나는 그녀가 더 정답에 가깝다는 생각을 알고 있었다. 그녀가 내게 제시하는 방향이 내게도 필요하고, 또 내가 좋아하는 것들임을 너무나도 잘 알았다. 다만, 그저 이미 그것을 알고 누구보다 잘하고 있는 상대의 모습이 싫었다. 내가 질투하던 건 다른 남자와의 술자리가 아니었다. 세상 모든 진리를 다 아는 듯한 그 여유였다. 그녀는 잘난 체한 적 한 번 없었지만, 내가 너무 예민하게 알아차렸을 뿐이다. 단지 나는 질투가 심했고, 존경을 비추기에는 내 마음속 단칸방의 전기가 끊긴 지 너무 오래였다.

그럼에도 나는 질투심을 쉽게 털어낼 수가 없다. 사실, 질투는 꽤 많은 것을 내게 가져다주었다. 질투로 인해 기술적인 부분에서 충분히 성장할 수 있었고, 더 많은 공모전과 업무를 경험할 수 있었기 때문이다. 그래서 질투를 마음껏 활용하기도 했다. 질투해도 괜찮다고 스스로를 다독이며 나보다 더 나은 사람들을 마음껏 싫어하고, 이용하기 위해 가까워지고, 따라 하고, 그러다 결국 넘어섰을 때 쾌감을 느꼈다. 질투로 성장하면 되는 것 아닌가. 나는 분명 성장하고 있었고 자신감도 넘쳤다. 그렇게 "이제는 내가 더 잘났어!"를 외치는 순간, "우지끈!" 소리를 내며 얇은 합판 같은 자신감은 박살 났다.

회사에서 동료가 쓴 제안서를 보며, '이제부터 나는 콘텐츠에서 손을 떼야겠다'고 생각했다. 내가 사랑하는 기획 업무지만, 더 잘하는 사람을 만난 것이다. 질투심보다 중요한 건 '내가 잘할 수 있는 일'에 집중하는 것임을 잘 안다. 알지만, 알고 있지만, 매일 현관에 두고 바라보던 상장과 트로피를 장롱으로 옮기는 일은 시간이 조금 필요하다. 한때는 자부심이었던 일이었으니까. 아끼던 장난감을 동생에게 물려주는 일처럼, 그렇게 해야 함을 알지만 이별은 항상 어렵기만 했다.

나는 언제부턴가 감정이 예민해지고 마음이 약해졌다. 안쓰러운 사람을 보면 하루 종일 가슴이 답답했고, 좌절을 겪는 사람들의 작게 떨리는 입술이 머리에 계속 남았다. 길고양이들의 눈곱을 보며 괜히 핸드폰을 만지작거리고, 계단을 오르는 할머니를 볼 때면 괜히 두세 걸음 뒤에 붙어 천천히 따라가게 됐다. 아픔을, 슬픔을, 힘겨움을, 두려움을 너무 깊게 알고 있기 때문인 것 같다. 가지지 못한 것들에 대한 질투의 뒷면에는, 가지지 못했다는 슬픔과 두려움이 깊게 자리 잡고 있었다.

회사에서 일을 하며, 길을 걸으며, 책을 읽고 글을 쓰며, 정말 많은 사람들을 만나고 많은 이야기를 접했다. 그때마다 아픔에 민감한 내 모습을 발견한다. 고통이 그대로 전해지는 두려움에 도망치고 싶었던 적이 한두 번이 아니다. 하지만 몇 번의 학습을 통해 조금은 알게 됐다. 내게 전해지는 고통은 그들이 겪은 고통에 비하면 아주 작은 것임을. 그리고 다행히 내겐 그 고통을 견딜 여유가 있는 것 같다. 견디는 것을 넘어 손을 내밀어 줄 수 있는 여유도 있다는 것을 요즘 일을 하며 느끼고 있다. 아직은 서툴지만, 가끔은 엇나가기도 하고 힘들 때도 있지만, 언젠가 습관이 될 것이라 믿는다.

어제는 한 동료가 에그타르트를 사 왔다. "한 입 먹자마자, 우리 회사 사람들 갖다줘야겠다 싶었어요!"라고 말하는 그녀를 보며 생각했다.

1. 주위를 잘 챙기기 위해 노력하고 있다는 것
2. 사려 깊은 챙김은 노력을 바탕으로 생긴 습관이라는 것
3. 진심이 담긴 에그타르트는 맛있다는 것

질투를 해야 할 대상이 따로 있지도 않겠지만, 적어도 내 동료들이 잘하는 일에는 진심으로 기뻐할 수 있으면 좋겠다고 생각했다. 그러니까 질투심은 이제 좀 꺼질 차례겠지.

오늘의 죽지 않을 이유

내가 내밀어 줄 손을 기다리는 동료들이 있다.

말과 몸짓을 함께 사용할 수 있다는 건, 우리가 표현력이 부족하다는 증거일지도 모른다. 마음을 전하는 데는 목소리만 필요한 게 아니었다. 단어를 고르고, 톤을 다듬고, 눈빛과 입꼬리를 움직이면서 때로는 손과 목을 함께 써야만 했다.

"감사해요"라는 한마디를 다르게 전하기 위해 부단히 노력했던 시간이 있다. 앞선 이가 문을 잡아주어서, 비 오는 날 우산을 빌려주어서, 시간을 내 생일을 축하해 주어서, 밤을 새워가며 내게 편지를 적어주어서 등 같은 단어로 표현하기엔 마음의 크기가 너무 달랐다. 문장을 던지고 나면 '부족하진 않았을까' 하고 고민에 빠지곤 했다. 그런 날에는 문장을 잉크에 담아 꾹꾹 눌러썼다. 뒷장에 자국을 남기는 나의 필기법은 너무 많은 마음을 담으려 노력한 흔적들이었다.

그런데 듣는 입장이 되어보니 조금씩 보인다. 어떤 표현들은 그 이상의 마음을 담고 있다. 예를 들면 너무 세게 눌러써서 살짝 긁힌 편지지, 정해진 칸을 살짝 넘겨 삐져나온 문장들, 몇 번을 고쳐 적은 이름, 강조하려고 표시한 따옴표까지. 문장이 길다고 표현이 잘되는 것도 아니었다. 오히려 짧은 문장이 더 많은 번짐을 지니고 있었다. 듣고, 읽고, 느껴야 할 표현들이 세상에 너무나도 많다. 마음이라는 바다를 담기에 표현은 너무나도 작은 바가지 하나라서.

오늘의 죽지 않을 이유

알아채지 못한 마음들이 아직 너무 많다.

학창 시절에는 구제 시장을 자주 다녔다. 벌이가 따로 없으니 싼 물건을 사야겠다는 마음도 있었지만, 굳이 구제를 찾은 이유는 보세가 싫었기 때문이었다. 지금도 비슷하지만, 똑같이 싼 제품이라면 새것보다는 오래돼서 싸진 제품이 더 좋은 제품이었다. 오래됐다는 핑계가 저렴한 가격을 설명할 수 있기 때문이었다. 감사하게도 좋은 브랜드는 오래돼도 가치가 녹슬지 않는다. 단순히 오래된 제품을 입는 것뿐이었다. 게다가 구제 시장의 옷들이 주는 특유의 고즈넉한 느낌이 참 좋았다. 오래되어 멋진 것들이 있다면, 그것이 바로 구제라고 생각했다.

지금은 당근마켓이나 중고나라 같은 서비스가 활성화돼 있지만, 그때만 해도 중고 거래는 위험한 영역이었다. 다행히 옷은 광장시장과 동묘를 중심으로 구제 시장이 형성되어 있었다. 특히 동묘는 좌판에 여러 옷을 깔아놓고 파는 곳이었기에 안목이 있는 사람들이 절대적으로 유리한 구조였다. 안목이라고 해봤자 좋은 브랜드를 얼마나 알고 있는지의 여부와 제품에 대한 이해도겠지만, 다행스럽게도 나는 그 부분을 어느 정도 충족할 수 있는 전공자였다.

"뭐 찾으러 왔어?"

첫마디는 기싸움으로 시작한다. 절대 주도권을 내주면 안 된다. 그들은 시장 짬밥 최소 20년! 여차하면 주도권을 빼앗긴 채, 새것도 아닌 오래된 보세 제품을 비싼 값을 주고 사야 할 수도 있다. 어떻게 알았냐고? 알고 싶지 않았다. 집에 쌓였다가 의류 수거함으로 돌아간 옷들이 수강료가 되어주었다.

"이모, 나한테 떠넘기려 하지 말아요. 느낌으로 찾을 거야, 오늘은!"

넉살을 빙자한 차단막을 앞세우고 좌판을 뒤진다. 손끝으로 옷감을 만진다. 수가 높고 구김이 적은 원단이 느껴진다. 건져 보니 단추가 없다. 다시 손을 놀린다. '오, 괜찮나?' 싶다가도 자세히 보니 옆구리가 뜯어져 있다. '그런데 이거 괜찮은 브랜드인데…. 다시 보니까 디자인도 괜찮은데? 뜯어진 건 꿰매면 되

겠지. 이러려고 전공했지!' 어쩌면 설득보다 쉬운 건 합리화일
지도 모를 말을 되뇐다. 평소에는 그렇게도 하기 싫던 손바느
질이 이럴 땐 강력한 핑계가 된다.

"얼마에 줄까?"

마음에 드는 옷을 몇 벌 골라잡으면 흥정이 시작된다. 사실
가격은 판매자가 정하는 게 맞다. 그렇지만 여기는 동묘, 이곳
에 왔으면 이곳의 법을 따라야 한다. 그리고 보통의 사람들은
판매자가 생각하는 가격보다 비싼 가격을 부른다. 재킷을 단돈
만 원에 사도 판매자가 이득인 곳, 그곳이 바로 동묘이기 때문
이다. 그래서 나와 친구들은 특별한 방법을 사용했다.

"(손가락을 벌려 손가락 세 개를 강조하며) 3!"
"3만 원? 좋아 특별히 좀 더 깎아서 2만 7천 원에 해줄게."
"아뇨. 세 자리…"
"뭐?"
"500원… 정도?"

이토록 터무니없는 가격을 제시하는 사람이 이기는 곳이 동

묘다. 항상 중지부터 약지까지의 세 손가락을 들고 돌아다니며, 수없이 많은 옷을 천 원대에 구매해 왔다. 사실 그마저도 판매자는 이득이었을 것이다. 1) 그들은 손해를 절대 보지 않으며, 2) 옷들의 원가는 한 박스에 몇백 원 수준이기 때문이다.

동묘를 돌아다니며, 아무리 흥정을 잘해도 결국 손해 본다는 사실을 알았을 때, 우리는 생각을 고쳐먹기로 했다. 그건 바로 '내가 만족하면 싸게 산 것'이라는 마음가짐이었다. 가격의 싸고 비쌈은 결국 비교로부터 출발할 테니까. 구제는 세상에 단 하나밖에 없는 제품이었다. 따지고 보면 비교가 불가능한 것이다. 어떤 제품은 오래될수록 가치가 높아지기도 한다는 점에서, 오래됐다고 가격이 싸야 한다는 것도 우리의 판단이었을 뿐이다. 그날 이후로 우리는 손가락 세 개를 들고 다닐 정도로 심하게 흥정을 하지는 않았다. '내가 만족만 하면 된다'는 마음이 갖춰진 뒤로는 가격이 크게 신경 쓰이지 않았다. 10만 원을 주고 샀으면, 내겐 10만 원의 가치가 있다고 느껴졌기 때문이었다(물론 10만 원은 비싸게 산 게 맞다).

살다 보니 비교를 하게 되는 순간들이 참 많았다. '나는 이런 연봉인데', '나는 이런 대우를 받는데', '나는 이런 성적표를 가지고 있는데'라고 생각하며, 순간의 상황을 숫자로 비교하고 상대와 나의 차이를 재단하려 했다. 그렇지만 이제는 알고 있다. 우리들 개개인은 너무나 고유해서 비교가 불가능하다는 것을. 사실 우리가 신경 써야 할 것은 타인과의 비교가 아니라, 나 스스로의 만족뿐이었음을. 부족하면 스스로의 만족에서 부족한 것이고, 충만하다면 그대로 충분히 만족스러울 수 있어야 했다. 친구들과 함께 지폐 몇 장을 들고 손가락 세 개를 세우며 동묘를 쏘다니던 학창 시절이 없었다면, 조금은 더 오래 걸렸을 것 같은 깨달음이다.

오늘의 죽지 않을 이유

내 인생은 나만 만족하면 돼.

얼마 전 이직한 친구를 만났다. 새로운 조직에 적응하며 겪는 어려움을 토해냈다. 즐거움도 있지만 어려움도 큰, 경력직이라 징징대기도 어려운 상황을 이야기했다. 나도 비슷했다. 몇 달 전 입사해 새로운 일을, 전혀 해본 적 없는 일을 맡아서 하면서 하루에도 기분이 수십 번씩 오르락내리락했다. 희망에 부풀었다가도, 아무것도 하지 못했다는 생각에 기분이 바닥을 치는 일이 잦았다. 변화와 시작에 대해 고민하던 중 그녀는 도자기 공방에 다녔던 이야기를 꺼냈다.

"도자기를 물레에 올리고 빚기 전에, 흙을 잘 풀어줘야 하거든. 그걸 흙의 꼬임을 푼다고 해. 왜냐하면 물레는 좌우로 회전하는데, 꽂혀있는 흙은 수직으로 힘을 받으니까 잘 주물러서 꼬임을 풀어주는 거야. 꼬임을 풀지 않고 흙을 빚으면 순식간에 도자기가 뒤틀려 버려. 근데 이 꼬임을 푸는 과정이 참 재밌다? 수십 번을 주무르면서 흙을 내렸다가 올렸다가 반복하는 거야.

실컷 빚어 올렸다가 확 무너뜨려서 아래에 깔기를 반복하는 거지.

　인생도 비슷하지 않나 싶어. 무언가를 시작하기 위해서는 수없이 많은 오르내림이 있어야 하는 거 아닐까? 새로움이 주는 설렘은 행복이지만, 우리는 결국 도자기 같은 결과를 빚어내야 하잖아. 시작할 때 설렘만 가득해서 대충 시작하면 과정이 걷잡을 수 없게 뒤틀려 버리고, 잘 모르는 길이기 때문에 실수라도 할 때면 수시로 우리 마음을 들었다 났다 하는 것처럼. 무언가를 시작하는 건 설렘만 있는 줄 알았는데, 매일 좌절하기도 하는 모습이 꼭 꼬임을 푸는 과정 같아."

　그랬다. 새로운 것을 시작하기 위해서는 설렘이 필요하지만, 과정에서 좌절과 실패를 맛봐야 하는 것도 당연했다. 우리는 새로움 앞에서는 허접하기 때문이다. 기대로 한껏 부풀었다가, 허접한 내 모습에 땅 밑까지 좌절하는 것을 반복해야만 도자기로 빚어질 준비가 되는 것이었다. 이 과정이 힘들고 귀찮아서 도망치면, 쉽게 뒤틀려 버리곤 했다. 대충 시작한 일이 나를 무너뜨린 것처럼, 대충 쌓은 탑이 무너지는 것은 당연한 일이었다. 5층 돌탑을 쌓기 위해 1층, 2층에서 충분히 무너져 봐야 했다. 충분히 아파하고 충분히 슬퍼할 줄도 알아야, 제대로 시작할 수 있었던 것이다.

"근데 그걸 알면서도, 막상 내 일이 되니까 잘 적응이 안 되더라. 그러니까 이 내용을 글로 써봐. 우리 모두 새로운 도전을 하고 있잖아. 좆밥 같아 보이는 우리 모습을 버텨낼 수 있게. 꼬임을 푸는 이야기를 글로 남겨두는 것도 좋을 것 같아."

그래서 글을 썼다. 영상 모델로 나아가는 은지와 핀테크 PO로 새 커리어를 시작한 홍비, 이제 막 새로운 조직과 인사를 시작한 햇병아리 광래를 위해서. 마음껏 무너지고 울고 다치고 다시 들뜨고 기뻐하고 반복하자고, 뒤틀리게 자라는 것보다는 중심을 잘 잡고 빚어지는 도자기가 되고 싶어 선택한 일이니까.

.

오늘의 죽지 않을 이유

이제 막 물레에 올랐을 뿐이니까.

종이가 약간은 거칠어야 편지가 잘 써집니다

가끔은 편지를 쓴다. 사각사각 연필을 깎고 편지지를 골라 한 글자 한 글자씩 적어 내려간다. 연필의 흑심이 갈려나간다. 내가 가지고 있던 흑심을 편지에 담는다. 약간의 번짐은 이해해 주길 바라면서. 원래 부끄러우면 손사래를 치는 법이다. 조금은 형상을 흐리게 만들어야 하니까. 어쩌면 은밀해져서 더 좋은 것일 수도 있다.

편지를 쓰면서 가장 중요시하는 것은 다름 아닌 종이의 질감이다. 나는 빳빳하고 거친 종이가 좋다. 너무 만질만질한 종이에는 연필이 잘 그어지지 않는다. 너무 멀끔한 사람에게는 오히려 마음을 전하기 힘든 것처럼, 조금은 거친 면을 지닌 편지지가 좋다. 편지지에 지문을 대본다. 기분 좋은 마찰력이 흠뻑 느껴진다. 이 정도는 되어야 흑심이 잘 묻는다. 조금은 거칠고 모자란 사람들이 훨씬 편한 이유다. 완벽한 사람을 동경하지만, 나는 그래도 조금 부족한 사람들에게 마음이 더 간다.

한때는 좋은 것들만을 원했다. 번쩍이는 대기업, 남부럽지 않은 연봉을 등에 업고 이런 것이 빤질빤질한 인생이라고 보여주고 싶었다. 무결한 사람이 되고 싶은 건 본능이었다. 무결하다는 게 조금은 차가운, 동경하지만 가까이는 갈 수 없음을 의미한다는 걸 알게 된 지는 얼마 지나지 않았다.

조금은 거칠고, 조금은 모자라고, 조금은 모나지만, 감당 가능한 마찰력이 우리를 더 가깝게 만들어 주는 것 같다. 마찰력이 없으면 붙어있을 수 없다고 배운 고등학교 물리 시간이 생각난다. 약간 거친 것은 우리가 함께하기 위한 조건임을 과학도 말하고 있었다. 오늘 밤 지문을 가득 묻힌 거친 편지지가 가장 위대한 물리 선생님 같다.

오늘의 죽지 않을 이유

아껴뒀던 편지를 써야겠습니다.

어렸을 땐 항상 냄비를 태웠습니다. 뜨거운 불을 다루는 일이 익숙지 않았거든요. 재료를 익히는 방법을 단순하게만 생각해서, 그럴 때면 항상 태우곤 했습니다. 센 불을 쓰는 일이 거의 없어질 때쯤, 요리를 잘하게 됐습니다. 요리에서는 재료가 익으면서도 고유의 맛을 잃지 않아야 합니다. 서서히, 그러나 확실하게 익을 수 있도록 충분한 온기와 시간을 주는 것. 그래서 요리는 재료를 살리는 일이지요.

관계에도 오버쿡이 있지 않나 싶습니다. 맛보고 싶은 마음이 너무 커 불같은 진심을 퍼붓는 일. 그을린 지난 인연들은 괜찮은가요. 따뜻하되 태우지 않고, 골고루 익히면서 상대를 살리는 게 관계일 텐데, 그때 나는 뭐가 그리 급했던 걸까요.

오늘의 죽지 않을 이유
_____

하고 싶은 요리가 남아있다.
_____

오늘부터 뜀걸음을 시작했다. 부어버린 몸뚱이를 모질게 괴롭히고 게으른 삶도 청산하고 싶었는데, 고작 3km 달리는 게 이리 힘든지 몰랐다. 군대에선 매일 뛰던 이 거리가 이리도 힘들다니. 밥때를 놓칠까 봐 밥을 먹고 나간 탓도 있었다. 배부름이 뛰는 일을 방해했다. 숨이 차고 목이 멨다.

달려가야 하는 일들은 생각보다 꽤 많다. 늦어버린 약속, 보고 싶은 사람, 이루고 싶은 목표 같은 것들. 보통 늦는 이유는 계산 실패도 있겠지만, 나에게는 준비 과정의 문제가 컸다. 조금 더 완벽하고자 내 욕심을 채우다 보니 숨이 차고 목이 멨던 건 아닐까. 조금 부족하고, 미숙하더라도 달려나가는 게 더 나을 수 있다고 오늘의 뜀걸음이 가르쳐 준 게 아닐까.

오늘의 죽지 않을 이유
뛰기 좋은 찬 공기.

"이번 열차는 대화행, 대화행 열차입니다."

도착지를 확인하지 못하고 급히 타서 잠에 들지 못했는데, 안내 방송을 듣고는 안심하고 잠에 들 준비를 했다. 구파발행이면 잠을 잘 수가 없기 때문이다. 급하게 탄 것들은 대부분 구파발행이어서 종점 근처인 우리 집까지는 가지 않았고, 그때마다 나는 퍽 기분이 상하곤 했다.

"오늘 하루는 참 길었던 것 같습니다. 여러분도 오늘 하루가 고되셨나요?"

기관사님이 단단한 목소리로 안내 방송을 이어나갔다.

"이상한 나라의 앨리스에 나오는 주인공 앨리스는 이렇게 말합니다. '오늘 기분은 내가 정해! 오늘은 행복으로 할래.' 마음먹은 대로 하루의 기분을 정하는 앨리스를 보며, 우리도 오늘을 행복했던 하루로 기억하며 마무리하면 어떨까 생각해 봤습니다. 하루가 길고 힘들고 지치는 일도 많았지만, 그 속에 작지만 분명한 행복도 있었던 것 같습니다. 저는 여러분이 행복했던 기억만 가져갔으면 좋겠습니다. 오늘은 행복하기로 정했으니까요."

'오늘은 행복으로 정했다'는 말은 끌려가지 않겠다는 의미일 것이다. 어쩌면 우리 삶의 행복과 불행은 우리가 정할 수 있는 것이었을지도 모른다. 구파발행이면 뭐 어떻고, 대화행이면 뭐 어떤가. 막차였다면 뭐 택시를 타고 말면 그만인 것을. 이보다 더 아프고, 다치고, 무너져 보라지. 어쨌든 오늘만큼은 행복하기로 정했으니까.

오늘의 죽지 않을 이유
_____

오늘은 행복으로 정했다.
_____

글을 쓰기 싫다는 건, 어쩌면 오늘은 매우 만족스러웠다는 의미일지도 모르겠다. 나는 보통 무언가 결핍되면 글을 쓰곤 했다. 하고 싶은 말을 못 했을 때, 마음이 지쳐 기대고 싶을 때면 텍스트에 몸을 맡겼다. 오늘은 그러지 않아도 된다. 글을 쓰고 싶지 않다기보다는, 오늘만큼은 글을 안 써도 될 것 같아서다. 적어도 내게 글이란 죽음으로 가는, 죽음과 가까워지는 행위가 아니었나 싶다. 오늘만큼은 생이 충만하여 글을 남기지 않겠다. 글을 남기지 않겠다고 쓰는 글이다. 나라는 사람은 이토록 모순적이다.

오늘의 죽지 않을 이유
_____
죽음과 삶이 도마 위에 오르지조차 않는다.
_____

"애들아, 나 결혼한다."

모처럼 죽어있던 단톡방이 울렸다. 갑작스러운 결혼 소식이 었다. 3년간의 연애 기간과 29살이라는 나이, 그리고 5년 차 직 장인이라는 친구의 상황은 결혼 적령기를 의미했지만, 적어도 나에게는 갑작스러웠다. 생각지도 못한 일이었기 때문이다.

일정은 바로 한 달 뒤, 청첩장을 주겠다는 급한 연락에 없는 시간을 긁어모아 약속을 정했다. 못 본 지 1년이 넘은 것 같다. 이렇게 다 모이는 게 참 힘들었다. 누군가는 외국으로 떠났고, 누군가는 군대에, 또 누군가는 지방에서 일을 한다고 해서 만 나지 못했었는데, 이번에는 누구 한 명 빠지지 않고 모였다. 청 첩장을 받기 위해 모인 것이 즐거우면서도, 이렇게 모두가 빠 짐없이 모일 수 있다는 사실이 낯설었다.

항상 그랬다. 고3 때 스터디 클럽을 만들자는 의견에 모인 우리는 1년 내내 함께 시간을 보냈다. 이미 반 전체가 모두 친구인 학창 시절이었지만, 작은 제안 하나로 시작된 스터디 클럽은 조금 더 특별했다. 우리 집에서 다 같이 모여 제육볶음을 먹고, 하굣길에 가까운 집에 들러 영화를 보고, 맥도날드에서 햄버거를 사 먹는 일을 가능하게 했다. 그렇게 함께했던 우리가 졸업과 함께 거짓말처럼 서로 뿔뿔이 흩어졌다. 다들 아싸보다는 인싸에 가까웠기에, 우리는 새로운 터전에서도 즐거운 추억을 쌓아가기 바빴다.

그렇게 10년이 지났다. 그 사이에 누군가는 취직을 하고, 누군가는 사업을 시작했으며, 누군가는 가업을 이어받기도 했다. 또 누군가는 미국을, 누군가는 캐나다를, 누군가는 일본을 다녀오기도 했다. 내가 대학을 졸업한 시기에, 이미 직장에서 자리를 잡고 대리가 된 친구도 있었다. 그리고 바로 그 친구가 내일 결혼식을 올린다.

결혼. 어쩌면 무겁고, 어쩌면 가벼운 이름이다. 언젠간 꿈꿨던 것 같고, 언젠간 피했던 그 이름을 내일 눈앞에서 마주한다. 주책이지만, 나는 결혼식에 가면 왈칵 감정이 올라오곤 한다.

어떤 벅참인지, 아니면 슬픔인지는 알 수가 없다. 친했던 것과 상관없이 눈물을 흘린다. 친구들 사이에서 눈물을 흘리는 일이 잦아서 괜찮다지만, 매번 다른 이성의 결혼식에서 눈물을 훔치는 내 모습은 참 주책이었던 것 같다.

결혼을 '결이 맞는 사람들이 혼을 맺는 일'이라고 표현하는 것을 좋아한다. 카피라이터 정철 님의 블로그에서 본 말이다. 과거를 바탕으로 미래를 약속하는 결혼의 순간에, 상대와 결이 맞기에 앞으로도 잘 흐를 것이라고 생각하는 것이다.

미래에 대한 확신이 갈수록 적어지는 시대다. 코로나19가 닥쳤을 때 확실히 느꼈다. 이렇게 마스크를 쓰고 하루를 보내야 할 줄은 이전에는 미처 예상하지 못했으니까. 앞으로 다가올 세상 역시 또 다른 면에서 낯설지도 모른다. 이런 변동성의 흔들림 때문에 우리는 조금 더 일시적인 것들에 집중하게 되는 것 같다. "내 집 마련은 멀지만, 명품은 가깝거든요." 〈대학내일〉에서 조사한 자료에 쓰여있던 서문이다. 가까운 것들에 집중하는 세상 속에서 내 친구는 결혼을 선택했다.

그럼에도 나는 내 친구의 결혼을 특별하고 숭고한 것으로 말하지는 않으려고 한다. 그저 쌓아온 일들의 흐름일 뿐이며, 마땅히 그래야만 했을 일이라고 말하며 앞길을 축복할 것이다. 우리는 미래를 그린다고 이야기하지만, 어쩌면 그건 쌓아온 과거의 흐름을 이어가는 것뿐일지도 모른다. 그렇기에 더 행복하고 잘될 것이라 믿는다. 오랜 기간 쌓아온 단단함은 쉽게 무너지지 않으니까. 요즘의 나는 무언가를 바라기 전에 내가 해온 것들을 돌아본다. 나는 어떤 삶을 살았고 어떤 것들을 주고받았는지 생각하다 보면, 어느새 내가 갈 길이 그려지곤 했다. 이제는 혼자가 아닌 둘의 힘으로 걷길 선택한 내 친구. 서로 주고받는 부부의 삶이 앞으로도 지속되기를, 그리고 사랑이라는 중력을 받아 더 깊고 웅장한 계곡으로 풍화되길 바란다.

오늘의 죽지 않을 이유

내일은 친구의 결혼식이다.

초등학생 때 학교 앞에서 병아리를 팔았다. 지금은 그런 식으로 생명이 있는 동물을 데려오지 않지만, 그 시절엔 작고 귀여운 삐약거림이 그렇게 마음을 홀렸다. 동물을 사고파는 것에 대한 반감이 없던 시절이라, 나는 주저 없이 주머니 속 500원과 병아리를 맞바꿨다.

빈 상자를 뜯어 집을 만들어 줬다. 신문지를 두껍게 깔고 어디서 구해 온 톱밥으로 자리도 만들어 줬다. 꾸역꾸역 화장실도 만들어 준 기억이 난다. 봉투에 담겨서 오는 과정에 지친 것인지 집에 내려놓자마자 병아리는 눈을 꿈뻑거렸다. 그리고 꽤 깊은 잠에 빠져들곤 했다. 다시 일어나지 못할 만큼. 이제는 안다. 그때 학교 앞에서 병아리가 활발하게 삐약거렸던 이유는 각성제가 포함된 사료를 먹었기 때문이고, 스트레스를 받아 지저귀고 있었던 것뿐이라는 걸. 적적한 초등학생의 외로움을 달래기 위해 길가에서 사 온 500원짜리 이기심은 잠깐 동안 빈 곳을 채우다 더 큰 공허함으로 사라지곤 했다.

억지로 외로움을 잊는 일을 멈출 수 있게 된 건, 한참이 지나고 나서야 겨우 가능했다. 외로움은 필연이라지만, 마주하기 싫은 것도 어쩔 수 없었기 때문이다. 외로울 때면 모임에 나가고, 모임이 없으면 군중 속으로 향했다. 내가 처음 보는 사람에게 쉽게 말을 걸고 모르는 사람과도 잘 어울리게 된 건 순전히 외로움 탓이었다. 외로워도 외롭다고 말하진 않았다. 외로움을 잊을 방법들을 찾아 나섰다. 어느 날은 클럽으로, 어느 날은 파티로, 또 어느 날은 거리로 향하면서 사람들 틈에 나를 섞었다. 같이 있는 게 외로움을 해결하는 가장 빠른 방법이라고 생각했기 때문이다.

질린다는 게 이럴 땐 도움이 됐다. 몇 년이 지나니 질렸다. '금세'라는 표현을 쓰고 싶지만, 조금은 민망하게도 10년 가까운 세월이 지나서야 드디어 질리게 됐다. 그리고 나니 그저 외롭다는 생각을 머릿속에 가지고 살아야만 했다. 문제는 차오른 외로움이 가끔씩 목 바깥으로 튀어나오려 했다는 것뿐이다. 입은 막아도 눈을 막을 수는 없는지 눈빛에 우수가 서렸다. 어떤 것들은 아무리 피하려 해도 피하지 못하고 마주쳐야만 한다.

트라우마가 그렇고, 책임이 그렇고, 외로움이 그랬다. 결국에 입을 막은 두 손에 힘이 풀려버렸을 때, 나는 외롭다고 말해버렸다.

말은 참 특이한 속성을 지닌다. 첫 번째는 휘발된다는 것. 그래서 어렴풋이 기억에 남는다. 흐리게 기억되고 다양하게 해석되는 것이 시를 닮았다. 글을 좋아하면서 말하는 것 역시 좋아하는 이유는 기억력의 한계에서 오는 확장성 때문이겠다. 말이 지닌 두 번째 속성은 같은 말을 하는 사람들은 결속된다는 것이었다. 일 얘기가 그랬다. 같은 일을 하는 사람들끼리는 이야기하며 쉽게 공감하고 가까워진다. 물론 글도 공감을 불러일으킨다. 하지만 일방적인 공감이기에 내적 결속에 치중되는 반면, 말은 같은 말을 하는 사람들을 세상 가까운 사람으로 만든다. 담배를 피우고 술을 마시며 친해지는 사람들의 모습을 보면, 우리가 내뱉는 것들은 밧줄처럼 서로를 연결하는 게 아닐까 싶다. 지금도 내 주변에는 광고를 하는 사람들이 가득하고, 글과 책을 좋아하는 사람들이 가득하다. 뱉은 말들이 만들어낸 연결이겠다.

외롭다고 말하니 세상 다양한 외로움이 내 주변에 모였다.

외롭다고 말하니, 멀게만 느껴졌던 친구들이 외로움을 주제로 가까워졌다. 외롭다고 말하니, 외로운 것들이 모였다. 외롭다는 이유로 외로운 것들이 외로운 장소에서 모였다. 외로움을 해소하려고 모인 것은 아니지만, 외로워서 모였다. 그렇게 더 이상 외롭지 않은 외로운 군중이 되어버렸다. 그 뒤로는 가끔씩 외롭다고 말한다. 질리지 않을 만큼만. 외로워서 외롭지 않게 될 줄은 몰랐다.

오늘의 죽지 않을 이유

병아리가 아직은 오지 말라더라고요.

조금 늦은 졸업 시기 탓일까, 대학을 다니던 막판에는 주로 동생들과 더 가깝게 지낼 수 있었다. 자연스레 맏이가 되는 일이 잦았고, 형, 오빠 소리가 더 자연스러웠다. 그래서인지 더 벽이 없이 지내려고 노력했고, 더 만만하고 편한 사람이 되려고 애썼던 것 같다. 그래도 나이가 나이인지라, 힘들고 어려움이 있을 때면 나를 찾는 동생들이 많았다. 가끔 부담일 때도 있었지만, 분명 감사한 일이었다.

취업은 불안의 연속인 듯하다. 일을 하지 않을 땐 항상 불안했다. 지금은 직장이 아니어도 할 수 있는 일이 있는 세상이지만, 적어도 20대인 우리가 듣고 자라온 세상에서 일은 곧 '직장'이었다. 어떤 회사에 다니는지, 어떤 자리에 있는지가 일에 대한 설명이었고 때론 전부이기도 했다. "걔, 삼성 다녀"라는 한마디로 누군가의 삶의 만족도를 평가하는 일은 우리가 원해서라기보다는 '그것 말고는 몰라서'인 경우가 더 많았다.

얼마 전 아는 동생이 DM을 보내왔다. 스타트업으로 가게 될 것 같다는 소식이었다. 메시지에서 그의 고민이 느껴져 신중하게 답하고자 노력했다. 커리어에 대한 고민. 스타트업이 왜 커리어에 대한 고민으로 이어지는 건지 처음에는 공감하지 못했지만, 이전의 상담 경험으로 그 마음을 조금은 알 수 있었다. 어른들은 요즘 친구들이 장기적인 고민이 없다고 말하지만, 내가 본 20대들은 누구보다 장기적인 시선을 가지고 있었다. 그리고 일을 누구보다 사랑하는 사람이었다. 다만 주어진 일이 아니라, 선택한 일에 헌신하고 싶을 뿐이었다. 기회가 소중한 것도 맞지만, 어딘가에 있을, 내가 아직 찾지 못한 적성에 대해 고민하는 시간이 필요했을 뿐이었다.

세상은 넓어졌다. 하지만 우리는 여전히 국영수사과를 배운다. 세상에는 매일 수많은 정보가 쏟아진다. 하지만 우리는 여전히 과거만을 배운다. 세상에는 다양한 직업의 형태와 종류가 있지만, 우리는 여전히 기업 공채만을 준비하고 인적성 문제집을 푼다. 나 역시 여기에 지난 몇 년을 쏟아부었기에 이 모든 현실을 알 수 있었다는 것을 부정하지 않는다. 다만, 그래서 더 알리고 말하는 것이다. 친구들이, 후배들이, 동생들이 느낄 공허함이 자연스럽다는 것을 알려주고 싶을 뿐이다.

"너무 큰 걱정은 안 했으면 좋겠어. 우리는 우리를 잘 안다고 생각하지만, 생각보다 내가 잘하고 좋아한다고 믿고 있는 것들도 좁은 시선에서 바라본 것일 뿐이더라. 몇 년 전까지만 해도 잘한다고 생각했던 디자인을 요샌 잘 못한다고 생각하고 있고, 몇 달 전에는 상상도 못 했을 달리기에서 스스로 놀랄 만한 10km 마라톤 기록을 가지게 됐거든. 아마, 우리가 해야 할 일은 흘러가는 시간을 열심히, 그리고 즐겁게 보내는 게 아닐까?"

어떤 대답도 그의 커리어 고민을 해결할 수 없을 것을 잘 안다. 그저 시간을 보내는 것이 우리에게 주어진 유일한 사명이기 때문이다. 하지만 최선을 다하지 않아도 시간은 흐른다. 합리적인 선택을 해도 실패한다. 아무리 분석해도 미래는 내 예상과 다르다. 그러니 이왕이면 내가 살고 있는 '지금'에 집중해 보는 것도 좋지 않을까? 혹시 모른다. 현재를 충실히 깎다 보면 언젠가 물길을 틀 수 있게 될지도. 계곡을 만드는 건 작은 비바람과 아주 많은 시간일 테니까.

오늘의 죽지 않을 이유
한번 흐르는 물은 멈출 수가 없습니다.

"넌 하고 싶은 거 해서 좋겠다."

이 말을 들으면, 처음에는 어찌해야 할 줄 몰랐다가, 화도 났다가, 측은해졌다가, 끝에는 무심해진다. 이해가 안 가니, 어찌해야 할 줄 모른다. 그러다 문장 속에 담긴 자격지심을 확인한 순간 화가 난다. 그러면서 상대의 열등감이 얼마나 심한 걸까 걱정이 된다. 괜한 오지랖을 부려보는 것이다. 결국 내 오지랖과 노파심이란 것을 인정하고 나면 무심해진다. 타인의 고통에 이토록 무심해진다는 게 얼마나 잔인한지 알면서도, 그 저변에 깔린 자격지심에 나를 희생할 수는 없는 노릇이었다.

"부러우면 너도 해"라고는 쉽게 말할 수 없다는 걸 잘 안다. 각자 상황이 다르니까. 누군가에게는 잠을 잘 수 있는 침대조차 허락되지 않는다는 것을 잘 안다. 그렇다고 해서 타인의 행복을 재단하는 행위가 용납되는 것은 아니다. 기준선은 오롯이 스스로에게만 통하는 일이다. 치수를 재는 단위가 다른 미국인 신발장수 앞에서 270mm의 신발을 달라고 호소해 봤자, 그는 의아한 표정으로 어깨를 들썩할 뿐이다.

"타인에 대한 시기와 질투를 본인이 깨닫는 순간 동경이 됩니다."

- 김이나 작사가, tvN 〈싱어게인〉 중

상대의 조건을 내 기준에서 생각하지 말자. 재벌가에도 번뇌와 고통은 있다. 부러울 땐 차라리 왜 부러운지 스스로에게 물어보자. 서툰 부러움은 상대를 끌어내리는 갈고리와 같다. 좋은 부러움은 동기가 되어 몸을 움직이고 마음이 닿게 한다고 믿는다. 부러운 마음이 들 때면 셋을 세고 내 마음을 점검해 보자. 내 상태가 아쉬워서 다른 사람이 부러운 건 아닌지. 그렇다면 그건 상대가 부러운 게 아니라, 내가 처한 현실이 싫다는 의미라는 걸 인정하자. 셋을 세고도 부러움이 계속된다면 차라리 이렇게 말해보자. "네 모습, 참 멋지고 즐거워 보인다"라고.

오늘의 죽지 않을 이유

동경의 대상이 꽤 많아졌다.

진짜 바다

가끔 바다 생각이 난다. 동해, 깊은 푸른색과 흰 파도의 차이가 극명하게 느껴지는 대비를 찾을 수 있는 곳. 바다에 대한 이미지를 파란색과 흰색으로 채우고 나니 서해는 바다 같지 않았다. 차를 타고 꼬박 세 시간을 달려 결혼식이 있는 강릉에 닿았다. 세 시간이 걸린다는 걸 알면서도, 다 같이 다섯 시간을 앞당겨서 출발했다. 아마도 '바다를 보고 싶다'는 마음이 모두에게 있었던 듯하다.

겨울의 경포대에는 많은 것들이 남아있다. 성인이 되고 처음 떠난 가족 여행, 오래전 여자 친구와의 마지막 여행, 수능을 마치고 친구들과 떠난 첫 외박의 경험까지. 서쪽에 사는 우리는 기회만 생기면 동해로 향했다. 바다가 보고 싶었다면 서해로 가도 됐을 텐데, 암묵적으로 바다는 동해라고 생각하고 있던 듯하다.

"야, 이게 진짜 바다지."

피식 웃음이 났다. 그럼 가짜 바다도 있나. 서해는 소금물이라고 부를 각오였다. 사실 서해가 더 오래된 바다라면 어쩌려는 건지 싶기도 했다. 진짜를 가르는 기준은 철저히 개인적이었다. 잠깐 동안 '동해에 사는 사람들은 서해를 바다라고 부르려나?' 하고 생각했지만, 적어도 희소성이 바다에 자격을 부여하는 요소는 아닌 것 같았다.

동해를 진짜 바다라고 부른 이유는 무엇일까? 푸르름이 있어서? 파도가 거세게 쳐서? 그것도 아니면 시원한 바람이 불어서일까? 사실 어느 것 하나 바다의 조건은 아니었다. 그렇지만, 어디서 약속이라도 한 듯 다들 동해를 진짜 바다라고 인정하는 듯했다.

바람이 부니 머리가 날렸다. 결혼식을 이유로 기껏 드라이했는데, 단 몇 초 만에 머리는 제 마음대로 헝클어졌다. 사진을 찍어봐도 흐트러진 머리뿐. 머리숱이 많아서 평소보다 두 배는 더 무겁게 휘날리는 느낌이었다.

"바다는 참 많은 것들을 포기하게 하는 것 같아."

바다에 갔다는 내게 친구가 보내온 문장이었다. 사실이 그랬다. 머리를 포기하게 만들고, 소금 바람에 옷을 버리고, 모래사장에 빠져 신발을 망치는 일. 바다는 많은 것들을 포기하게 만들었다. 굳이 시간을 내서, 액셀을 밟는 수고로 찾아온 바다는 우리의 주말을 포기하게 만들었다.

PC방에서 보내는 주말을 포기하고 바다에서 차를 한잔했다. 오래간만에 친구들끼리 삶과 일에 대해 이야기했다. 수능 전날까지 같이 축구를 하던 친구들이 커리어와 결혼에 대한 고민을 나눴다. 친구의 새출발을 응원하는 자리가 강릉이어서 수고스럽다고 생각했지만, 덕분이라는 생각이 잠깐 들었다.

조수석에 앉아, 창밖을 잠시 바라봤다. 지나가는 사람들, 몰아치는 파도들, 흩날리는 낙엽이 가득한 곳이었다. 바다는 많은 것들을 포기하게 만드나 싶었는데, 그렇지 않았다. 그저 걸쳐진 껍데기를 날려줄 뿐이었다.

불현듯 누구나 마음속에 작은 바다 하나를 두고 살았으면 좋겠다고 생각했다. 어차피 바다의 조건이 개인적인 것이라면, 마음속에만 존재하는 것이어도 바다는 분명 바다일 테니까. 그렇게 마음에 바다를 두고, 가끔 너무 짊어진 것들이 많을 때면 찾아갈 수 있도록 말이다. 언제나 바다에 가서 시원한 바람을 맞고 끝없이 펼쳐진 지평선을 바라보며 어깨에 메고 있던 두려움과 짐을 날려버릴 수 있으면 좋겠다고 생각했다. 그곳이 어디든 마음속의 바다를 진짜 바다라고 부를 수 있는 자유가 우리에겐 있으니까.

오늘의 죽지 않을 이유

진짜 바다에서 만나요.

가장 추워지는 날, 코트로는 부족해 패딩을 꺼내게 되는 날, 지금껏 살아온 19년 인생의 결실을 보는 날, 누군가의 평안을 위해 누군가가 불안을 짊어지는 날, 가장 많은 기도가 이뤄지는 날, 찹쌀떡이 가장 많이 팔리는 날.

그런 날이다. 수능은.

올해*는 수능이 밀리니 추위도 밀리는 느낌이었다. 보통 수능이 있는 날은 매년 춥다는 인식이 있었다. 11월 중순은 수능이라는 핑계를 대지 않아도 추운 시기였으나, 괜히 수능 탓으로 추위를 돌리곤 했다. "수능 날에는 기도를 하도 많이 해대서 귀신이 많아지니까 추운 거래." 우스갯소리로 들은 말이었다.

* 이 글을 썼던 2020년은 코로나19라는 천재지변으로 인해 수능이 12월로 연기됐다.

누군가의 간절함이 귀신을 부르고, 그 한기가 나라를 가득 채우는 날이라고 했다. 매년 수능 철에는 절간마다 공양을 든 행렬이 가득했다. 목탁을 두드리는 박자에 맞춰 누군가가 편히 잠들 수 있도록 누군가는 자신의 평온을 공양하곤 했다.

성인이 되는 기준은 20살이지만, 암묵적으로 수능이 끝난 아이들을 성인이라 부르곤 했다. 수능이 끝나고 찾아뵌 친척집에서 큰아버지가 따라 주시던 소주 한 잔이 생각난다. 어른이 됐으니, 새로운 시작을 응원한다는 숙부의 말씀에 부족한 주량에도 몇 잔을 연거푸 들이켜곤 했다. 그럼에도 속으로는 '수능을 잘 못 봤는데 어쩌지…'라는 생각을 지울 수가 없었다.

수능이 끝난 다음 날, 신문 기사에는 때때로 비극적인 소식이 전해지곤 했다. 고작 시험일 뿐이고, 평생에 한 번도 아닌 일이라지만 누군가에겐 죽음의 이유가 되곤 했다. 굳이 결과를 기다리지 않아도 가채점이 가능했고, 가채점을 해보지 않아도 본인의 성적이 나쁠 것이라는 예측은 쉽게 할 수 있었다. 실제로 9월 모의고사 점수에 비해 평균 2등급 이상 떨어졌던 내 기억을 되짚어 보면, 나는 수능 시험장을 나오는 순간부터 내 성적이 나쁠 것임을 이미 알았다.

죽음의 두려움을 넘어설 만큼 수능이 내 인생에서 전부였던 건 아니지만, 수능에 대한 열등감은 대학교에서도, 사회에서도 지속되곤 했다. 모처럼 올라간 공모전 시상식에서는 같은 학교를 찾아볼 수 없었다. 학교가 싫으니 외부의 활동에 집중했고, 더 좋은 타이틀과 더 좋은 조건의 일자리를 찾고자 했다. 어쩌다 합격의 문턱에 올라선 시험에서도, 끝내 버티고 올라간 대기업 최종 면접의 자리에서도 나는 수능 날부터 쌓아 올린 열등감을 지워내지 못했다.

'수능은 생각보다 큰 의미가 없다는 것'을 시간이 지나서 이해할 수는 있었다. 그럼에도 좋은 점수가 주는 이점도 있다는 사실을 부정할 수는 없었다. 더 나은 출발선이 아니더라도, 사회 곳곳에 선배들이 자리 잡고 있다는 점. 혈육과 지인 없이도 학교라는 타이틀로 묶어진 기성 권력에 나를 담글 수 있다는 점을 부정할 수는 없었다. 그래서 수능을 치르는 동생들에게 '의미 없다'라는 말로 위로를 건네지는 않았다.

한때 학원에서 수학 강사로 일한 적이 있다. 학생들에게 수학을 가르치고 있으면, 항상 같은 질문을 받곤 했다.

"선생님은 되게 똑똑한데, 대학교는 그렇게 좋지 않네요?"

잔인한 말처럼 들리지만, 그들은 순수한 궁금증이었을 테다. "그러니까 너희는 나보다 더 못 간다는 소리겠지?"라며 웃어넘겼지만, 수능과 대학이 아이들의 미래를 결정짓게 하고 싶지는 않았다. 돈을 받고 수학을 가르치는 일개 강사일 뿐이었지만, 주제넘게도 학생들이 나와 같은 열등감을 가지게 하고 싶지는 않았다. 그래서 항상 더 큰 질문을 하곤 했다.

"너흰 왜 수능을 잘 보고 싶어?"

대부분은 잘 대답하지 못했다. "부모님께 잘 보여야 해서요"라는 게 제일 괜찮은 답변이었다. 그렇게라도 이유가 있으면 된다고, 이유 없이 쫓기듯 공부하진 않으면 한다고 '학원 수학 선생님'의 주제를 한참 넘는 말을 건네곤 했다. 그저, 흘리듯이 말했다. 아이들이 너무 깊게 파고들지는 않았으면 하는 두려움을 안고서.

수능 점수는 정말로 아무것도 아니었다. 이후의 선택이 중요했다. 그대로 대입을 선택한 일, 그중에 전략을 잘 짜서 원하는 전공을 선택한 일, 그렇기에 더 새로운 세상을 경험한 일, 좋은 학벌의 친구들이 궁금해서 밤낮으로 신촌을 헤맨 일, 더 많은 시간을 공부하고 땀을 흘리며 간극을 메꾸려 한 일들이 주마등처럼 스쳐 지나갔다.

수능을 잘 봤다면 어떻게 됐을까. 잠시 상상하다가 그만두기로 했다. 지금 해야 하고, 또 하고 싶은 일이 이미 충분히 많았기 때문이다. 사실은 아이들에게도 꼭 말하고 싶었다. "수능은 중요하지만, 그게 끝은 아니라고." 끝날 때까지는 끝난 게 아니라는 사실을 정말로 말해주고 싶었다. 정말로 그렇다고. 그 증명이 내가 될 수는 없겠지만, 끝내지 않으면 새로운 경지가 보인다고. 적어도 나는 보고야 말았다고.

일례로 나는 오늘도 글을 쓴다. 누군가에겐 사소할 수도, 누군가에게는 상상도 못 했을 일을 매일 어찌 해내고 있다. 글을 못 쓴다는 생각이 들고, 공모전에서 떨어질 때면 글을 쓸 수 없구나 생각하면서도 숨겨놓은 시와 수필 몇 편을 책상 위로 꺼내 투고한다. 그게 무엇이든 절대로 그만두지 않겠다. 이 글이 닿는 몇몇 아이들의 내일이 슬프더라도, 내 글이 닿아 계속하는 아이들이 하나라도 더 많았으면 좋겠다. 꼭 내 글이 아니어도 좋다. 어떤 것도 끝이 아니고, 어떤 것도 시작이 아니라는 사실을 아이들에게 전하고 싶었다. 끝내지 않으면, 바꿔볼 수 있으니까.

오늘의 죽지 않을 이유

끝내지 않으면 바꿀 수 있다.

공모전에 낙방할 때면, 항상 다음을 기약하곤 했다. 적어도 팀원들 앞에서는 그래야만 했다. "낙선이 당연한 거고, 수상이 특별한 거야." 주문처럼 외던 말은 스스로를 보호하기 위한 마지막 방어기제였을지도 모른다. 사실 괜찮을 리가 없다. 승패가 없다지만, 승자는 있었고 나머지가 패자였다. "부족한 것이 아니라 맞지 않은 것입니다"라는 위로의 멘트는 더 잔인하게 들렸다. '맞추려고' 공모전에 참여한 것이지, 그저 '참여하려고' 공모전에 나간 건 아니었다. 참여가 경험이 되는 시기는 지난 지 오래였다. 적어도 포트폴리오가 되려면, 적당한 퀄리티가 필요했고 적합하고 타당성 있는 아이디어여야만 했다. 어쨌든 아닌 건 아닌 것이었다.

'참가에 의의를 둔다'와 같은 올림픽 정신은 개나 주라고 말하고 싶었다. 따지고 보면 비용으로만 환산해도 손해가 이만저만이 아니었다. 인건비를 0원으로 쳐도 카페, 스터디룸, 식사

등 아이디어를 내는 데 들어간 비용은 만만치 않았다. 게다가 정신적인 인내와 고통의 시간은 누가 보상하는가. 성장? 보이지도 않는 성장이 위로가 되기에는 수상과 함께 성장을 도모하는 사람들이 있었다. 눈을 감으면 안 볼 수 있었지만, 눈을 뜨고 살아야 하는 게 인생이었다. 그 감정이 싫다고 덮어두기엔, 너무나도 많은 시간과 노력을 투여했던 것이다.

차선책은 대충 하기였다. 대충 하려고 마음먹은 것은 아니지만, 언제부턴가 열정이 이전 같지 않았다. 끝에 끝까지 검수하던 과거를 잊고 대충 맡겨버렸고, 더 좋은 아이디어를 눈앞에서 놓치기도 했다. 패배의 원인을 내게서 찾으려는 행위는 굳이 노력하지 않아도 '대충 하는 것'으로 설명되곤 했다. 그럼에도 겉으로는 '최선을 다할 것', '더 나은 결론', '분명한 목적의식' 등을 외치고 있었으니, 그 겉과 속은 도저히 만날 수 없는 뫼비우스의 띠 같았다.

대충 하기 대신, 이제는 바깥의 무엇을 욕해보기로 한다. "감각 없는 놈들." 조금은 오만하더라도 자존심을 지키는 편이 나은 듯하다. 아무리 나쁜 마음이어도 그만두는 것보다는 계속하는 편이 낫기 때문이다. 찌질해도 괜찮다. 적어도 다시 할 마음만큼은 계속되니까. 원래 거대 자본에 맞서려면 죽창이라도 들고 소리쳐야 하는 법이다. 숨을 고르고 다시 마음을 다잡는다. 내 안목은 틀리지 않았고, 내 감각은 괜찮으며, 나는 앞으로도 최선을 다할 것이라고. 나를 놓친 것들에게 고한다.

"늦게 아쉬워하시라, 나중에 후회하시라."

적어도, 찌질함은 오늘의 동력이 된다.

오늘의 죽지 않을 이유

찌질의 복수심.

'예쁘게 말하도록 해요.'

　말에는 마치 정답이 있는 것 같다. 같은 말이라도 상대가 더 듣기 편하게 말하는 사람이 있다고 하는데, 그 상대의 기준이 무엇인지는 아무도 알려주지 않는다. 말을 잘한다는 건, 듣는 다수의 마음을 얻는다는 소리겠고, 나는 그런 의미에서 '빌어먹을 민주주의'라고 생각하고야 말았다. 다수결이 옳은 건 아니라고 일백 번을 말해도, 어쩔 수 없는 눈치 속에서 조금이라도 뾰족한 말들은 종종 틀린 게 되곤 했다.

　쿠션 화법이라는 게 있다고 한다. 본론을 말하기 이전에 상대방의 마음의 문을 여는 화법이라고 한다. 듣고 싶었던 말을 먼저 해줘서 경계심을 풀게 만들고 본론을 전달하는 커뮤니케이션 스킬이다. 참 수고스럽다고 생각했다. 말과 글의 기준은 왜 항상 상처받는 쪽의 편에 있는 걸까. 비효율이 주는 상처는 고려되고 있는지 궁금해졌다. 합리성이 제공하는 따뜻함에 대해서는 왜 이야기하지 않을까 고민해 봤다.

뚝. 뚝. 끊어 말하면 편하다. 목적을 딱. 딱. 단어와 문장에 수식을 빡. 빡. 닦아서. 그러니 빠른 시간에 정확하게 전달할 수 있었다. 근데 사람은 연산 처리가 좀 걸리는 듯하다. 결국엔 이해하겠지만, 그 '결국'이 오기 전에 죽는 게 사람이라고 생각했다. 그래서 조금 늘어뜨려어어어어서 말하려 한다. "잘할 수 있겠지요오오?" 하고 꼬리가 자꾸만 늘어난다. 쭉 늘어나는 치즈처럼 말해보자고 생각했다. 다수결 속 소수여서 슬프면서도 마음속 공리주의로 길게 늘어뜨려어어 본다아아.

오늘의 죽지 않을 이유

합리적인 치즈를 찾아야 합니다.

요즘은 내가 쓴 글을 볼 때면 수치심이 몰려온다. 원래도 자랑보단 부끄러움이 더 많았지만, 가끔 터져 나오는 좋은 문장들에 뿌듯했던 것도 사실이다. 그리고 또 뭐 외부에 기고가 되거나 친구들이 내 글을 캡처라도 하면 뿌듯함의 증빙이 되었던 것도 사실이다. 그렇지만 최근에는 조금 더 짜낸다는 느낌이 든다. 사실 이런 건 짜낸다고도 말하지 못하겠다. 하루에 담아내야 할 글의 양이 누군가의 목을 축이지도 못할 정도라는 생각이 든다. 모자란 내용을 늘려 분량을 채워봐도 솜사탕처럼 부풀기만 해서 허기를 채우기에는 한참 모자랐다.

걸출한 작품을 기대한 것도 아니었지만 그렇다고 모자란 글을 뱉는 게 마음이 편한 것도 아니다. 적어도 한 명에게만큼은 닿고 싶다는 말을 습관처럼 했지만, 사실 많은 사람이 좋아하면 더 좋다는 게 나의 유치함이다. 나도 멋지고 싶고, 잘 쓰고 싶고, 어쩌면 좋은 기회로 유명한 작가가 되고 싶기도 하다. 막연한 꿈이다. 목표라고 하기에는 나는 글을 너무 대충 쓰고, 글에 들이는 시간이 적었으니까. 그 정도 염치는 있었다. 그래도 졸필이 용서되는 건 아니었다. 잘 쓰는 사람인 채로, 잘 쓴 글들로 내 작품집을 가득 채우고 싶었다.

짧은 글이 리프레시가 될까 해서 잠깐 노트에 적었다. 다소 진지한 분위기가 내게 너무 중압감을 줬나 싶어서 가벼운 글을 썼다 지웠다. 신춘 문예에 도전해 보면 목적이 생길까 싶어서 기존의 작품들을 뒤적여 봤다. 써둔 시 몇 편을 뒤적이며 제출작을 고르다 덮길 반복했다. 회사에 가서 인쇄해 둬야지, 부족한 채로 몇 편 제출해야겠다고 생각한 지가 벌써 3주째다. 이랬다가 저랬다가. 불안을 표출하는 방식은 다양했다. 표정은 멀뚱해도 마음의 진동수만큼 행동의 진동수가 높아지는 기분이었다. 변덕의 bpm을 높여갈 때쯤, 그냥 트위터 계정을 하나 만들었다.

글이라고 부르기도 뭐한 짧은 생각을 적었다. 수년간 나라는 사람을 지켜본 결과, 뭐라도 하면 조금 나아졌다. 행동이 먼저인지, 변화가 먼저인지는 닭과 달걀의 싸움이지만, 일단은 행동하면 변화가 생겼다. 졸필이라는 시련이 마음에 가득 찼지만 어쨌든 뭔가를 했다. 이랬다가 저랬다가 하더라도 몸으로 움직여 본다. 불안한 마음에 전정기관을 맞춰본다. 멀미를 막기 위해 약간의 멀미를 일으키는 멀미약처럼 흔들고 흔들리며 오늘의 글을 쓴다.

오늘의 죽지 않을 이유

이렇게 하다 보면 어떻게든 되겠지.

꿈을 꾸는 사람들과 싸우고 싶은 것은 아니지만, 바라는 것만으론 아무것도 바뀌지 않는다. 계획과 목표에 집중해서 생각을 하다 보면, 구체적인 계획에 빠져들게 된다. 예를 들어 "운동을 할 거야"라고 말하는 사람은 이미 운동을 잘할 수 있다는 자기 과신에 빠지기 쉽다. 바라는 것이 생각 속에서 구체화되는 순간, 행동의 동기는 사라진다. 우리는 생각보다 자기애가 높아서 계획한 것들을 다 이룰 수 있다고 여기기 때문이다. 결국 변화를 위해서는 '구체화 이전의 행동'이 중요하다. 막상 운동이란 게 실제로 해보면 어렵고, 힘들고, 계획과는 달라지는 일이 부지기수다. 바라는 목표와 현실의 차이를 통감하는 과정이 있어야 절실해진다. 사람의 의지는 간사해서 절실하지 않으면 하지 않는다. 배부른 사람은 변하지 않는다. 우리를 변하게 하는 건 행동이고, 행동을 위해서는 아프고 배고플 필요가 있다.

'광고인이 되겠다고 말하는' 사람보다 '당장 오늘의 한 줄 카피를 쓰는' 사람을 믿는다. '멋진 어른이 되겠다고 말하는' 사람보다 '지금 아이들에게 미소를 보내는' 사람이 좋다. 작가가 되겠다는 말을 하기보다 당장 오늘 한 편의 글을 쓰기로 한 이유다. 바라는 것은 무언가 이룬 것 같은 착각을 불러일으킨다. 광고인이 되겠다고 말하는 당신을 사람들은 '광고인'으로 기억할테니까. 아무런 행동을 하지 않아도 말만으로 '광고인'이 될 수 있다. 사실 사람들은 당신이 '광고인'이 되지 않아도 상관없다. 자신의 인생이 아니니까. 다만, 당신도 그 착각 속에서 아무런 행동을 하지 않는 것이 큰 문제다. 때로는 말만으로도 성취를 가질 수 있다. 하지만 '진짜 광고인'이 아니라는 것쯤은 설명하지 않아도 알 것이다. 세상은 생각보다 말과 허풍으로 대충 쌓아 올리는 탑을 돕는다. 그렇지만 무너질 때 그 고통은 온전히 스스로 견뎌야 하는 몫이다.

일기를 쓸 때 사람은 두 종류로 나뉜다. '~했다'라고 적는 사람과 '~할 거야'라고 적는 사람. 아쉬운 사람일수록 미래를 적는다. 바라는 게 많을수록 현재가 아쉽기 때문이다. 그렇지만 바람과 가까워지는 사람은 현재를 충실히 보낸 사람들이다. 우리가 무언가를 지향한다면, 바라보고 꿈꾸는 것이 아니라, 몸을 굴리고, 땅을 파고, 벽을 부수며 하루를 '~했다'로 가득 채워야 한다. 그저 관망하면서 자신의 계획성과 뚜렷한 목표 의식에 취하는 데 에너지를 쏟아서는 안 된다.

"나는 언젠가 세계일주를 할 거야"라는 사람의 계획보다 "나는 이번에 아시아 5개국을 다녀왔어"라고 말하는 사람과 이야기를 나누고 싶다. 그리고 5개국을 다녀온 사람이 10개국을 다녀오게 될 확률이 더 높다. 같은 조건 속에서도 누군가는 '지금은 돈이 없어서', '지금은 좀 바빠서'라는 이유로 꿈으로만 남겨둔다. 배경의 차이는 있겠지만, 부와 가난보다 중요한 건 '누가 더 먼저 움직이는가'였다. 작가가 되겠다고 말하는 내 모습보다 '매일 이따위로라도 글을 쓰는' 모습이 작가에 더 가깝다고 느낀다. 뭐 망작이겠지만 책은 낼 수 있지 않은가. 적어도 내겐 원고가 있고, 이 글을 읽어주는 당신 같은 사람들이 있다.

SNS에서 본 글을 보며 하루 종일 어떤 글을 쓸지 구상했다. 아류작처럼 따라 한 것 같기도, 문장들의 매력도를 훔치려고 도둑질을 한 것 같기도 한 기분이다.

문득 생각한다. 해바라기의 구부러진 줄기는 해를 바라는 게 아니라, 해 쪽으로 움직인 결과다. 바라지 말고 움직일 것.

치열하게 땀 흘리며 움직인 생장의 줄기가 변화의 흐름을 만든다고 생각한다. 오늘 나와 당신은 무엇을 했는지 묻고 싶다. 내일을 생각하기 전에 지금이라도 무언가를 했으면 좋겠다. 깔끔하게 아무것도 하지 않기를 선택하는 것도 좋다. 나는 우리가 되고 싶은 것보다, 해온 것들로 이야기를 가득 채우길 바란다. 나는 그래도 우리가 서로에게 책임을 조금이나마 느끼길 바라기 때문이다.

오늘의 죽지 않을 이유

오늘도 글을 썼다.

우리 집은 치킨을 시킬 때 항상 두 마리씩 시킨다. 정작 먹는 사람은 둘뿐인데, 두 마리나 시키고 남겨서 며칠 동안 반찬이 된다. 사실 한 마리면 될 것을 매번 두 마리를 시킨다. 양이 모자란 것도 아닌데, 두 마리를 시키고 굳이 남긴다. 식탁에 남겨진 치킨이 누구를 위한 것인지 가늠해 본다.

내 동생은 체격이 크다. 어려서부터 컸다. 또래에 비해 큰 키와 덩치로 항상 맨 뒷줄에 서곤 했다. 한때는 팔씨름으로 전교를 제패하기도 했다. 동생 친구의 증언에 의하면 전교생을 상대로 '68연승'을 한 적도 있다고 한다. 하여튼 그런 놈이다. 키도 크고 덩치도 좋고 힘도 센 놈. 별 노력을 하지 않아도 타고난 체격을 가진 게 내 동생이다.

반대로 나는 호리호리한 편이다. 작지 않은 키지만, 체격이 크지 못하다. 마름은 벗어났지만, 기본적으로 두꺼운 동생 옆에서 항상 마른 취급을 받고는 했다. 얼마 전 동생과 함께 찾아간 고깃집에서도 넉살 좋은 사장님이 "형님이랑 사이가 좋네요" 하며 인사를 건넸다. 지금이야 웃어넘기지만, 항상 그런 식이었다. 어디를 가도 기본으로 곱빼기를 먹는 동생 옆에서 나는 항상 못 먹는 아이였다. 내가 단지 높은 곳이 무서워 조금 겁을 냈을 때도, 동생은 거리낌 없이 다이빙을 해내곤 했다. 나 역시 지금은 다이빙도, 수영도 남들보다 잘하지만, 친척들은 아직도 나를 겁쟁이고 유약한 존재로 기억한다.

가장 큰 충격은 학창 시절에 있었다. 154cm, 중1치고는 작은 키로 입학한 나는 힘자랑의 타깃이 되곤 했다. 가진 능력은 약간의 말발과 거친 욕설뿐이었다. 아무리 악을 써도 성장의 차이로 찍어 누르는 싸움에서 이길 수가 없었다. 자연스럽게 정치질과 눈칫밥이 늘어난 내게, 집 안에 있는 둔한 덩치는 걱정거리였다. "예의 있게 굴어, 그리고 기싸움에 지면 안 돼." 피멍이 들며 배운 교훈을 열네 살 동생에게 전했다. 그렇지만 동생은 그 교훈을 써먹을 일이 없었다. 이미 170cm가 넘은 그에게 시비를 거는 이는 없었으며, 시비가 붙어 한 번 주먹질한 이후로는 '건들지 말아야 할 아이'로 소문이 나버렸다. 내겐 필수적인 것들이 동생에게는 전혀 쓸모없는 것들이었다.

'동생에게 열등감을 느끼는 형'은 가족 영화의 클리셰인 줄로만 알았다. 그게 내가 될 줄은 몰랐다. 아버지에게도 약간의 책임이 있던 건 사실이었다. 어느 상황에서건 아버지는 나를 유약하고 안쓰럽게 바라봤다. "그렇게 왜소해서 어떡하냐?"라거나 "동생이 맨날 다 먹어서 넌 뭘 먹냐?"라는 식으로 나를 안쓰럽게 여겼다. 그런 시선에서 스스로를 증명하기 위해 아득바득 억지로 2인분을 먹고, 태권도와 복싱을 몇 년간 했다. 그래도 나는 약한 사람, 동생은 강한 사람이었다. 복근을 만들고 단단한 허벅지를 갖춘 채 다녀도 나는 항상 동생'보다' 못 먹는 아이, 동생'만큼' 강하지 않은 아이였다.

아버지의 중학교 졸업 사진을 보고 깨달았다. 아버지는 친구들 사이에서 가장 작은 사람이었다. 고등학교에 가서 170cm를 넘기며 큰 키가 되었지만, 항상 아버지는 작고 보호받는 사람이었다. 아버지는 자신의 열등감이 내게도 옮겨질까 봐 항상 나를 안쓰러워했던 것이다. 그날 이후로 억지로 많이 먹지 않는다. 억지로 힘이 센 척하지 않는다. 억지로 겁이 없는 척하지 않는다. 그냥 아버지의 안쓰러움을 있는 힘껏 받아낸다. 그냥 그것이 회갑의 아버지가 돌아보고 싶은 60년이라 생각한다.

치킨을 시켜도 피자를 시켜도, 아버지에겐 항상 '못 먹은' 내가 걱정이었다. 아버지에게 아무리 반을 먹었다고 우겨봐도 매번 "우리 큰아들은 별로 못 먹었겠네"라며 나를 위로하곤 했다. 사실은 동생이 더 억울했을지도 모르겠다. 혼자 많이 먹지도 않고 같이 먹었는데도 항상 많이 먹는 사람이자 덩치가 커서 형을 위축되게 하는 존재로 비치곤 했으니까. 어쩌면 내가 파 내려간 열등감의 잔해는 동생이 가진 억울함으로 쌓였을지도 모른다. 그렇지만 동생은 조금 더 멋진 방법을 택했다. '두 마리 치킨을 시키는 것.' 누가 먹어도 남길 만큼의 양을 시켜서 당연히 많이 먹었을 자신이 아닌, 형도 충분히 먹었을 수 있음을 증명하는 방향을 택했다.

형이 낭만적인 목표와 꿈에 취해있을 때, 동생은 현실적인 선택을 했다. 휴학 한 번 없이 졸업해 빠르게 취업했다. 방학이면 새로운 도전을 찾아 방랑하는 형을 대신해, 공사 현장을 돌며 아르바이트를 했다. 그렇게 번 돈으로 매일 밤 커피 한 잔 마시지 못하고 밤을 새우는 형에게 용돈을 건네고 치킨을 사주곤 했다. 형은 열등감으로 동생과 비교되는 자신을 미워할 때, 동생은 자신이 가진 것을 나누는 방법을 택했다.

지금도 동생은 주말마다 가족을 데리고 외식을 나간다. 운전도 본인이 하고, 계산도 본인이 한다. 그러면서도 억울해하거나 잘난 척 한 번을 하지 않는다. 어쩌면 동생이 남들보다 컸던 건 키와 체격이 아닌 마음일지도 모른다.

오늘의 죽지 않을 이유

오늘은 내가 두 마리 치킨을 살게.

회사가 판매하는 제품의 유통기한이 지나 악성 재고가 되었을 때, 너 나 할 것 없이 전 직원이 모여 기껏 포장해 놓았던 200개 제품의 포장을 뜯었다. 유통기한을 이유로 재고는 제거되어야 했다. 판단을 재고할 틈도 없이 기획품을 제자리로 돌려놓는다. 시즌 상품이라면 더욱 심하다. 팔리지 못한 것들은 무無가 되는 것이 아니라 오히려 마이너스가 된다. 보관비가 들고, 폐기 비용이 발생하기 때문이다. 어렵게 만들어 낸 기회라도 누군가의 기억에 남지 않으면, 기획은 이뤄지지 않는다. 만들지 않았다면 쓰지 않았을 비용들을 우리는 기회비용이라 불렀고, 기회를 샀다는 이유만으로 비용을 지불하곤 했다. 팔 수만 있다면, 기회를 팔 수 있다면 어떻게라도 메꿔볼 텐데. 시간이란 보부상은 다시 돌아올 생각을 하지 않는다.

직접 포장을 했다고 한다. 가녀린 손에 생채기를 내며 제품을 만든다. 흘린 땀만큼 건조해지는 손은 더 갈라지기 쉬운 상태였다. 제품을 만든다는 건 제 품에 무언가를 들이는 일이다. 만들어진 제품은 뿌듯함이 되지만, 팔리지 못한 제품은 마음의 짐이 되었다. 포장을 뜯는 그녀의 아쉬움 앞에서 힘들다는 한 숨도 사치였다. 나는 때늦게 풀기만 하는 사람, 과정에서 배우지 않았냐는 말로는 어떤 위로도 할 수가 없다.

그저 지금의 즐거움을 찾는 게 최선이었다. 농담을 주고받았다. 이 작업의 과거를 지우고 현재를 채워 넣기 위해 날숨에 농담을 담았다. "이렇게 농담하면서 포장을 뜯으니까 재밌네요." 상대가 즐거워했고, 나는 조금 안도했다.

재고를 뜯어 다 채운 박스를 한쪽에 밀어뒀다. 들어서 옮기려 했으나 온 힘을 다해야 겨우 밀 수 있었다. 기회를 잃은 것들은 언제나 무겁게 남는다. 그렇지만 움직이지 못할 일은 아니었다. 힘겹지만, 천천히 천천히 언젠간 비워낼 수 있을 것이다.

오늘의 죽지 않을 이유
꼭 팔자. 팔아내자.

어떤 아이디어를 들어도, 안될 이유를 먼저 생각하곤 했다. 리스크를 잘 파악하는 게 내 장점이었다. 문제는 내가 일하는 분야가 '광고'였을 뿐이었다. 인턴 때부터 그랬다. 가볍게 아이디어를 주고받는 자리에서 나는 '안될 이유'를 제시하는 사람이었다. 문제는 그 자리가 '가볍게 아이디어를 던지는 자리'였을 뿐이었다. 아이디어를 구상할 때에도 나는 현실적인 부분을 잘 캐치하고 환경과 상황에 따른 어려움을 잘 파악하는 사람이었다. 문제는 내 직업이 '아이디어를 내는 일'이었을 뿐이었다. 아이디어를 깎기만 하는 사람, 크리에이티브한 사람들 사이에서 '불안'을 맡고 있는 사람이 나였을 뿐이었다.

당연하게도 모든 일은 준비가 필요하다. 발생할 수 있는 리스크를 최소화하고, 문제를 미리 대비하는 것은 몇 번을 강조해도 모자랄 만큼 중요하다. 그런데 리스크에 온 힘을 집중하고 있으면, 정말 신기하게도 아무것도 할 수 없게 되어버린다.

반복으로 체득한 공포였다. 애초에 문제가 발생하지 않을 거라는 나의 생각이 오만이라는 듯, 완벽하다고 생각했던 준비 속에서도 항상 사고는 터졌기 때문이다. 광고 일뿐만이 아니라 삶에서도, 사랑에서도 완벽이라는 단어는 언제나 나를 하늘 높이 끌어올렸다가 일순간에 무너뜨리곤 했다.

"운전은 잘해요?" 자동차 회사의 최종 면접장에서 들은 질문이었다. 면허는 있다. 운전은 해본 적 있다. 한 8년 전쯤…. 운전을 해본 적은 손가락에 꼽히는데, 면허는 갱신했다. 그때 운전을 잘한다고 대답했다면 면접 결과가 달라졌을까? 아니, 운전을 잘했다면 그날의 면접이 달라졌을까 생각한다. 그녀와 데이트를 할 때도 그랬다. 새벽에 갑작스럽게 보고 싶다는 그녀의 말에 내가 차를 끌고 나갈 수 있었다면 둘의 사이가 달라졌을까?

운전을 하지 않은 이유는 명확했다. '할 필요가 없어서.' 그렇게 10년쯤 지나니, 나도 분명 운전을 해야 할 일이 생겼다. 그럼 하면 될 것을 이제는 '운전할 준비가 안 돼서'라고 생각하게 된 것이다. 필요가 없던 일이 하지 못할 일이 되었다. '면허'를 제외하고 운전에 준비가 어디 있을까 싶으면서도 장롱에 넣어뒀다는 이유만으로 나는 괜히 자격을 잃은 느낌이었다. 따지고 보면 서류는 아무런 의미가 없다. 혼인 신고서가 사랑을 증명하는 게 아니고, 근로 계약서가 성실을 증명하는 게 아닌 것처럼 말이다.

29살이 되니 주변 친구들은 모두 차가 있었다. 취업을 한 지도 오래였고, 안정적인 연애를 이어가거나 이미 결혼을 한 친구들도 많았다. 모두가 어른이 되는 세상 속에서 나 혼자 조금은 뒤처진 것 같았다. 겉으로는 "나는 내가 가진 목표와 지금껏 쌓아온 커리어를 사랑해"라고 말하면서도 마음속에서는 '어른이 되지 못한 자신'에 대한 불안이 가득했다. 2년간의 취업 준비가 그랬다. 그냥 일을 하면 되는 것이었는데, 어떤 목표에 취해서 취업 준비생으로 살았는지 모르게 되어버렸다. 그렇게 차일피일 미루던 것들 중 '운전'이 있었다. 여행을 가서도 뒷자리에 앉아서 바로 곯아떨어져 버리는, 친구들끼리 돌려가며 운전대를 잡을 때 혼자서만 장롱면허를 위시하며 편하게 여정을 즐기는 내 모습은 아무래도 '어른'은 아니었다. 어른이라는 면허만 있을 뿐이었다.

더 이상 운전을 미루지 않기로 했다. 동생에게 부탁해 간이

연수를 받았다. 그러고 보면 동생은 참 성실했다. 휴학과 방황한 번 없이 학교를 졸업하고, 취직까지 이뤄냈다. 또 잘은 모르지만, 안정적인 연애도 하고 있는 듯했다. 주말마다 가족을 이끌고 드라이브를 나가는 동생의 곁에서 '운전을 배워야지'라고 마음만 먹었던 내가 부끄러웠다. 몇 번의 위험과 긴장을 건너뛰고 나서야 나는 목과 어깨에 힘을 뺄 수 있었다. 2012년식 소나타는 여전히 잘 굴러갔다. 아니 오히려 너무나도 잘 굴러갔다. 나를 제외하고는 모두가 굴러갈 준비가 되어있었다. 그저나 혼자 '아직 준비가 안 됐다'는 핑계를 대며 엔진을 꺼둔 것이었다.

운전에 성공한 주말, 나는 달리기를 시작했다. 그리고 이전부터 내게 취업을 제안해 오던 회사에 일을 하겠다고 회신했다. 운동엔 젬병이지만, 달려진다, 어쨌든. 처음 해보는 인사와 조직 관리지만, 회사는 돌아간다, 어쨌든. 죽어도 절대 지나가지 않을 것 같던 나의 아홉수도 그렇게 지나갔다. 굴러가는 것이었다, 어쨌든.

초여름, 퇴근길에 그녀가 내게 전화를 걸어 데이트를 신청했던 날을 기억한다. 예정에 없던 약속이라 씻고 준비하고 이

동하는 두 시간을 기다리게 하고 싶지 않아 우물쭈물하다 그녀에게 실망을 안겨줬었다. 이미 지나간 일이지만 그때의 나에게 한번은 말해주고 싶다. 일단은 나가자고, 어떻게든 될 거라고.

오늘의 죽지 않을 이유

일단은 살아보자. 어떻게든 굴러갈 거야.

"진짜 평냉 먹는 사람들은 식초, 겨자 안 넣어요."

살다 보면 이상한 고집이나 원칙을 제시하는 사람들이 있다. 특히 몇 년 전 평(양)냉(면)에 대한 선호가 급부상하면서, 평냉족들 사이에서는 가위질, 겨자, 식초 등 음식에 추가적인 손질이나 곁들임을 금지하는 원칙이 공공연하게 퍼져나가기 시작했다.

나는 음식에 대해 입맛이 관대한 편이다. 매운 음식을 잘 못 먹는 것을 제외하면, 양식, 한식 등 평범한 음식부터 동남아 음식처럼 향이 센 것도 잘 먹고, 호불호가 갈리는 특수 부위에도 그다지 민감하지 않다. 그래서 "뭐 먹을래?"라는 친구들에 질문에도 "아무거나"라고 대답하는 게 부지기수였다. 게다가 "맛이 다른 것이지 맛이 없는 게 아니다"라는 어떤 식객의 표현이 마음에 든 이후로는 어떤 식당에 가도 맛에 대해서도 별다른 표현을 하지 않았다. 어쩌면 '맛있음'이라는 감각이 허상은 아닐까 하는 생각을 하면서.

하지만 인턴 생활과 함께 변하기 시작됐다. 사람은 평생에 몇 번 소비력이 크게 변한다고 하는데, 그중 한번은 취직이었다. 버는 돈이 많아지니, 선택권이 넓어진 것이다. 사치를 좋아하는 건 아니지만, 한 달에 한 번 정도는 궁금했던 고급 음식점에 방문할 수 있었다.

한 끼에 10만 원이 넘는 고급스러운 음식들은 예상외로 정말 맛있었다. 순간의 맛있음을 넘어 좋아하고 싶은 '맛있음'이었다. 지금껏 딱히 좋아하는 음식점이 없었던 내 입맛의 원인이 고작 돈 때문이었다는 게 원망스러웠지만, 한편으로는 나역시도 분명한 입맛을 가지고 있었다는 사실을 알게 돼 기쁜마음이 들었다. 그동안 내가 다름이라고 이야기해 온 맛들은 사실 부족한 맛들이었고, 비싼 음식이 무조건 맛있는 건 아니었지만 가격은 어느 정도 맛의 기준점을 제시해 주는 역할을했다.

그렇게 알게 된 나의 입맛은 삼삼한 맛과 오랜 시간 우려낸

비릿함을 좋아하며, 소금보다는 간장으로 간이 된 음식을 좋아한다는 것이었다. 상대적으로 정성이 들어가는 조리 방법 때문에 학교 주변의 저렴한 밥집에서는 비용을 맞추기 힘든 그런 음식들이었다. 이후로 나는 내가 좋아하는 곰탕집이나 라멘집을 친구들에게 소개하기도 하며, 내가 가진 맛의 세계와 취향을 나눌 수 있었다.

그러고 보면, 음식뿐 아니라 참 많은 부분에서 나의 취향을 무시해 왔던 것 같다. 아니 정확히 말하면 나의 취향을 발견하지 않으려 했다. 좋아하는 음악을 정해버리면 새로운 음악을 좋아하지 못할까 봐, 좋아하는 책을 정해버리면 그 분야의 책만 읽게 될까 봐, 수많은 볼거리와 알거리들을 놓치게 될까 봐 '내가 좋아하는 것'에 대해서 생각하지 않으려 했던 것이다.

사람 관계에 있어도 마찬가지였다. 나는 무엇을 좋아하거나, 어떤 사람이 좋다는 말을 쉽게 하지 않았다. 다른 사람들과 이야기할 기회를 놓친 채 그런 사람만 만나게 될까 봐. 하지만 생각해 보면, 내가 만나고 싶고 친해지고 싶던 사람들의 특징은 '자신의 취향'을 분명하게 아는 사람들이었다. 자신의 취향을 당당히 밝히고 그에 대해 이야기를 나눌 수 있는 사람들, 조금은 다르더라도 왜 다른지를 친절하게 밝히고 서로의 취향을 넓힐 수 있는 사람들.

요즘은 내 취향에 대해 조금 더 분명하게 생각해 본다. 가끔은 오버하기도 하지만 아이유의 지난 앨범에 대해 신나게 떠들다 보니 적재라는 아티스트를 알게 됐고, 칼 세이건의 《코스모스》에 대해 신나게 떠들면서 허연 시인을 알 수 있었다. 내가 좋아하는 것들을 이야기할수록 새로운 것들을 알 수 있었다. 내가 분명해질수록 또 다른 분명함들이 내게 찾아왔다.

메뉴를 고르는 시간 앞에서 여전히 내가 가장 자주 하는 말은 "아무거나"다. 하지만, 지금은 "이왕이면 시원한 국물?"이라고 뒷말을 덧붙인다. 그래야만 상대로부터 "나는 파스타가 좋은데"라는 말을 들을 수 있을 테니까. 혹시 알까? 정말 맛있는 파스타를 먹게 돼서 다음부터 내가 먼저 파스타를 찾게 될지도.

오늘의 죽지 않을 이유

분명한 취향을 찾고 싶어서.

내가 어렸을 때부터 아버지는 주말이면 집이 더럽다고 매일 잔소리를 하셨다. 꿈쩍하지 않는 어머니를 두고 직접 빗자루와 손걸레를 들고 온 집 안 구석구석을 청소하시곤 했다. 쉬고 싶은 주말마다, 기어코 몸을 움직여서 집 청소를 하는 아버지를 보며 '부지런함'에 대해 생각했었다. 그러다 고등학교에 입학했을 무렵 아버지가 느낀 '더러움'을 공감하게 된 계기가 있다. 내 키가 아버지만큼 훌쩍 커버린 덕분이었다. 가족들의 작은 키로는 닿지 못할 높이에 쌓인 먼지가 아버지에겐 너무나도 분명하게 보였던 것이다. 같은 시야를 가지게 되니 먼지가 보였고 '더럽다'고 느낄 수 있었다. 그 뒤로는 바쁘더라도 가끔씩은 아버지를 도와 먼지를 털곤 한다.

이처럼 시야에 따라 볼 수 없는 것들이 있다. 굳이 물리적인 높이나 위치가 아니어도, 마음에 따라서도 시야가 달라지곤 한다. 예를 들어 나는 정신이 없을 땐 내 모습을 체크하지 못한

143

다. 대표적으로 손으로 입술을 만지작거리거나 입 근처에서 손이 맴돌곤 한다. 회사 동료들도 집중할 때면 손톱을 물어뜯는 사람들이 있다. 뜯겨나간 손톱을 보고 '내가 손톱을 물어뜯었구나' 짐작할 뿐이지 손톱을 뜯는 모습을 직접 보지는 못하는 것이다. 그런가 하면 관심사에 따라 보이는 것이 다르기도 하다. 음식점에서 모임을 하더라도 요리에 관심이 많은 사람은 맛과 재료에 집중할 테고, 인테리어에 관심이 많은 사람은 내부의 디자인과 조명에 눈이 갈 것이다. 같이 길거리를 걷더라도 나는 주로 벽과 바닥에 생긴 금을 자주 보는가 하면 누군가는 간판을 보는 것처럼 우리는 같은 곳에 서있어도 다른 것들을 보곤 한다.

어제는 잘못 주문한 택배의 반품을 신청했다. 택배 기사님이 큰 수고 없이 찾아가실 수 있도록, 상품 위에 포스트잇을 붙여두고 문 앞에 뒀다. 그런데 오전에 전화가 걸려 왔다.

"반품할 택배 어디 있어요?"
"네? 문 앞에 없나요?"

문 앞에 없다는 택배 기사님의 말씀에 나는 내 기억을 총동

원해 봤으나, 문 앞을 제외하고는 둘 곳이 없었다. 혹시 도난을 당한 건가 싶어 급히 어머니께 전화했다. 어머니께서 오후에 나올 때까지만 해도 문 앞에 상자가 있었다고 하셨다. 나는 안도하고 기사님께 다시 전화했다. 오후에 다시 방문하겠다는 기사님께 연신 죄송하다고 말하며 통화를 마쳤다. 그날 밤 피곤한 몸을 이끌고 집에 돌아갔더니, 수거했어야 할 상자가 여전히 집 앞에 놓여있었다.

확인을 위해 고객센터에 전화를 했다. 한 시간쯤 뒤 기사님께 연락이 왔고 나는 '문 앞에 뒀다', 기사님은 '문 앞에 없었다'로 말씨름을 이어갔다. 나를 거짓말쟁이로 만드는 것 같은 말싸움이 반복돼 화가 나다가도 배드민턴 랠리를 주고받는 것 같아서 피식 웃었다. 어쨌든 오후에 다시 방문하신다는 기사님의 결론이 중요했기 때문이다. 씩씩대며 통화를 마치자 출장을 마치고 돌아온 동생이 집에 왔고, 나는 이 상황에 대해 동생과 이야기를 나눴다.

"형, 근데 기사님들은 아마 못 봤을 거야. 그리고 못 봤다고 말할 수밖에 없을걸…? 나는 택배 일에 필요한 방어기제라고 생각해."

동생은 가끔 이렇게 포용력이 좋다. 동생에게는 자기가 겪지 못한 타인의 시선까지 생각할 수 있는 여유가 있다. 문밖으로 나가보니 정말 감쪽같이 보이지 않았다. '그래도 문 앞에 와서 확인했어야지'라는 생각이 들 때쯤 다큐멘터리에서 본 '택배 기사들의 하루'가 생각이 났다. 하루에 많게는 수백 건 이상의 배송을 처리하는 일. 한때 월 400만 원을 번다는 기사를 보고 나도 택배 일을 해볼까 생각한 적이 있다. 하지만 상하차 알바를 일주일 정도 하고 나서 역시 그 돈을 받는 데는 이유가 있다 싶었고, 어떤 일도 쉽게 봐서는 안 된다는 것을 깨달았다. 다큐멘터리도 마찬가지였다. 밥 먹을 시간도 화장실 갈 시간도 부족한 기사님들에게 일일이 문자를 확인하고 통화할 시간은 없었다. 그런 분들에게 엘리베이터 밖으로 걸어 나와 반품 박스를 확인하게 하는 일은 너무나도 잔인했다. 상자는 문 앞에 있었지만, 기사님에겐 없었던 게 맞았다. 나는 볼 수 있었지만, 기사님은 볼 수 없었던 일이다.

엘리베이터 소리가 들리고 끌차 소리가 날 때쯤 부리나케 음료를 챙겨 문을 열었다. '일부러 진상을 부리려고 한 건 아니다, 다만 못 보실 거라고는 생각을 못 했다'고 필요한 말을 가볍게 전했다. 기분 탓이었을까. 자기 실수가 아니라며 방어기제를 펼치던 기사님의 입에 살짝 미소가 돌았던 것 같기도 했다. 어쨌든 잘 부탁드린다고 짧게 인사하며 엘리베이터를 보냈다. 이런 대화조차 얼마나 많은 소모전으로 느껴지실까.

아빠의 청소부터, 택배 기사님과의 실랑이까지. 시선의 차이는 존재의 차이로 이어지곤 했다. 관측과 존재의 의미를 연결 지은 슈뢰딩거의 고양이처럼, 보이지 않는 건 누군가에게는 사실이 아니었기 때문에 보이는 사람이 알려줘야만 했다. 그렇게 나는 보이는 사람이 보이지 않는 사람을 챙겨주는 세상을 바라게 됐다. "모르는 건 죄가 아니다"라는 누군가의 명언처럼 모르는데 어떻게 할 수 있겠는가. 나는 누군가에게 시선을 배우며 자랐고, 키가 커졌다는 이유로 새로운 시선을 얻게 됐다. 동생의 여유에서 출발한 경험으로 택배 기사님들의 시선을 배웠다. 알게 모르게 여러 가지 시선을 주고받으며 오늘을 살아왔다는 것을 느낀다. 이렇게 시선들이 이어진다는 것을 느낄 때, 혼자가 아니라는 생각이 들었다. 누군가를 혼자 두지 않기 위해 우리는 시선을 나누고 있는 듯하다.

오늘의 죽지 않을 이유

내가 배운 시선들과 내가 가르쳐야 할 시선들.

코로나19로 인한 대공황에도 약간의 기쁨이 되었던 일이 있다. 바로 '동학개미운동'이라 불리는 전 국민의 주식 투자 열풍이다. 경제 저점에서 출발한 주식 투자에 많은 사람들이 상승장을 맛봤다. 평생에 몇 번(어쩌면 한 번도) 없을 빅 임팩트에 사람들은 가능성을 느꼈다. 이와 동시에 수많은 주식 콘텐츠들이 쏟아졌다. 전통적인 그래프 해석법부터, 상승 지표에 대한 연구, 경제 방송의 종목 분석뿐만 아니라 미국의 전기차 기업 테슬라에 몰빵하는 테슬라 신앙, 주식 정보를 공유하는 단톡방 등 조금 더 쉽고 간단한 투자법들이 등장했다. 하지만 '인간이 오만할 때 벌을 내리는 것이 진리의 역할'이라는 만화의 명대사처럼 '계산할 수 있다'고 믿는 사람들에게 수많은 좌절을 선사한 해이기도 했다. 수많은 경제학도를 좌절시킨 '현실적 제약조건'처럼 현실은 우리가 계산해야 할 지표가 너무나도 많거나, 아니면 애초에 계산할 수 없는 것일지도 모른다.

계산의 무용함 앞에서 빛나는 것이 있다. 바로 직관이다. 단순한 직감이 느낌이라면, 직관은 무언가를 꿰뚫는다. 순간에 멈춘 것이 직감이라면, 직관은 긴 호흡을 가진 감각이다. '좋은데?'를 넘어선 '잘될 거야'라는 확신이 직관적 통찰의 결과로 이어진다. 보이지 않는 미래를 보는 사람들, 나는 직관을 가진 사람들이 좋다. 직관은 사람을 움직이게 만들기 때문이다. 계산하는 사람들에겐 가능한 정도가 중요하다면, 직관적인 사람들에겐 가능성 그 자체가 중요하다. 어쩌면 직관의 장점은 단순함에서 출발한다. '된다'와 '아니다'의 싸움. 직관에게 중요한 건 0인지 1인지 구분하는 이진법의 논리일 뿐이다.

주사위를 던져 가능하다는 말이 나오면 직관형은 출발한다. 직관적인 사람들은 타이밍과 운의 영역을 철저히 구분할 줄 아는 듯하다. 운칠기삼을 긍정적으로 이해하는 사람들이다. '잘되고 못 되고는 내 운의 영역이니 나는 그저 3할의 기를 다하는 것'이 그들에겐 각인되어 있는 듯하다. 그러니 행동이 빠르다. 그리고 불굴의 자세가 있다. 어쩌면 직관적인 사람들은 '될 때까지 하는 것'을 추구하는 듯하다. 일정과 소모를 생각하지 않는다는 점에서 효율적이진 않지만, 결과를 만들어 낼 때까지 하는 것을 보면 분명 효과적이다. 게다가 애초에 효율을 따지지 않으니 손해라는 생각이 없다. 그들이 가진 '불굴'의 비결은 특별한 의지가 아니라, 애초에 효율을 계산하지 않는 '자세'에서 오는 듯하다.

불나방이 되자는 소리는 아니다. 가능성을 보고 뛰어든 사람 중에 정말 많은 사람들이 좌절하거나 실패했다는 것을 안다. 아이러니하게도 그런 현실이 더욱 직관을 믿게 만든다. 세상이 알아서 계산을 주입하기 때문이다. 이해진 네이버 창업주 역시 창업 초기에 주변인들이 알아서 계산기를 들이대곤 했단다. "무료 검색 서비스가 타당하기나 하냐?", "지금 연봉에 감사한 줄 알아야지"라는 말이 들릴 때마다 그는 "내가 왜 이런 사람들을 설득하고 있어야 하지?"라고 생각했다고 한다.

그렇다. 그런 사람들을 설득하고 있을 이유가 없다. 내게 도움을 줄 사람들이 아니라면 더더욱. 직관에 동의를 구하는 일은 어렵다. 그렇지만 동의가 되면 뜨겁게 불타오르기도 한다. 텔레파시와 운명 같은 것이 그렇다. 원래 이성적 판단보다 무서운 게 촉과 감각인 것이다.

영화 〈최종병기 활〉을 재밌게 본 기억이 난다. 조선의 궁술에 대해 다룬 액션 장면이 인상 깊던 영화였다. 영화의 막바지에 바람이 부는 벌판에서, 활을 든 주인공이 되뇌는 문장이 인상적이었다.

"바람은 계산하는 것이 아니라, 극복하는 것이다."

나는 우리가 계산하는 태도를 지적하려는 것이 아니다. 계산은 실수를 줄이고, 안정성을 부여하기 때문에 당연히 도움이 된다. 하지만 모든 것을 계산할 수 있다는 마음은 오만이다. 현실의 변수는 우리가 계산할 수 있는 영역을 벗어나기 때문이다. 건물 한 채만 한 크기를 지닌 기상청의 슈퍼컴퓨터로도 매일의 날씨를 맞출 수 없듯, 인간은 합의 바깥의 영역은 계산할 수 없다. 수학이 그렇고 과학이 그렇다. 공식과 수식에 대한 '합의'가 없다면, 수학과 과학은 아무런 의미를 지니지 못한다. 어차피 계산해 봐야 틀리기만 할 뿐이다. 애초에 틀릴 생각으로, 틀리고 맞고가 없는 직관의 힘이 중요한 이유이다.

지난 사랑들 앞에서 너무 잘 해내고 싶은 마음에, 수없이 많은 계산을 했던 밤이 생각난다. 발표를 잘하고 싶어서 청중들을 하나하나 인터뷰하고 이전 자료들을 수없이 반복해서 외웠지만, 현장에서 마이크가 나가서 발표 타이밍을 놓친 적도 수두룩하다. 애인을 사랑하는 마음이 너무나도 커서, 모든 것을 다 맞춰주려다가 스스로의 모습을 잃고는 부담스럽고 소신 없는 존재가 되어 가차 없이 차인 적도 있다. 프로메테우스의 불꽃에서 출발한 인간은 '계산'해 해치우기보다는 '극복'하도록 태어났다. 중요한 일이라면 더욱 그렇게, 잘하기 위해서는 계산이 아닌 극복이 필요하다. 계산은 머리가 하는 일이지만, 극복은 마음이 하는 일이기 때문이다.

오늘의 죽지 않을 이유

극복해야 할 바람이 붑니다.

개성에 대해 생각해 본다. 며칠 전 취향에 대한 글을 썼기에 얼마나 다를까 가늠해 보는 것이다. 완벽하게 같은 사람은 없었다. 그런가 하면 완벽하게 다른 사람도 없었다. 사람뿐만이 아니다. 나는 자란다는 면에선 나무와 닮았고 흔들린다는 점에선 흔들바위와 닮았다. 다르지만 닮았고 닮았지만 달랐다. 개성으로 구분되면서도 멀리서 보면 엇비슷한 점 하나들이 얼마나 다를까 생각해 보니 피식 웃음이 난다.

나는 독특하다는 소리를 많이 듣는다. 독특하다는 건 특별함과 특이함의 중간쯤인 것 같다. 솔직히 학창 시절에 그렇게 눈에 띄는 아이는 아니었다. 지금도 사실 엄청 유명한 것도 아니고, 눈을 휘둥그레 뜨게 할 만큼 특출 나지도 않다. 잠깐이라도 그런 특별함을 느꼈다면 아마 오만일 것이다. 솔직히 남들과 비슷하다. 그래서 누군가한테 부러움을 사거나 칭찬을 받을 때면 부끄러워하곤 했다. 지금은 철판을 깔고 그 칭찬의 의도를 감사해하지만, 여전히 어려운 건 어려운 거다. 그 배경에는 '사람이 달라봤자 얼마나 다른가' 하는 생각이 깔려있다.

'자리가 사람을 만든다'는 말을 좋아한다. 누구인지보다 중요한 것은 언제, 어디에 있는지라고 생각하기 때문이다. 내 경험상 그놈이 그놈이었다. (안타깝게도 나는 내 경험 바깥을 말할 수 없다.) 특별해 보이던 것들도 그 순간의 특별함이었지, 그 자체의 특별함인 적은 별로 없었다. 그래서 특별함과 우월함에 대해 깊이 공감하기는 어렵다. 부러울 것도 많이 없다. 열등감은 내가 만들어 냈기 때문이다. 어차피 병이 들면 죽는다. 늙으면 아프다. 슬프면 운다. 사람은 기본적으로 비슷하다. 만약 사람이 달랐다면 플라톤의 초인 정치는 진즉 채택됐을 것이다.

특별한 기회가 있으면 사람은 누구나 빛난다고 생각한다. 그래서 대단한 사람은 없고, 대단한 순간에 서있는 사람만이 있다고 생각한다. 나조차도 언젠간 빛났을 것이고, 아니면 앞으로 빛날 거다. 그게 뭐 어려운 예측인가 싶다. 당신도 나도 분명 빛난다. 그렇지만 그게 잘나고 특별한 이유는 아니다. 고작 사람이다. 이 말은 비난이 아닌 위로이다. 언젠가 이해할 수 있을 것이라 생각한다.

'우주에서 보면 지구는 창백한 푸른 점'이라는 칼 세이건의 글을 좋아한다. 작은 점 하나에 있는 것들이 얼마나 다른가 싶으면서도 그 안에서 각자 빛나는 사람들의 존재가 참 작고 소중하다. 그와 동시에 우리는 나 이전에 우리로 존재하지 않았나 상상해 본다. 타인이 없이는 뭔가 빠진 듯한 느낌을 받기 때문이다. 혼자 살 수 있을 것 같지만 혼자 사는 인간을 본 적이 없어서 그렇다. 언젠가 내 지평에 완벽한 개인이 등장한다면 신기할 테지만, 적어도 지금은 우리가 달라봤자 얼마나 다르며, 함께 살아가는 게 좋지 않나 생각해 본다.

오늘의 죽지 않을 이유

우리 안에서 내가 빠지면 섭섭하죠.

매일 달린 지 몇 달이 되었다. 처음에는 달릴 수 있을지 두려운 마음이 컸지만, 벌써 반년 가까이 이어오는 습관이 되었다. 두려움을 걷어내고 도전하면 많은 것을 배울 수 있다고 들었지만, 몸소 경험하는 일은 또 다르다. 감히 '내 인생은 달리기 전과 후로 나뉜다'라고 말하고 싶다. 무라카미 하루키가 그랬고, 마케터 장인성 님이 그랬듯 달리기는 내 인생을 송두리째 바꿔놓았다. 이제는 어디를 가든 달리기에 대해 이야기하는 내 모습을 쉽게 발견할 수 있다. 달리기가 대체 무엇이길래, 무엇이 나를 그렇게도 변하게 만들었는지 오늘에서야 말하고자 한다.

첫째, 달리기는 호흡의 소중함을 알게 해준다. 처음 뛰는 사람이라면 1km를 채 뛰기도 전에 숨이 차는 것을 느낄 것이다. 나의 경우에는 500m를 넘자마자 숨이 차서 쓰러질 것만 같았다. 내 폐는 걷는 데 익숙했다. 아니 어쩌면 앉아있고 누워있는 시간에 더 익숙했다. 하지만 달리고 나서는 당연하게만 여겼던 심장의 기능이 몸소 느껴지기 시작했다. 게다가 숨은 살아있음의 증거가 아닌가. 달리기를 하며 숨이 찰 때면 살아있음이 더 명확하게 느껴진다. 호흡 곤란으로 죽음에 닿으려 할 때에야 오히려 살아있음을 절실히 느끼는 것이다. 순간의 호흡이 얼마나 소중한지, 그와 동시에 호흡만 있다면 이 뜀박질을 계속할 수 있다는 사실을 알게 해준다. 숨 가쁜 호흡부터 두 다리의 저림과 무릎의 고통까지, 달리기는 당연하게 여겼던 것들의 존재를 되짚어 준다. 그러니 그저 주어진 삶에 감사하게 된다.

둘째, 함께 달리면 더 오래 달릴 수 있다. 이미 유명한 격언이지만 몸으로 느끼는 것은 다르다. 나는 주로 음악과 함께 달린다. 요즘은 블루투스 이어폰이 보편화돼 있어서 편안하게 음악을 들으며 달릴 수 있다. 귀에서는 땀이 나지 않는다는 인체의 신비가 감사해진다. 만약 음악이 없었다면, 이토록 오래 달릴 수는 없었을 것이다. 음악이 아니더라도 나는 가끔 친구와 함께 달린다. 느리면 느린 대로, 빠르면 빠른 대로, 달리기는 누군가와 함께할 때 더 즐겁다는 사실을 가르쳐 준다. 학창 시절에는 경쟁에 익숙했다. 누군가와 함께하는 일은 위험을 동반하곤 했다. 나보다 나은 사람이라면 나의 무력함을 느끼게 되고, 나보다 모자란 사람이라면 이끄느라 에너지가 소모되었기 때문이다. 하지만 달리기는, 적어도 내게 달리기는 달리는 그 자체로 의미가 있다. 느리면 더 많은 풍경을 시선에 담으면서 달릴 수 있고, 빠르면 더 많은 근육을 사용하며 집중력을 발휘해서 달릴 수 있다. 그래서 어느 누구와도 함께 할 수 있다. 천천히 달린다고 달리기의 본질이 사라지는 게 아니기 때문이다. 우리가 왜 느리게 걷는지, 왜 약한 사람들의 입장에서 생각해야 하는지를 달리기는 은근슬쩍 알려주는 듯하다.

마지막으로, 달리기는 실천의 가치를 알려준다. 달리기는 가볍게 나가는 것이 가장 중요하다. 내게 몇 가지 원칙이 있는데, 첫 번째는 달리기로 한 날에는 퇴근하고 절대 의자에 앉지 않는 것이다. 바로 옷을 갈아입고 뛰러 나간다. 가벼운 옷차림과 신발만 챙겨서 나가는 것이다. 준비 시간을 길게 갖거나, 제대로 준비하려고 하는 순간, 달리기는 하기 어려워진다. 부족하면 부족한 대로 없으면 없는 대로 해야만 한다. 그래야 더 자주, 쉽게, 부담 없이 달릴 수 있다. 그래서 달리기는 부담이 없는 운동이다. 다만, 달리기를 위해서는 우리 스스로도 부담을 내려놓을 필요가 있다. 위의 부담을 덜기 위해 공복에 뛰는 것이 좋고, 뛰는데 무리가 되니 많은 장비와 짐을 챙기지 않는 편이 좋다. 무릎에 부담을 덜기 위해 허벅지 근육을 써야 하는 이유도 같다. 부담 없이 할 수 있지만, 부담을 버리고 해야 하는 운동이 달리기이다. 우리는 잘하고 싶고, 제대로 하고 싶은 마음에 준비 시간을 가진다. 실전을 마주하기 앞서 준비를 하는 자세가 나쁜 것은 아니지만, 준비만 하다 때를 놓친 적도 많다. 그러니 조금은 부족하더라도 일단 출발해 보는 것이 달리기를 위한 첫 자세다. 모자라고 못난 자신의 모습을 참을 수만 있다면, 누구나 훌륭한 러너가 될 수 있다고 생각한다. 그저 달리는 것. 달리기가 우리에게 원하는 바는 그것뿐이니까.

나는 오늘도 달리기를 전도한다. 세상에서 가장 잘 뛰는 사람은 아니지만, 누구보다 달리기를 좋아하는, 그리고 달리기가 나를 바꿨다고 믿는 사람이라서. 괜찮다면 오늘은 신발만 갈아 신고 바로 나가보면 어떨까. 날이 춥다. 그래도 달려보는 것이다. 내가 가장 뜨거움을 느끼는 순간은 이불 속이 아니라, 한참을 달린 순간이었으니까.

오늘의 죽지 않을 이유

내일도 달려야 합니다.

오랜 기간 자리 잡고 있는 고민 하나를 공유하자면, '함께 하고 싶은 사람 되기'이다. 이런 생각을 하게 된 계기는 가족이었다. 어머니는 나와의 대화를 즐거워하시지만, 오랜 시간 대화를 지속하면 힘들어하셨다. 내가 너무 공격적이고 직설적이라고 하셨다. 존경하고 아끼는 예지 누나도 "너는 가끔 보는 게 가장 좋아"라고 말했다. 농담이 섞였지만, 나도 알고 있다. 기본적으로 난 피곤한 타입이다.

한때 착각한 적이 있다. 내가 '함께하고 싶은 사람'이 되었다고. 이는 사실이 아니었다. 내가 가진 능력이나 실력 등 업무적인 요소는 나를 '쓰고' 싶은 이유였지, '함께하고' 싶은 요소는 아니었다. 회사를 다니면서도 나는 '일을 시키기' 좋은 사람이었지, '함께 일하기' 좋은 사람은 아니었다. 솔직하게 대할 때보다 오히려 감정을 죽이고 다닐 때 사람들은 나를 편하게 대했다.

분명 '직설적'인 사람은 필요하다. 때로는 외면하고 싶은 진실을 전해주는 사람, 그런 사람이 곁에 필요하다. 하지만 그건 그 사람이 적당한 거리를 두고 있을 때의 이야기다. 우리에게 필요한 건 가르침이 아니라 즐거움이니까.

"나는 원래 직설적이야", "팩트인데 왜?"라는 생각을 한 적이 있다. 하지만 사람들은 '팩트'가 싫은 게 아니라, '직설'이 싫은 것이다. 나도 그렇다. 곧이곧대로 알려주는 강의는 재미없다. 깨달을 수 있는 강의가 재밌어서 공모전에 참여하고 인턴을 경험한 것이다. 대다수의 '팩트 폭격기'들이 오해하는 건, 자신을 향한 거리감이 '팩트' 때문이라는 생각이다. 그러나 우리가 싫어하는 건 '폭격'이다.

나는 한 분기에 하루쯤 만나기엔 너무 즐거운 사람이다. 하지만 매일 아침을 함께하고 싶은 사람은 아니다. 나 스스로도 나와는 삶을 함께하고 싶지 않다. 애먼 위로는 거절할 생각이다. 그 사람이 나랑 살 건 아니니까(물론 나도 그럴 생각은 없다). 다만, 나는 혼자 살고 싶지 않기에, 조금 더 함께하고 싶은 사람으로 성장하고 싶다.

가재와 같은 갑각류는 탈피의 과정을 지내며 성장한다고 한다. 이론상으로는 무한히 사는 것도 가능한 가재에게 탈피는 성장의 증거다. 하지만 동시에 탈피의 실패는 대부분의 가재가 사망하는 이유가 되기도 한다. 헤르만 헤세가 '껍데기를 깨는' 고통을 알려줬으니, 나는 고통의 길로 걸어야만 한다. 이 과정에 죽음이 섞여있을지도 모르겠다. 하지만, 함께하는 사람이 되지 못한다면, 탈피의 과정에서 도태되는 것도 좋을지 모르겠다. 나는 人間으로 살고 싶기 때문이다.

오늘의 죽지 않을 이유

탈피하는 중이다.

겨울에도 마음의 문은 열수록 따뜻해진다

겨울의 추위 앞에서 동물은 한껏 나약했다. 그래서 불을 피우고, 동굴을 파고, 집을 지었다. 문명이 없을 때, 36.5도의 변온 동물인 것은 다행이었다. 사람들은 머리를 맞대고 몸을 부둥켜안곤 했다. 누군가에게 안겼을 때 따뜻함을 느끼는 것은 매우 물리적이다. 체온이 기온보다 뜨겁기 때문에, 겨울에는 뜨거움이 따뜻함이 된다.

그렇지만 겨울이 항상 따뜻하기만 한 것은 아니다. 어떤 따뜻함은 갑갑함으로 표현되기도 한다. 환기를 하기 어려운 상황, 난로의 열기, 두꺼운 옷을 입은 사람들 틈에서 우리는 포근함보다 갑갑함을 느낀다. 따지고 보면 산소가 부족한 것이지만, 우리는 겨울 실내에서 포근함과 갑갑함을 동시에 느낀다.

출근길 외투가 두꺼워졌다. 서로가 차지하는 공간이 늘어났다. 여름에는 여유롭던 지하철과 버스의 좌석이 좁게 느껴진다. 외투가 두꺼워졌기 때문이다. 외출을 앞두고 거울 앞에 서면 내 몸이 두 배는 부푼 것 같다. 나의 따뜻함을 위해서 타인의 공간을 침해하는 일이다. 그래서 더 갑갑한 일이다. 서로가 서로의 공간을 짓누르기 때문이다. 갑갑한 것은 무언가가 나를 누를 때 느껴진다. 압박감. 빽빽해진 옷장만큼 회사의 일정도 빽빽해졌다. 내년을 준비하는 계절, 두꺼운 옷처럼 직원들의 주머니를 두둑하게 만들기 위한 겨울 준비. 누군가는 갑갑해진다. '내년에도 잘해야 하는데….' 함께하는 동료들이 많아지니 든 생각이다. 두꺼운 옷이 무거운 것처럼, 무언가 마음이 무겁다. 사무실이 좁아져서 따뜻해지는, 그와 동시에 공간과 일정은 빽빽해지는 계절. 회사에도 겨울이 온 것이다.

나는 자꾸만 이런 빽빽함을 고치려 한다. 왜 자꾸 일이 부푸는지, 회의가 길어지는지, 업무 효율은 어디로 갔는지 따지고만 싶다. 옷장은 하나인데 옷이 너무 두꺼워진 것이다. 그렇게 부피를 줄이려 꾹꾹 누르다 보니, 문득 이런 생각이 들었다. '무언가를 누르는 건 압박감을 주는 일인데….' 아니나 다를까, 주위를 둘러보니 내 예민함에 직원들이 민감해졌다. 넉살 좋은 동료가 농담 삼아 말을 건넨다.

"광래 님! 광래 님 요새 너무 무서워요~."

그래, 나는 빽빽해졌다. 빽빽하게 스스로를 조여놨기 때문이다. 사실, 옷장이 부족하면 옷장을 늘리면 되고, 사무실이 좁으면 더 큰 사무실로 가면 된다. 그런데도 나는 패딩을 구기거나, 사람들을 구겨 넣었다. '지금은 어쩔 수 없어.' 가만히 얼어붙은 마음은 자꾸만 패딩을 입는다. 두꺼운 패딩을 껴입을수록 따뜻해진다고 느꼈지만, 실상은 여유가 들어갈 틈이 없어졌을 뿐이다. 날카로운 이성이라 생각한 것들이, 빽빽해서 오는 조급함임을 알 수 있었다. 미안했다. 빠르게 사과했다. 그리고 잠시나마 웃어봤다. 다행이다. 동료들은 나를 놀리며 분위기를 풀었다.

겨울이다. 춥고 빽빽하고 얼어붙은 것들이 많다. 자꾸만 혼자 있고 싶어지는 건, 문을 열면 춥기 때문일 테다. 그럼에도 불구하고 노크를 건네는 사람들이 있다. 바람은 춥게 느껴져도, 환기가 되니 갑갑함이 사라진다. 겨울이라고 환기를 하지 않는 게 문제였던 것이다. 갑갑함이 온전히 겨울의 탓인가 싶었는데, 환기를 안 한 내 마음 때문인 것도 같아 조금은 부끄럽다. 문을 열고 누군가 건네는 에그타르트가 빼꼼 들어왔다. 잠깐의 환기로 공기가 맑아졌다. 난로를 켜지 않았는데, 따뜻해졌다. 마음의 문은 열수록 따뜻해진다.

오늘의 죽지 않을 이유

에그타르트가 난로만큼 따뜻해서.

취준생 A가 있다. 본인이 생각하는 목표 회사가 뚜렷하다. 그 회사의 그 직무. 가끔은 올라오지 않는 채용 공고에 마음이 저리다고 말한다. 목표를 가지고 열심히 준비해 왔다. 관련된 활동만 했고, 관련 자격증이라면 모두 다 도전해서 취득하고자 했다. 몇백만 원을 주고 현직자와 프로젝트도 진행했다. 최저 시급도 받지 못했지만, 인턴이라서 버틴 시간들도 있었다. 하고 싶은 일을 하기 위해서는 당연하게 생각했던 것들이었다. 그렇지만, 그는 지금도 여전히 취준생이다.

사실 A는 조금 나은 경우일지도 모른다. 많은 사람들은 일말의 대비 없이 어느새 취업 준비를 맞이하기도 하니까. 주어진 수업을 성실히 들으며 학창 시절을 보내다 보면 어느새 취준생이 되어버린 스스로를 발견하게 된다. 어학 점수, 자격증 등 취업에 필요한 지원 요건들을 준비하지만, 면접장에선 실무 경험이 없다는 소리만 들릴 뿐이다. 신입이라서, 지원 자격이라서 애써 갖췄던 것들은 당연한 것들이 되어버린다. 옆자리엔 이 일을 위해 평생을 살아온 A 같은 사람들이 있다. 아니 어쩌면, 면접장엔 수많은 A들이 있다. 그러나 A들조차 행운의 주인공이 되지 못한다.

반면, 행운의 주인공들도 어려움이 없지는 않다. 요즘 같은 상황에서 취업에 성공한 것만으로 축복할 만한 일이지만, 취업이후의 삶은 또 다른 국면을 맞이하기 때문이다. B는 업무에서어려움을 겪는다. 생각했던 것과 다른 정도가 아니다. 전혀 적응하지 못하는 것이다. 사실 일의 복잡성을 감당하기에는 우리가 겪은 학창 시절이 너무 단순하고 명료했다. 회사를 다녀보니 느낀다. 정치, 태도, 관계, 그리고 사소한 습관까지… 모든것이 일에 끼어들곤 한다. 첫인상에 인사를 제대로 못 한 C는지금까지도 싹수없는 사람으로 기억된다고 전했다. 일을 하려고 회사에 들어갔지만, 일만 해서는 안 되는 것이다. 회사 생활은 결코 호락호락하지 않다.

최근엔 면담이다, 취업 상담이다 하며 여러 사람들과 회사에 대한 이야기를 나눈다. 나의 지난 취업 경험과 지금 회사에서 인사와 조직을 담당하며 겪는 일들로 이야기를 이어나간다.

상담의 결론은 항상 '좋은 회사'로 귀결된다. 다만 취준생에게는 '대기업'이 좋은 회사의 필요조건이었다. 물론 대기업은 좋은 회사일 수 있지만, 그들의 생각처럼 대기업이 좋은 회사의 필요조건인 것은 아니었다. 대기업을 구분 짓는 것은 회사의 규모일 뿐이고, 각자가 추구하는 방향과 적성 그리고 여러 조건들에 따라 '좋은 회사'는 달라져야만 했다. 그렇지만 학창 시절에 1등급이 그랬고, 4.5라는 학점과 990이라는 토익 점수가 그랬듯, 우리는 정량적 상위를 '좋은 것'이라 생각할 뿐이었다.

"대기업을 준비하는 건 좋아. 그렇지만 대기업이 좋은 회사라는 건 조금 더 생각해 볼 필요가 있어."

사실, 온전히 스스로의 기준으로 대기업을 원하게 된 이들은 많지 않았다. 보통의 졸업생들은 자기가 하게 될 일에 대해서 10%도 알지 못한다. 마케팅의 화려함, 영업의 뜨거움, 관리의 세련됨을 좇지만, 화려한 마케팅 뒤에 숨은 짜치는 순간들과 뜨거운 영업을 위해 쓰이는 자존이라는 땔감, 세련된 관리를 위해 매 순간을 긴장해야 하는 시간들은 발견하지 못한다. 단지 부모님이 그랬을 뿐이고, 선배들이 그래왔을 뿐이고, 매체들이 그렇게 표현했을 뿐이다.

좋은 회사의 조건에 대해 생각해 본다. 내가 일할 때 행복한 회사, 나를 성장시키는 회사, 나를 만족시키는 회사⋯ 줄줄이 나열해 봐도 '내'가 빠진 수식어가 없다. 혹자는 말한다. "남들이 인정하는 회사는요?" 그런데 남들이 인정하는 것 또한 결국엔 '내' 만족이지 않은가?

이럴 때일수록 주관과 소신의 중요성을 생각한다. 좋은 회사에 가고 싶다면 내가 어떤 것을 좋아하는지 분명히 알아야만 한다. 나에게는 엽떡의 매운맛이 즐거움이지만 누군가에겐 고통인 것처럼 '좋음'은 상대적이라는 것을. 좋은 회사를 위해 우리가 준비해야 할 것은 내가 생각하는 '좋음'에 대한 '솔직함'이지 않을까.

그렇다면 나는 좋은 회사에 다니고 있는가? 그렇다. 나는 즐겁고 행복하고 많이 배우고 성장하고 있다. 그러니 좋은 회사일 수밖에.

오늘의 죽지 않을 이유

좋은 회사에 다니고 있습니다.

이성적 판단은 중요하다. 인간은 충동적이라 후회를 동반하곤 하는데, 이성적 판단은 이런 후회를 최소화해 준다. 그래도 된다고 설득하는 것이다. 물론 설득의 대상은 스스로다. 적어도 나에게는 올바른 판단이었기 때문에 후회가 없다. 이성적인 사람들은 그래서 매우 주관적이다. 그렇게 주관적인 판단이 쌓여 강력한 주관이 되고 소신이나 심지가 곧은 사람이 된다.

반면, 감정에 예민한 사람들은 충동적이다. 순간의 감정에 판단을 맡긴다. 아니 정확하게는 판단을 감정을 바탕으로 한다. 후회할지언정 현재를 참고 버티지는 않는 것이다. 그렇기에 행복도가 높다. 물론 상대적으로 바닥을 치기도 한다. 사람의 감정은 들쑥날쑥해서, 감정적인 사람들은 크게 기뻐하기도 하지만 크게 슬퍼하기도 한다. 일희일비하기에 매 순간 기쁨을 느끼기도 하지만 누구보다 많이 좌절하기도 하는 일이다.

이런 성향 때문에 사람들은 이성적인 것을 더 우수하게 여긴다. 주관적인 설득으로 만들어 낸 합리적인 선택을 선호한다. 감정 표현 또한 물리적인 일이라 몸을 지치게 한다. 하루 종일 웃다가 배와 안면 근육이 아파졌던 경험이 있다. 감정은 기쁜 일이지만 몸에게는 무리가 되는 일이다. 몸은 반사적으로 자신을 보호한다. 이성적으로 판단하게 하고 합리적으로 움직이게 하는 것은, 최소 비용으로 칼로리를 소모하고자 하는 우리 근육의 보호 본능일지도 모른다.

일에서는 이성적인 판단을 앞세우게 된다. 피드백에서 감정을 빼고 받아들이면 매우 효율적이다. 문제를 파악하고 해결하면 되니까. 업무적인 피드백에서 감정을 많이 느끼는 사람들을 보며 안타깝다고 생각했다. 문제와 해결에만 집중했으면 했다. 의견을 주고받을 때마다 감정적인 표현을 신경 쓰느라 말을 더 예쁘게 하려 고민하는 것이 낭비처럼 느껴졌다.

하지만 이제 안다. 사랑하지 않으려 했는데, 애정이 생기니 감정적으로 대하게 된다. 내가 대단히 이성적인 줄 알았는데, 불합리하게 시작된 사랑 앞에서는 이성을 펼칠 수 없었다. 그저 지금까지는 작정하지 않은 일이 없었을 뿐 예측하지 못한 소중함은 가치 판단을 불허했다. 합리적이지 않은 애정 속에서 나는 더 이상 이성적일 수 없었던 것이다. 사랑이 넘치는 사람들은 일마저 사랑하게 되어버렸을지도 모른다. 사랑하고 싶지 않아도 사랑하게 되어버린 일들 앞에서, 부정적인 피드백을 이해할 수가 없었을 것이다. 나도 왜 그렇게 되었는지 알 수 없는, 나도 모르는 사이 그렇게 애정을 담게 되어버린 나의 크리처. 불합리한 사랑의 시작은 사람을 감정적으로 만든다.

예측하지 못한 것들은 무언가를 고장 나게 만든다. 이성적인 사람들은 조금 더 겁이 많았을 뿐이고, 자연스럽게 미래를 예측할 수밖에 없었다. 감정적인 사람들은 현재에 조금 더 집중하다 보니, 미래를 예측할 수 없었다. 무엇이 나은지 나는 알 수 없다. 말년에 스티브 잡스는 자신의 이성적인 태도에 대해 후회했다. 그때야 고장이 난 것이다. 단단한 이성도 언젠가 고장이 난다. 한낱 사람이라서, 한낱 작은 사람이라서. 그래서 나는 우리가 조금 더 미리 고장 나보는 것도 좋겠다 생각한다. 이성적으로 판단해서 감정적으로 되어보는 것이다.

오늘의 죽지 않을 이유
_____
감정적으로 행동하는 하루를 만들어 보고 싶다.
_____

"내 모습 그대로 사랑해 줘."

이젠 명대사라 하기도 지겨운 문장이다. 있는 모습 그대로, 낭만적인 사랑을 말하는 대표적인 수식어가 되어버렸다. 그런데 나는 공감하지 못하겠다. 있는 모습 그대로 어떻게 사랑할 수 있지? 있는 모습 그대로 어떻게 함께할 수 있는지 도저히 알수가 없다.

사람을 볼 때, 처음부터 노선을 정해놓고 출발하는 것 같다. '이 사람은 연인이 될 거야', '이 사람은 친구가 될 거야', '이 사람은 조금 먼 사이가 될 거야', '이 사람은 더 이상 보기 싫다' 하고 생각한다. 그렇게 판단한 기준은 상대가 자신을 표현한 방식에서였다. 외모가 그랬고 옷 스타일이 그랬고 말투가 그랬다. 있는 그대로 바라보기에 그들은 그들이 가진 것들을 표현했다. 만약 그 표현이 진실되었다면 '있는 그대로'는 충족했겠지만, 그것을 나는 사랑하고 싶지 않았다. 나랑 잘 맞는 것들만 사랑하고 싶었기 때문이다.

그런데 나랑 잘 맞는 것들만 사랑하고 살 수가 없다. 나는 나와 조금은 덜 맞는 것들을, 조금은 포괄적으로 사랑했다. 친구를 사랑하고 길가의 침엽수를 사랑하고 하늘 위에 떠다니는 구름을 사랑했다. 사랑이란 단어가 연인에게만 허락된 것 같은 기분이 들지만, 나는 그래도 모든 좋아함을 사랑의 일부로 생각했다. 언젠간 순위가 뒤바뀔 수도 있는 사랑들에 대해서. 사랑이란 것만큼은 차별하지 않았으면 했다.

또한 나는 내가 누구인지 잘 모르기 때문에, 나와 잘 맞는 것들이 무엇인지 알 수가 없었다. 오늘의 나와는 잘 맞을 수 있지만 내일의 나와는 잘 맞지 않을 것이 신경 쓰였다. 나는 어제도 달랐고 오늘도 달랐고 내일도 달라질 예정이기 때문이다. 내가 고작 나라는 사실은 변하지 않지만, 내가 무엇인지 잘 안다는 오만을 부릴 수 없었다. 그리고 잘 안다고 생각해서 쌓아온 사랑들에게 고작 '내가 변했으니 이제 사랑은 변했다'는 이유로 통보를 하고 싶지는 않았다. 마음이 먼저인가 행동이 먼저인가의 문제는 닭과 달걀의 그것과 같다. 나는 그래도 행동이 마음을 만든다고 생각했다. 좋아하는 사람으로 살고 좋아하는 사람처럼 행동하면, 곧 좋아하게 된다고 믿는다. 행동이 마음보다 더 솔직하다고 믿기 때문이었다. 적어도 마음보단 행동이 눈에 보인다. 나는 보이는 것만 믿고 싶다.

그리고 결정적으로 누군가의 '있는 모습 그대로'가 싫다. 솔직하게 민낯보단 잘 어울리는 화장이 곁들여진 얼굴이 좋다. 나 스스로도 나의 있는 모습 그대로가 싫다. 운동을 하고 옷을 예쁘게 입고 머리를 꾸민 내가 더 좋다. 게다가, 나는 타인의 상처와 치부까지 끌어안을 자신이 없다. 비겁하지만, 서로 조금은 숨기면서 지냈으면 좋겠다. 상대의 모든 것을 알 필요는 없었다. 낭만에 빠져본 후에야 알게 된 일이다. 그땐 모든 것을 알고 싶고 보여줬으면 한다는 달콤한 말이 좋았다. 그렇게 낭만에 속은 결과는 허접해진 몸과 마음으로 버려지는 것이었다. 남은 건 가장 추한, 있는 그대로의 내 모습뿐이었다. 사람은 사람을 감당할 수 없다. 그러니까 저런 낭만적인 단어 따위는 던지지도 않아야 한다. 누군가는 그런 단어에 속아 생을 내던지기도 하니까. 사람은 사람을 감당할 수 없다는 것을 알아야 했다. 닿지 못할 것이니 말하지도 믿지도 말아야 한다. 누군가는 마음만 먹을 때, 누군가는 행동으로 있는 모습 그대로를 보여주려고 했던 것이다. 마음뿐인 사람들은 결국 감당할 자신도 없으면서 말만 내뱉을 뿐이었다.

그럼에도 가끔은 누군가가 한없이 나를 사랑해 줬으면 한다. 아니 정확히는 내가 사랑하고 싶은 사람이 나를 한없이 사랑해 줬으면 한다. 그럴 리 없다고 생각하지만, 행동이 먼저인 나지만, 그런 일을 바라고 싶다. 이건 어쩌면 겨울 탓일지도 모르겠다.

오늘의 죽지 않을 이유
_____

사랑.
_____

자유로운 출근 시간 덕분에 여유롭게 버스 정류장에 나간다. 축복이다. 다년간의 지옥철 경험이 이 순간의 행복을 알게 해줬다(그렇다고 그 시절이 그립지는 않다). 아홉 시쯤, 버스 정류장엔 사람이 몇 없다. 적은 인파가 기분이 좋다. 가방을 살짝 고쳐 메고 버스 시간표를 살핀다.

서울 시내에 중앙버스차로가 자리 잡으면서 버스 정류장이 상당히 길어졌다. 한 200m 정도는 되는 길이로 죽 늘어서 있다. 가끔은 내가 탈 버스가 저 멀리 정류장 끝에 정차하기도 한다. 그럴 때면 '저기까지 가야 하나' 싶기도 했다. 그렇지만 몇 번의 경험으로 더 이상은 무리해서 정류장 끝에 가지 않아도 괜찮다는 것을 알게 됐다. 어차피 버스는 내가 있는 곳에서도 한 번 더 정차하기 때문이다. 타겠다는 의사를 분명히 하기만, 한다면 버스는 정류장에서는 무조건 정차했다. 내가 그렇게 무리해서 다가가지 않아도 됐던 일이다.

살다 보면 무언가를 놓치지 않기 위해 무리할 때가 있다. 자존심, 책임 등 많은 것들을 놓치고 싶지 않아서 무리를 한다. 특히 인연이 그랬다. 나는 누군가가 내 삶의 테두리에 들어오면 혹시나 떠나갈까 봐 매일을 노심초사했다. 회자정리, '만남과 헤어짐은 정해져 있다'는 그 말이 싫었다. '왜 테두리에 들어왔으면서 나가려고 할까?' 매일을 고민했던 일이다.

그렇지만 내가 놓치지 않으려고 무리해서 다가갈 필요는 없었다. 나는 정류장에 들어온 버스라고 생각했던 것들이 사실은 차선 건너편에서 질주하고 있는 직행버스들이었던 것이다. 지나가는 것인데 나는 내 시야에 보인다고 정류장인 줄 착각했다. 자칫하면 다칠 수도 있는 위험한 일이었다. 정류장 바깥에서 움직이는 차를 멈출 권한은 누구에게도 없었다. 혹시라도 멈춰 세웠다면 그건 사고를 내지 않기 위한 운전자의 배려였을 뿐, 멈춰야 하는 버스가 아니었던 것이다.

이제는 어떤 것이든 억지로 내 자리에 두려 하지 않는다. 마음의 정류장은 투명해서, 어디까지가 정류장이고 어디까지가 차선인지 알 수가 없기 때문이다. 그래서 그냥 가만히 있는다. 다만 내가 '탑승할 것'이라는 것만을 분명히 알린다. 그것이 버스라면 내 자리에 서야만 할 테니까. 혹시 정류장 바깥이 신경 쓰인다면, 그래도 가만히 있으라. 지나가는 차량들이 택시일 수도, 어쩌면 히치하이커를 태우려는 마음씨 좋은 운전자가 있을지도 모른다. 결국 멈출 것들은 멈춘다. 우리는 표현만 확실히 하면 되는 일이다.

오늘의 죽지 않을 이유

버스는 타야지.

"어떻게 그렇게 꾸준할 수 있어요?"

매일 글을 쓰고 달리기를 하는 모습을 보며 동료가 물었다. 글쎄, 일단 하는 버릇이 생겼을 뿐이지 어떻게 꾸준하게 되었는지는 확답할 수가 없다. 그냥 하다 보니 이렇게 됐다고 너스레를 떨어본다. "일단 하고 생각하는 거죠. 뭐 비법이랄 게 있겠어요~" 뭔가 건방진 겸손이 될까 봐 괜히 한번 조언을 곁들여본다.

글을 매일 쓰다 보니, 그냥 글이 매일 써진다. 달리기를 매일 하다 보니, 매일 달리게 된다. 밥도 마찬가지다. 세 끼를 먹지 않아도 살 만했던 것 같았다. 그렇게 점심을 매일 거르다 보니, 하루 한 끼만 먹으면서 살 수 있게 됐다. 사실 어떻게 하나 생각했던 것들 대부분은 그냥 하면 되는 것이었다.

원한다면 독서를 하는 일도 어렵지 않다. 출퇴근길에 책을 읽은 지 두 달째다. 아침마다 턱걸이를 한 지는 반년이 넘었다. 연말부터는 저녁마다 광고 운영 공부와 노동법 공부를 시작할 계획이다. 원한다면 할 수 있었다. 그것이 아무리 어렵게 생각되더라도, 막상 해보면 어떻게든 또 되는 것이었다.

그런데 사랑은 그게 잘 안된다. 눈앞에 고백을 앞두고 있다가도 접기 일쑤였다. 조그맣게 누군가를 좋아하려는 마음이 자라나도 눌러버린다. 혼자 할 수 있는 사랑이 있다면 지금은 그걸 해내고 싶다. 공부도 달리기도 운동도 혼자 하면 되는 일이었던 것처럼 말이다. 그렇지만 사랑은 함께 하는 일이 아니었던가. 내가 누군가를 좋아하는 마음이 상대에겐 부담이자 상처가, 또 두려움이 될 수도 있다는 걸 너무나도 잘 안다. 함께 사랑했었던 과거들은 이렇게나 기억 속에 잘 살아있는데, 어떻게 시작했는지를 알 수가 없다. 사랑, 어떻게 시작하는 거였더라.

오늘의 죽지 않을 이유
꾸준한 것들만 남아서.

글이 더럽게 안 써진다. 못 쓰는 것과는 별개로 정말 안 써지는 것이다. 몇 달간 훈련한 덕에 먼저 한 글자 띄우는 일은 썩 해내지만 생각하고 기획하는 것들이 죄다 볼품없다. 공교롭게도 글쓰기는 요 며칠 나를 하늘 높이 띄웠다가 그대로 다시 땅으로 처박아 버렸다.

평소에 허울뿐인 사람들을 보며, 실력 없이 껍데기로 떠버린 이들은 아슬아슬 불안하게 쌓인 것들이 언젠가 한 번에 추락해서 제대로 무너질 거라고 매일 저주했었다. 그런데 그 저주가 나를 향했다. 지금의 나는 불안한가? 아니다. 불안했던 것들이 이미 화끈하게 무너져 버렸다. 잘 쓰고 싶다는 욕심에 잘 쓴 것 같은 글들을 불안하게 만들어 내다가, 화끈하게 다시 못 쓰는 사람으로 돌아왔다. 글을 쓰지 않을 것인가? 그것도 아니다. 계속 쓸 것이다. 그럼 이 글은 왜 쓰는가? 그에 대한 대답은 심히 별로인 내 글에 대한 조금의 변호인 것이다.

더 이상 쓰지 못하겠다. 쓸 말은 많은 듯한데, 정리할 수가 없다. 다 드러내자니 내가 너무 부끄럽고 그렇다. 그래, 나는 늘 급한 마무리가 제일 어렵다.

오늘의 죽지 않을 이유

내일은 더 잘 쓸 거야.

오랜만에 반가운 소식이 있었다. 같이 동고동락했던 친구가 합격 소식을 전해온 것이다. 합격이 아니어도 괜찮았지만, 그래도 이제 친구가 당당할 수 있다는 사실이 다행으로 느껴졌다. 당당하지 못할 이유는 없지만, 취준 생활은 왠지 모르게 숨어들게 만든다. 내 경험상 그랬다. 나는 취업 준비 중인 내 모습이 싫었다. 겉으로는 괜찮은 척했지만, 가까운 사람들은 알았다. 내가 얼마나 망가져 있고 열등감을 느끼고 있는지. 그래서 친구의 합격이 자랑스럽다. 소중하다. 그리고 정말 기쁘다.

겨울이면 쌓인 눈길을 걸으며 생각한다. 사실은 눈으로 다 덮어버린 것이 아닐까. 지면에서 솟아 나오려는 것들을 차갑게 눌렀을 테다. '노력만 한다면 성장할 수 있다'는 격언은 한겨울 새순에게는 너무한 것이었다. 우리는 환경의 감사함을 모른 채, 나의 능력만을 과신했던 게 아니었을까 생각한다. 오만은 너무나도 쉽다.

아침에 들은 라디오에서 오늘이 수능 성적 발표날이라고 했다. 나도 10년 전의 그날을 기억해 본다. 점수가 어땠는지는 까마득하지만, 한 가지만큼은 또렷이 기억난다. 그날 밤 베갯잇을 가득 적셨다는 것을. 너무 꽉 쥔 탓에 베개를 조금은 찢어버렸다는 것을. 지금 와서 돌아보면 수능이라는 게 인생에서 작은 부분일 뿐이었다고 생각하지만, 그건 지금에 와서야 할 수 있는 이야기다. 고작 시험이라지만, 고작 시험이 아니었다는 걸 우리는 너무나 잘 안다.

어쩌면 그때 1등급을 맞았다면 더 나은 삶을 살았을지도 모른다. 수능 성적표를 받아 들었던 그날, 나는 '결국 나를 벗어나지 못했구나'라고 생각했다. 3월 성적이 그대로 이어졌기 때문은 아니고, 10월 모의고사 점수를 기준으로 수시를 써버려서 기회를 다 날렸기 때문도 아니다. 아마 나는 다시 돌아간다고 해도 1등급은 맞지 못할 것이다. 나는 누군가의 의지에 의해 이렇게 살아지는 것만 같았다.

그런데 말이다. 겨울에도 꽃은 핀다. 수선화가 그렇다. 그의 꽃말은 고결함. 그래서 더 눈부시고 귀하다. 고작 작은 꽃망울을 가졌고 낮은 곳에서 피는 꽃이라고 하더라도, 겨울에도 꽃이 핀다는 사실은 꽤나 멋지지 않은가? 고결한 것에게 겨울은 그 어떤 시련도 되지 못한다.

오늘의 죽지 않을 이유

수선화는 겨울에 피는 꽃이니까요.

내일이 안 왔으면 좋겠다. 크리스마스가 정말 싫다. 길거리를 울리는 캐럴도 여기저기 깔린 리스 장식과 트리도 너무 보기 싫다. 코로나19가 유행했을 때, 거리에 앞서거니 뒤서거니 하는 인파가 없어 다행이라 생각하기도 했다. 사람 없는 크리스마스. 예상치 못한 순간에 닥친 재해는 내가 바라던 것들을 너무나도 쉽게 이뤄버렸다. 어쩌면, 재해가 아니고서야 내 소원은 이뤄질 수 없었던 것일 수도.

어릴 때 기억이 자꾸만 난다. 세상 어디를 가도 크리스마스인 날들. '메리 크리스마스'라는 말이 가득했던 날. 학교에 가도, 교회를 가도, 놀이터를 가도 여기저기서 항상 들리는 말은 행복한 크리스마스를 보내라는 거였다. 왜 그래야만 하는지. 예수라는 작자가 누구길래, 나는 본 적도 없는 분의 생일을 축하해야 하는지 의문이었다(지금은 이렇게 생각하지는 않는다).

사실은 불만이었다. 12월 25일은 내 생일이었거든. 누구라도 생일 하루만큼은 주인공이 될 수 있다는데, 내겐 그것마저도 허락되지 않은 것 같았다. 집에서도 동생에게 그날은 크리스마스였다. 나는 단지 유명인이 태어난 날에 같이 태어났다는 이유로 생일을 빼앗긴 어린이가 된 듯했다. 그때의 나는 그걸 '빼앗겼다'고 느꼈다. 여유가 없다느니, 마음이 좁다느니 욕을 먹어도, 적어도 크리스마스가 생일이 아닌 사람이 그런 말을 하진 않아야 한다고 생각한다. 내가 받은 상실감을 공감해 달라고 한 적도 없는데, 마음대로 나를 힐난하는 것이니까.

나는 어딜 가나 생일임을 말하지 못했다. 처음에는 말했던 기억이 난다. 조금은 억울하기도 하고 자랑도 하고 싶어서. 그렇지만 조금만 지나면 뒤에서는 "자기 생일인데 뭐 어쩌라는 거야"라는 비난이 들리곤 했다. 나는 그들을 탓해야 했지만 애먼 크리스마스를 저주했다. 너만 없었다면 내 생일일 수 있었다고, 다른 아이들은 평범한 날에 태어나 하루의 축복을 받으며 자라나는데, 나는 왜 자꾸만 알지도 못하는 성인의 생일에 모든 것을 빼앗겨야 하는지.

나는 생일 파티를 해본 적이 없다. 친구들을 부르는 일은 내게 무리였다. 내 생일은 그들에게도 소중한 날인 크리스마스였으니까. 내 생일을 이유로 그들에게서 크리스마스를 빼앗아 올 수는 없는 일이다. 그렇게 생일을 매번 혼자 보냈다. 어쩌다 가족과 함께하더라도 동생은 '크리스마스'를 외치며 울어버리곤 했다. 내 생일이지만, 크리스마스이기도 한 날. 그냥 내가 유명하지 않고 위대하지 않기 때문에 크리스마스에게 주도권을 줘버려야 하는 날이다. 대체 왜 빨간 모자를 쓴 수염 난 아저씨가 내 생일에 꼭 필요한 존재인지.

나는 생일이 결핍된 사람이다. 생일이라서 느낄 뿌듯함과 감사를 잃었고, 생일이라서 가지고 싶던 특별함을 놓치며 살았다. 친구들이 내 생일을 축하해 주더라도 나는 온전히 받아들이지 못한다. '사실은 크리스마스잖아'라고 속으로 생각한다. 친구들과 생일 약속을 잡는 일은 없다. 애인과 보내는 특별한 날임을 알았고, 애인이 없더라도 가족과 보내는 그런 날이니까. 칠면조를 먹고 와인을 마시는 날이지, 내가 먹고 싶은 음식을 먹는 날은 아니었던 것이다. 그래서 지금도 누군가와 연애를 시작하게 되면, 꼭 물어본다. 당신의 크리스마스를 내게 줄 수 있겠냐고.

작은 생일의 특별함을 잃은 내겐 아직도 '결핍'이 가장 큰 감정이다. 결핍은 욕망이 된다는데. 세상의 물건들로는 내 결핍을 채워주지 못한다. 특별함이 가지고 싶다. 고작 생일 가지고 그런다지만, 나는 그런 명분이 중요한 사람인 것을. 사랑받고 싶고, 우수하고 싶고, 특이하고 싶은 것들은 모두 다 특별함을 위한 행동일 뿐이다. 나는 느껴본 적도 없는 특별함을 너무나도 그리워한다.

몇 년 전, 지금은 헤어진 여자 친구가 내게 달력을 선물한 적이 있다. 12월 25일을 까맣게 칠해버린 달력. 그 위에 정성스럽게 '광래 생일'이라고 적어준 그녀의 센스가 내가 기억하는 유일한 특별함이다. 내가 그 기억을 잊을 수 있을까? 아마도 그런 일은 없을 것이다.

오늘의 죽지 않을 이유

내일은 과연 기뻐할 수 있을까?

언젠가 유머로 캥거루 사진을 본 적이 있다. 우락부락한 승모근과 팔근육. 대근육을 중심으로 발달한 건장한 상체가 강인함을 보여주는 듯했다. "싸워서 이길 자신 있냐?"라는 코멘트가 재밌었던 글이었다. 글쎄, 싸움은커녕 도망치기도 힘들지 않을까 생각하며 캥거루 사진을 넘겼다. 그렇게 강인해 보이는 생물을 무슨 수로 이길 수 있겠어.

그런데 사진에는 반전이 있었다. 상체 근육의 발달은 캥거루의 노화를 의미한다는 것이다. 특히 체구가 큰 수컷을 중심으로 드러나는 근육은 체구가 커져서 더 이상 뒷발로만은 걷기 힘들기 때문에 사족보행을 하다 보니 자연스럽게 생겨났다고 한다. 게다가 노화가 진행되며 피하지방이 빠지니 근육이 더 선명하게 드러나는 것이라고. 동물에게 직립보행은 그토록 부담이 되는 일이다. 그럼에도 캥거루가 직립보행을 할 수 있었던 이유는 무엇일지 궁금해졌다.

인터넷을 검색해 보니, 답은 꼬리에 있었다. 직립보행을 하는 몇몇 동물들은 꼬리를 통해 무게중심을 잡는다고 한다. 아무래도 동물의 기본형이 사족보행이었기 때문에 직립을 위해서는 상체와 균형을 맞춰줄 꼬리가 필요했다. 마치 시소처럼, 뒷다리를 중심으로 두고 평행을 이루는 것이 직립보행의 조건이었던 것이다.

당연하게만 여겼던 직립보행조차 거창한 일이라는 것을 알게 되었을 때, 사람의 자연스러운 직립보행이 놀랍게 느껴졌다. 기적 같은 일 아닌가. 꼬리도 없는(물론 꼬리뼈는 남았지만) 인간이 넓지도 않은 발바닥으로 직립하는 일이 신기했다. 학창시절에 연필을 책상에 세우는 일에 몰두한 적이 있었다. 잠깐만 흔들려도 쓰러져 버리는 연필의 직립을 인간은 자연스럽게 매일 하고 있는 것이었다.

걸음마를 생각해 본다. 사실 우리도 처음에는 사족보행이었으니까. 아기의 걸음마는 어떻게 이뤄지는가? '천 번을 넘어져야 걸음마를 뗄 수 있다'고 들었다. 그저 천 번을 넘어지기만 하면 되는 일은 아니었을 것이다. 천 번을 넘어지는 동안 매일 울고 다쳐야만 하는 일이었을 테니까.

올해 드디어 20대의 마지막을 맞이한다. 나이에 큰 의미를 두지는 않지만, 많은 것이 변하게 됐다. 나를 바라보는 시선도 더 이상은 아이가 아니다. 부모님께는 아직도 작은 아이처럼 보이겠지만, 면도를 안 하고 푸르뎅뎅한 수염 자국을 지닌 채 술집을 가면 민증 검사를 하는 일도 이제는 거의 없다. 군인 아저씨가 친구가 됐다가 동생이 되면, 어른이 다 된 거라는데… 이제는 까마득한 동생들이다. 소대장들도 나보다 어리니까.

어떻게 걸어온 30년인지 알 수가 없다. 정신이 없었던 것 같다. 꽤나 다이내믹한 변화를 겪으며, 여러 번 이사를 다니고, 가정환경도 변하고, 친구들도 변했다. 내부적으로도 변화를 겪었다. 전공을 바꾸고, 진학을 포기하고, 진로를 바꾸기도 했다. 이별, 이사, 이직 등 세 가지 '이'를 겪으면 인생이 격정적으로 변한다는데, 모두 다 겪었다. 앞으로 더 많은 변화가 기다리고 있을 것이라지만, 인생의 사천왕이라는 놈들 중 두 놈은 어떻게 처리한 듯하다.

그렇게도 싫다고 하던 생일이었는데, 막상 맞이하고 나니 그렇게 나쁘지만은 않았다. 새벽부터 축하 문자가 쌓였다. 어렵게 시간을 내서 내게 연락해 오는 사람이 고마웠고, 급히 시간을 내어 친구와 잠깐 함께한 산책이 기쁨이 됐다. 인간이 간사하다는 말은 나를 두고 하는 것 같다. 어제 쓴 글이 수치스럽지만, 그 또한 내 모습이겠지.

겨울만 되면 혼자가 되려는 내게 항상 손을 내밀어 주는 것은 사람이었다. 겨우살이풀이라는 탄생화를 닮아서 남에게 기생하지 않고는 살아가지 못하나 보다. 누군가를 돕는 일도, 누군가에게 마음의 위로를 담는 일도, 지금 쓰는 이 글도 모든 것들이 내가 행하는 기생의 한 형태인 것 같다. 오늘도 몇몇이 전한 글에 대한 감상과 따뜻한 진심이 난로가 되어 내 마음의 방을 데워주고 있다. 온기를 나누는 사람들에게 온기를 받지 못하면 살지 못하는 나인 것을 인정할 수밖에 없는 밤이다.

나는 내가 단칸방이라고 생각한다. 작은 창이 하나 나있고, 난방은 그렇게 잘되지 않는 그런 방. 멀리서 봤을 땐 고즈넉하고 낭만적인 분위기를 풍기지만 막상 살아보면 벌레가 들끓고 추위에 오들오들 떨어야 하는 방. 효율적으로 배치된 가구들과 동선을 보며 대단하다고 느끼지만, 사실은 큰 집으로 이사 갈 수 없기에 필연적이었던 효율성이다. 원래 인생은 멀리서 보면 희극이고 가까이서 보면 비극이라고 하지 않는가. 내가 딱 그랬다. 멀리서 볼 때는 효율적이고 멋진 사람, 그러면서도 낭만적인 사람. 그렇지만 가까이 와보면 찌질함이 느껴지고, 춥고, 가난하고 병들어 있는 그런 방 속에 살고 있는 사람이다.

그럼에도 불구하고 사람들은 자꾸만 내 방으로 찾아오곤 했다. 가까이서 온기를 나누고, 가끔은 군고구마를 두고 가곤 했다. 그들이 앉았다 간 자리가 37.5도로 약하게 데워졌다. 날숨을 조금만 채우더라도 조그만 내 단칸방은 금세 따뜻해진다. 맑은 눈동자는 달빛이 되어 작은 창가에 확실히 비친다. 방이 작고 어두우니, 조금의 달빛으로도 밝아지곤 한다. 그들이 남겨놓은 온기와 눈빛은 내 방을 밝고 따뜻하게 만들어 준다. 내게는 난로가 없지만, 두꺼운 이불에 담긴 체온들이 자꾸만 쌓이는 것이다. 백열등의 필라멘트는 다 꺼져버렸지만, 달빛이 더 강하게 들어오는 달동네에 있는 것이다.

사람은 꼬리가 없다. 그래서 당연히 나도 꼬리가 없다. 그럼에도 똑바로 걸을 수 있는 이유는 사람이어서가 아닐까 생각한다. 넘어지려 할 때 서로가 서로에게 기댈 수 있는 것이 사람의 직립보행을 가능하게 만드는 게 아닐까 싶다. 혼자 살았으면 아마도 멸종했을, 집단과 군락을 이뤘기에 가장 번영할 수 있었던 존재, 사람. 어쩌면 인간의 걸음은 함께이기에 가능한 것이 아닐까. 동물이 혼자 살아남으려 꼬리와 사족보행을 택했을 때, 굳이 함께 걷기로 한 것이 인간이니까.

다시 걸음마 얘기로 마무리해 보려 한다. '천 번을 넘어져야 걸음을 뗄 수 있다'는 말에서 나는 천 번을 넘어질 때까지 지켜보고 기다려 준 부모님의 마음을 생각한다. 자전거를 처음 탈 때 뒤에서 밀어주던 아버지의 존재가 내게 꼬리였던 것처럼, 지나가고 함께했던 사람들의 존재가 어쩌면 뒤에서 균형을 잡아주는 꼬리가 아니었을까 하고.

오늘의 죽지 않을 이유

같이 걸을까.

가을밤 인스타그램에 적은 글귀.

"횡단보도를 건너는데 주저앉아 우는 사람을 봤다. 내일 축구를 갈 생각에 신난 발걸음이었는데, 혹시나 방해가 될까 조심히 발소리를 죽였다. '행복한 연휴에도 서러울 일은 많구나'라고 생각했다. 그래도 지나가는 사람들 모두가 발소리를 줄이며 조심해 주는 모습은 참 따뜻했다."

인스타그램에 적지 않은 뒷이야기.

사실 20분 정도 보이지 않을 곳에서 잠깐 기다렸다. 아무리 밝은 곳이라고 해도 혼자 울고 있는 사람은 힘겨울 테니까. 혹시나 내가 두려운 사람이 될 수도 있겠다 싶어서, 일부러 사람이 있고 나를 지켜보는 경비실이 있는 곳 주변에서 앉아서 음악을 들었다. 하지만 결국 그냥 길을 나섰다. 걱정되는 마음은 내 마음일 뿐이었을 테니까. 닿진 않겠지만, 혹시나 그 사람에게 닿을 수 있길 바라며, 인스타그램에 위치 태그를 했다.

오늘의 죽지 않을 이유

아직 세상은 따뜻하다.

"내가 좋아하는 사람이 나를 좋아하는 것은 기적이야."

책 《어린왕자》에 나오는 이 구절은 진행 중인 사랑에게는 더 큰 감사함을, 끝나버린 사랑에게는 더 큰 두려움을 선사한다. 감사하게도 나는 후자에 속한다. 시작하지 않을 테니 이젠 더 이상 아파하지 않아도 된다.

주변에는 결혼을 안 한 친구들보다, 이미 결혼을 하거나 할 예정인 친구들이 더 많다. 멀게만 느껴졌던 결혼이 내 주변 이야기가 된 것이다. 급식을 나눠 먹던 친구들이 결혼을 하는 게 일상이 된 세상에서 나는 결혼이라는 게 공상일지도 모른다는 생각을 했다. 왜 주변에 그런 애들이 한둘 있지 않나? 공리주의적 선택으론 사회에 도움이 되지 않는 비생산적 인물들. 나는 연애에 회의적이고, 결혼에는 더욱 회의적이기 때문이다. 그 속에는 사랑에 대한 주관적 회의감이 자리 잡고 있다.

찌질하게도 남 탓을 하고 싶어서 지난 사랑들을 되돌아본다. 구구절절하진 않지만 짝사랑도 했고, 치정스러운 무언가로 눈물지을 일도 있었던 듯하다. 남 탓을 원했는데 부적절한 결과가 나온다. 나는 그때의 내가 그립다. 정복을 떠나는 알렉산더 대왕처럼 호기롭게 출발한 사랑의 길에서 히말라야산맥을 넘으려 했던 내가. 지금은 길을 안내해 주고 짐을 나눠 들어주는 셰르파 없이는 나는 그저 조난자에 불과할 뿐이구나 싶다. 애초에 등반을 원하기는 한 걸까? 이제는 셰르파를 찾지도 않는다. 길도 모르겠고 알고 싶지도 않다. 그냥 대충 높은 곳을 바라보며 정상이라는 것이 '언젠가 있었구나' 가늠만 해본다.

아직 남 탓이 남았다. 이제는 못다 한 사랑들에 대해 다시 생각해 본다. 안정을 꽃피우지 못한 채 웅어리진 봉우리로 남겨놓은 사랑. 소통의 물줄기가 끊기면 나는 사랑을 지속할 수 없었다. 며칠을 아파서 울었던 것 같은데, 과연 사랑이 진실되고 커서 아팠던 것인지, 내게 사랑을 주지 않는 상대에 대한 원망이 나를 힘들게 만든 것인지 알 수가 없다. 그런 적이 있다. 학창 시절에 반장이 되고 싶어서 별 노력을 다 했는데, 막상 반장이 되고 나니 별 감흥이 없었다. 나는 이루지 못한 사랑에 아쉬움을 더해놓고 그걸 사랑이라고 불렀다. 못다 한 사랑이 아니라, 거기까지인 사랑이었음을. 결국 또 내 탓을 한다.

어차피 이렇게 된 거, 나를 실컷 비판해 본다. 더 이상 누군가를 알아가고 호감을 느끼는 순간까지의 노력을 하고 싶지 않다. 누군가를 새로 만나는 일이 너무나도 귀찮다. 아직은 귀찮음을 대신할 표현을 찾지 못했다. 나는 귀찮음의 이름을 빌려 부정적인 감정의 시야를 가린다. 언젠가 정신 차려보니 호감이었으면 좋겠다. 맑은 날 눈을 떴을 때, 아무런 기억이 없어도 누군가의 손을 잡고 상기된 얼굴로 있었으면 한다. 그저 성실하면 되는 안정감. 설렘과 불안 없이 안정만을 원하게 됐다. 공부는 안 했는데 시험에 합격하고 싶은 꼴이다. 불가능한 일임을 안다. 불안의 발작을 겪고 싶지 않은 세포의 보호본능일 것이다. 그렇게 핑계를 대지 않으면 내가 너무 한심하다.

그토록 무리하며 추구한 건 명예와 멋이면서, 이제 와서 좋은 사람이라는 타이틀이 싫다. 오래 보고 싶은 사람이라는 평계가 두렵다. '멀리서라도 지켜보고 싶은데 헤어지면 그럴 수 없지 않느냐'는 말이 제일 잔인하게 느껴진다. 상대의 진심 여부와는 상관없이 내겐 다 비수가 된다. 몇 년 전만 하더라도 불나방처럼 달려들었을 테다. 사랑이라는 불꽃 앞에서 기꺼이 스스로 을이 되어 산화하기를 선택했을 텐데, 이제는 그럴 자신이 없다. 헤어짐을 상정하는 상대에게 영원을 증명해 낼 열정이 없다. '당신에게 나는 고작 그 정도인 것'이라고 꾹꾹 눌러 담아 차가운 역정을 보낸다. '내가 그렇게까지 오래 봐야 하는 사람이냐'고 따질 힘도 의지도 없다. 그냥 그 정도인 것이라고, 차갑게 인정하자고, 그러니까 오래 보지는 말자고. 세상에 평생 보고 싶은 사람은 있어도 평생 볼 수 있는 사람은 몇 없다고. '기면 기고, 아니면 아닌 것'이다. 나는 책임지기 싫은 당신의 두려움도 존중하지만, 이제는 더 이상 투여할 열정이 없다. 그간 붙잡았던 작은 희망들이 상황 앞에서 턱없이 무너질 때마다 손가락을 하나씩 잘라냈다. 내가 붙잡은 것이 동아줄인 줄 알았는데, 조금만 정들면 녹아내릴 고드름이었던 적이 더 많았기 때문이다.

잠깐 맛본 사랑만으로도 사랑하면 행복할 것임을 알면서도, 행복하고 싶다는 욕심이 있으면서도, 내 사랑이 오답일까 봐 아무것도 하지 못하겠다. 어쩌다 생긴 작은 호감을 키워낼 공간이 없다. 차라리 낙인을 찍으면, 계약서라고 생각해 버리고 평생을 사랑하거나 뒤도 돌아보지 않을 텐데 말이다. 신중함과 두려움을 이유로 적당한 온기를 말하는 사람들이 두렵다. 조심스럽게 커지는 것이 사랑이고, 냄비 속 개구리처럼 익는 줄도 모르고 천천히 익어가는 것이 사랑이라면, 나는 사랑을 하지 못하는 사람으로 살아가는 게 나을지도. 왜 장작을 땔 때 번개탄을 넣는지, 부싯깃이 왜 더 큰 불을 내는지, 가장 잘 타는 건 초더미로 아궁이의 불을 시작하는지. 당신들이 동의해 주지 않는다면, 나는 그냥 혼자 다른 사랑으로 살아가겠지. 어디엔가 나라는 퍼즐이 들어갈 사랑의 자리가 있다는 생각은 들지만, 다시 오르기엔 히말라야가 너무 가파르고 춥다. 동상의 기억은 잔해가 되어 단절된 자리를 쑤셔댄다. '파르르르-' 하고 갑자기 전해지는 오한에 몸을 덮을 이불을 찾는다. 보일러는 40도를 향해가는데, '하아아-' 입김이 나온다.

오늘의 죽지 않을 이유

딱히 없다. 그렇다고 죽고 싶은 것은 아니다.

속도란 단어를 처음 배운 것은 중학교지만, 속도의 상대성을 배운 것은 고등학교 물리 시간이었다. 단순히 시속, 분속으로만 나뉘던 개념을 넘어 '상대 속도'라는 개념을 배웠을 때, 선생님은 사실 이 지구의 모든 속도가 상대 속도임을 알려주셨다. 지구의 자전 속도가 있기에, 지구에서의 모든 움직임은 '자전 속도'에 '상대 속도'를 가진다고. 인력과 척력, 마찰력부터 대학교에 와서 배운 조도, 채도, 명도 모두 다 상대적인 개념이었다.

별개로 나는 달빛을 정말 좋아한다. 어두운 밤하늘에 (특히 서울에서는 별을 볼 수가 없으니) 유일하게 빛나는 달이 참 소중하다. 그런데 낮이 되면 달은 흔적도 없이 사라진다. 아니 정확히는 태양 빛에 가려진다. 태양이 지구의 반대편을 비출 때, 지구가 자전하는 12시간 동안, 밤이라는 제한된 시간 속에서만 달이 빛날 수 있다. 그래서 달빛을 좋아한다는 말이 '밤하늘에 비친' 달빛을 좋아한다는 말이어야 한다고 생각했다. 밤이라는 기준 없이는 달빛이 존재하지 않기 때문이었다.

밤하늘에 비해 밝은 달, 태양 빛에 비해 어두운 달빛. 이처럼 상대적인 것들은 '비교 대상'이라 부르는 기준이 있다. 어찌 물리적인 것들뿐일까. 심리적인 것들도 아마 마찬가지일 것이다. "이 세상 누구보다 네가 좋아"와 같이 상투적으로 쓰이던 고백 멘트에서도 우리는 기준을 두고 정도를 표현한다. 인류 최고의 가치가 '사랑'이라지만, 그 사랑조차 개인에게는 한없이 상대적이고 비교할 수밖에 없는 가치이지 않을까.

그러니 어떤 기준을 가질 것인지 한 번쯤 생각해 보면 좋을 것 같다. 달빛의 밝기를 재기 위해 새벽 뒷산을 오를지, 한낮의 도심에 있을지. 어디에 서있는지에 따라 보이는 것들이 달라질 테니까. 절대적인 가치는 변치 않지만, 인간의 숙명은 판단이기에. 오늘도 생각해 본다. 나는 어떤 하늘을 바라보고 있었는지. 사람들은 나를 어떤 하늘에서 바라보고 있었는지.

오늘의 죽지 않을 이유

내일은 다른 곳에 서서 한번 바라봐야겠다.

"적어도 좋은 것입니다."

온라인 글쓰기 클럽의 광고 문구였다. 알고리즘도 대단하시지. 내가 글쓰기에 관심이 생기면 배너 광고와 스폰서는 전부 글쓰기로 도배된다. 어찌 보면 내가 그만큼 관심을 가졌다는 걸 증명해 주기도 한다. 나 열심히 글을 쓰고 있구나.

적어도 좋다. 말 그대로 양이 적어도 좋다는 말이다. '적다' 라는 건 사실 그렇게 긍정적인 단어는 아니다. 적다의 의미가 주로 부족이나 결핍에서 나오기 때문이다. 그렇지만 '적어도 좋다'는 말은 그런 결핍과 부족을 좋아할 수 있다는 마음이다. 그래, 적으면 어떠하리.

적어도 좋다. 또 다른 말로는 써도 좋다는 말이다. 무슨 일이든지 적어도 좋다. "세상 사람들은 생각보다 우리에게 관심이 없다." 이전에 용기를 줬던 문장을 기억해 본다. 적고 싶은 생각이 들었다면, 적어도 좋다. 그게 뭐 어때서.

"아니, 적어서 좋은 것이다."

적음이 결핍이라고 쓴 지 몇 시간도 되지 않았는데. 새벽에 깨서 든 첫 생각이라니. 글을 쓴 뒤로 항상 나는 이렇다. 어떤 글감이라는 녀석이 나를 깨우고, 세상 밖으로 내보내기 전까지 나를 괴롭힌다. 허연 시인이 말한 저주가 내게도 찾아온 것일까 생각해 본다. 이렇게 나를 깨우고 재우지 않기에, 인간인 나는 지금 그 녀석을 문장으로 내보낼 수밖에 없는 것이다.

적어도 좋은 것. '적음에도 불구하고' 좋다고 말할 수 있지만, '그저 적다는 이유로' 좋은 것이 될 수도 있다. 어떤 것들은 오히려 적기 때문에 좋다. 예를 들면 어둠 속에서 작게 빛나는 무드등의 포근함이 좋다. 또 어떤 표현은 무겁거나 부담스럽지 않아서 좋다. 적음이 부피의 크기를 나타내는 단위라고만 본다면, 사실 결핍을 의미하는 것은 아니다. 그냥 상대적으로 부피가 작을 뿐, 가치가 부족한 것은 아니다.

그리고 대체적으로 적은 것들은 소중하다. 적기 때문에 기억에 남기도 한다. 어떤 것들은 적어서 소중해진다. 눈물이 그렇다. 아무리 눈물이 많은 사람이라도, 그의 일상에서 눈물을 볼 수 있는 기회는 흔치 않다. 우리가 사람의 눈물을 보며 진심과 애정을 느끼는 이유도 눈물이 충분히 적기 때문이다.

사랑도 참 적다. 위대한 가치지만, 적다. 마치 발견이 특권인 듯, 사랑을 크게 느낄 수 있는 사람도 적다. 만물에 퍼져있지만, 분명 그 부피는 적게만 느껴진다. 그렇지만 또 적기에 어디에나 묻을 수 있고 어디에나 붙을 수 있다. 만약 사랑의 부피가 너무 컸다면, 쉽게 떨어져 버리지 않았을까. 가장 높은 가치지만 적어서 감사한 것이다.

위 문단에 적은 대부분의 '적다'가 '양이 적다'는 뜻이 아닌 '쓰다write'의 의미로 바뀌어도 문장이 유지된다는 것이 참 아리송하다. 나는 그렇게 쓴 단어가 아닌데, 어떻게 읽느냐에 따라 또 대체되기도 하니까 말이다.

오늘의 죽지 않을 이유
_____
아직 적어야 할 것들이 적지 않아서.
_____

SNS는 잔인하다. '좋아요' 버튼을 누르는 일은 너무나도 쉽다. 나 또한 습관적으로 좋아요 버튼을 누른다. 그러니 버튼에 아무런 의미도 없다는 것을 나는 누구보다 잘 이해하고 있어야 했다. 내가 그런 사람이니까.

그런데 한때 자주 보이던 아이디 몇 개가 더 이상 내 인스타그램 게시글에 좋아요를 누르지 않는다. 한 명, 두 명 정도 눈에 띄는 것이다. 신경 쓰고 싶지 않아도 같이 아는 사람들이 있어서 더 눈에 들어온다. "어라, 애 글에는 좋아요 눌렀네? 자주 안 누르는 줄 알았는데…." 2일 전엔 나도 게시물을 올렸었다. 자세히 보니 다른 계정의 모든 게시물에 좋아요가 눌러져 있다. 진짜로 좋아하는 게시물에만 좋아요를 누르는 확고한 취향인 줄 알았는데, 아니었다. 좋아하는 사람에겐 매일 좋아요를 누르는 것 같다. 내겐 더 이상 눌러주지 않는다. 큰 의미가 없다는 것을 알면서도, 확실히 내가 불편해졌구나 생각했다. 왜냐하면 올해 생일에는 연락을 주지 않았거든. 작년까진 매년 생일마다 연락을 주더니 말이다.

일련의 사건과 시간들을 겪으며 사람들을 많이 정리했다. 그래서 남은 사람들에게 더 마음을 쓰고 싶었지만, 역시나 마음대로 되는 건 하나도 없다. 어쩌면 그들에게도 내가 정리하고 싶은 대상이었을지 모른다. 습관처럼 이어지는 연락을 싫어하는 내가 서운함을 느낄 줄은 몰랐다. 이런 면이 싫어서 감정적이고 관계적인 내 본모습을 인정하기 싫었던 것일까. 무언가책임을 쥐여주는 일이 싫었는데. 내가 싫어하는 모습은 사실은 너무나도 나다운 모습이었던 듯하다.

반면에 좋아요 하나하나 기쁜 곳도 있다. 바로 글을 중심으로 소통하는 플랫폼인 브런치스토리(이하 브런치)다. 나를 드러내지만 나를 모르는 사람들이 가득한 곳. 어쩌면 SNS는 새로운 세계라고 생각한다. 전혀 다른 나로 존재하는 게 더 나은 그런 곳일 수도. 현실의 내가 없을수록 좋다고 생각했다. 처음에는 지인들에게 영업하던 브런치였는데, 이제는 브런치에는 나를 모르는 사람들이 더 많았으면 한다. 현실의 사사로운 감정과 관계를 브런치에는 녹여내고 싶지 않아서.

조만간 필명을 쓸 계획이다. 본명으로 활동하면 아무래도 관계를 더 의식하게 될 것 같아서. 완전하게 분리할 수는 없겠지만, 분리된 자아로 이 세계에 존재하고 싶다. 현실과의 연결이 두렵다. 예전에는 친구들과 SNS를 샅샅이 공유하고 싶었는데, 이제는 분리된 상태로, 모른 체하며 지내고 싶다. 누군가와의 인연이 영원할 수는 없겠지만, 그 관계가 어떻게 되더라도 상대의 창작물만큼은 영원히 지켜보고 싶을 수 있으니까. A에겐 내 글이 그랬을 테고, B의 글을 바라보는 내 시선이 그랬다.

그런데 오늘 편지를 한 통 받았다. 나를 작가님이라 불러주는 몇 안 되는 사람이 전해준 편지였다. 현실에선 약하게 연결된 고리였는데, 글을 통해서 가까워졌다. 죽지 않을 이유를 매일 쓰는 내 마음은 순전한 이기심이었는데, 그는 자신에게도 같은 질문을 던졌다고 한다. 그렇게 50일이 지나고 더 이상 죽지 않을 이유를 생각하지 않아도 살아갈 수 있게 되었다고 전했다. 아픈 사람을 물리적으로 치료하는 게 의술이라면, 아픈 사람의 마음을 치유할 수 있는 건 글이지 않을까 잠깐 생각했다.

나는 바란다. 앞으로도 당신이 더 이상 죽지 않을 이유를 생각하지 않아도 되길. 이제는 사는 것에만 집중할 수 있기를.

　하지만 글은 글일 뿐이다. 순전히 마음을 열고 같은 세계에 참여해 준 것은 그의 의지니까. 그의 눈이 글을 읽었고, 그의 손이 스크롤을 내렸다. 그의 마음이 글을 담았고, 그의 몸이 그를 움직이게 했으니까. 나는 순간적으로 느낀 오만이 부끄러워졌다. 내 글이 뭐라고. 내 글이 얼마나 대단하다고….

　그럼에도 기쁘다. 얼마나 기쁜지 당신에게 전해질지는 모르겠다. 이런 경험은 그리 많지 않았다. 앞으로도 많지는 않을 것이다. 처음 누군가에게 웃음을 줬던 기억이 계속 글을 쓰게 만들었고, 그 글이 누군가의 사진첩에 저장되어 데이터의 바다에 띄워질 때, 나는 글이 젖지 않도록 성실하게 마감하리라 다짐했다. 우울이 글을 쓰게 만들었지만, 지속하게 하는 것은 행복이었다. 나는 읽히기 위해 이곳에 글을 쓴다. 읽히지 않는 글을 쓰고 싶지는 않다. 읽히고 싶다. 잃어주길 바란다. 읽는다는 건 단순히 보는 것과는 다르니까.

　여전히 나는 나를 좋아하지 않는 사람들에 대해 생각한다. SNS에 눌리는 좋아요 하나에 마음을 쓴다. 그것이 아무런 의미가 없다는 것을 누구보다 잘 알면서도 마음을 쓴다. 하지만 이제는 줄여야겠다. 읽는 양이 제한된 것처럼 쓰는 것에도 한계가 있어서, 나는 써야 할 것들만 쓰기로 한다. 지금 이 글이 그렇고, 앞으로 쓸 것들이 그렇다. 제대로 써야, 제대로 읽힐 테니까.

오늘의 죽지 않을 이유

제대로 읽어야 할 것들이 너무나도 많이 남았다.

"요즘 되게 행복해 보여."

친구 A는 나에게서 행복을 본다. 어쩜 그렇게 꾸준할 수 있냐고, 어쩜 그렇게 발전적일 수 있냐고, 어쩜 그렇게 충만할 수 있냐고 내게 물어온다. 감정이 휘몰아치는 20대의 끝자락에서 나는 어쩌면 그렇게 이성적일 수 있는지, 어떤 불편이나 바람도 없이 꾸준히 내 할 일을 해낼 수 있는지 물어온다. 그럼 나는 대답한다. 그냥 하는 것이라고. 어떤 이유나 의지가 없더라도 그냥 몸을 움직이면 되는 것들이라고. 때로는 우리가 거창한 마음에 사로잡혀서 아무것도 하지 못할 때가 더 많지 않으냐고. 시간이 없어서 아무것도 못 한다고 매일을 징징대지만, 결국 시간이 나도 아무것도 안 하지 않냐고.

논리적인 것들이 좋다. 함숫값만 정하면 어떤 정의역을 집어넣어도 치역으로 다가가니까. 부탁을 하면 들어주면 되고,

좋아하는 게 있다면 그것을 주면 된다. 싫은 게 있으면 그걸 안 하면 되고, 문제가 생기면 해결하면 된다. 복잡한 알고리즘이어도 차근차근 풀어나가다 보면 결국에 풀리는 것처럼, 어렵다고 생각한 상황도 어떻게든 풀어나갈 수 있다고 믿는다. 아무리 거칠게 꼬인 실이라도 뿌리를 찾아나가면 결국 풀 수 있다고 생각하니까. 아니, 정 어렵다면 실을 끊어낼 수 있는 가위와 손이 있으니까.

"요즘 되게 불안해 보여."

친구 B는 나에게서 불안을 본다. 뭐 그렇게 불안정하냐고, 이랬다가 저랬다가 마음에 정처를 두지 못한 채 왜 그리 사소한 것들에 에너지를 쏟냐고 말한다. 정말 아무것도 아닌 일들에 그렇게도 에너지를 쏟는지, 매일 비합리적인 밤들을 보내면서 내일도 같은 후회를 하는지 내게 물어온다. 그럼 나는 대답한다. 나도 모르겠다고. 어떤 논리도 통하지 않는 세상에 갇힌 기분이라고. 나는 10진법을 쓰는데, 여기서는 24진법 정도를 쓰고 있는 것 같다고. 나는 잘 알지도 못하는 상형문자로 쓰인 암호판을 해독해야 하는 기분이라고. 차라리 암호판이면 언젠간 풀리지 않을까 하는 기대라도 할 텐데, 나는 이 방의 출구도 모르겠고, 구조도 모르겠고, 사실은 이곳이 방인지 뭔지도 모르겠다고.

감정적인 것들이 자연스럽다. 알 수 없는 공역의 바다에 나를 던진대도 그 허우적거림이 심장을 뛰게 하니까. 나를 죽일 듯이 몰려오는 감정의 칼날에 베이는 것도 꽤나 즐거운 일이라고 생각한다. 하루 종일 차가웠던 심장이 이제야 불끈하고 솟아오르는 느낌이니까. 심장이 터질 것만 같다. 이 감각은 초등학교 시절 몰래 타 먹던 믹스커피 한 잔 같다. 먹으면 안 된다고 그렇게나 경고했던, 씁쓸하면서도 달콤해서 결국은 혀를 마비시키는 짜릿한 달고 쓴 맛.

크리스마스에 눈이 왔으면 좋겠다는 동료의 말에 "그게 왜 좋아요?"라고 묻는 사람이 나다. 그렇지만 아무 말도 하지 않고 자신의 과거를 덤덤히 풀어내는 친구의 옆에서 누구보다 크게 울어버리는 것도 나였다. 나는 차가운 사람일까? 아니면 뜨거운 사람일까? 누군가에겐 세상 든든한 조력자이자 버팀목이 되어주고 멘토가 되어줄 수 있었을지도 모른다. 그렇지만 누군가에겐 너무나도 감성적이고 묵직하게 몰아치는 감정의 소용돌이였을지도 모른다. 때로는 차가운 시선으로 남에게 상처를 주는 칼날 같은 소시오패스였을지도 모르고, 한때는 누구보다 깊고 진한 사랑의 향기로 상대를 취하게 만드는 도수 높은 와인이었을지도 모른다.

나와 나는 오늘도 갈등한다. 나는 누구인지 내게 묻는다.

오늘의 죽지 않을 이유

나는 어떤 사람일까?

외딴곳에서 맛집을 골라야 한다면, 한 가지의 대원칙을 고수한다. 메뉴가 단품이면 맛있다는 것. 한 가지 메뉴만으로 살아남을 수 있는 패기와 그것을 실제로 이뤄내는 실력이 맛집의 조건이라고 생각한다. 패기와 실력 그중 하나만 부족해도 어딘가 허술한 맛집이 되거나, 허세 가득한 맛집이 되겠지.

취업을 준비하며 가장 고민했던 것은 능력과 기술의 가짓수였다. "어떤 일까지 할 수 있어?"라는 질문에 "전부"라고 말할 수 있는 게 중요하다고 생각했기 때문이다. 나는 기획만 할 줄 아는데, 옆에서는 영상도 만들고 옆에서는 MC를 맡아본 경력도 있다고 한다. 마케팅이 '多능인'을 원하는 측면이 있기에, 나는 능력과 기술의 종류와 개수가 중요하다고 생각했다. 어떤 일과 상황이 주어져도 할 수 있는 사람이 필요한 것이라고 믿었으니까.

그런데 실상은 아니었다. 우선 모든 것을 다 할 줄 아는 사람은 어떤 것도 잘하지 못했다. 사회 초년생이 살아온 인생은 길어야 고작 30년, 어떤 것에서 재능을 꽃피우기도 어려운 시기에 모든 것을 다 하기 위해 살아왔다면, 깊이가 부족할 수밖에 없었다. 게다가 기업은 '多能' 자체를 원하지 않는다. 조직에 대한 적응력, 새로운 상황에 대한 침착성, 신선한 시각과 보수적인 자세 등 여러 가지 요소를 종합해서 사람을 뽑는 것이었다. 오히려 그런 면에서는 한 가지에 몰두해서 어떤 결과를 만들어낸 '덕후'가 더 나을 수 있었다. 한때 기업에서 '덕후' 전형을 만들었던 이유도 이와 같겠지.

한 가지만 잘하기. 평생 '선택과 집중'이라는 말을 듣고 살아온 탓에 그게 중요하다는 것은 알겠다. 근데 정말 더 쉬운 일인지는 의문이 든다. 나부터도 그랬다. 내가 잘하는 기획을 더 갈고닦아서 1%가 되고 싶었지만 불안했다. 더 잘하는 사람이 나타날까 봐. 운이 없어서 내 실력이 인정받지 못할까 봐. 차라리 가짓수를 늘리는 게 편했다. 다룰 줄 아는 툴의 종류와 자격증은 눈에 보이니까. 실력, 패기 같은 눈에 보이지 않는 것들은 때로는 꾸며낼 수도 있는 것들이니까.

사실은 자신이 없었던 것 같다. 한때 공모전에서 연속 수상을 하는 모습에 내가 잘난 줄 알았다. 도전하는 것마다 성과를 만들어 냈으니까. 그런데 언제부턴가 도저히 성과가 나지 않았다. 그러면 그럴수록 영광의 시절을 놓지 못하고 공모전에 더 집착했다. 실력을 쌓아서 더 큰 무대로 나아갈 생각은 안 하고, 개수를 늘려가며 나의 노력을 증명하려고만 했다. 지금 와서 생각해 보면 결국 시간과 기회로 증명이 될 일이었는데, 마음만 조급했던 것 같다. 그럼에도 조급할 수밖에 없었던 상황들에 대해 생각한다. 다시 돌아가더라도 같은 선택을 했겠지. 그땐 그게 최선이었으니까.

퇴근길, 합정동을 걷다가 한 식당을 발견했다. "김치찌개 하나만 정성으로 만듭니다." 간판에 적힌 문구에서부터 패기가 돋보이는 식당. 저곳이라면 맛집이겠다고 생각했다. 그런데 잠깐 고개를 돌려 보니 조금 이상했다. 간판 옆에 "숙성김치♥생삼겹살"이라고 적힌 현수막이 하나 걸려있었던 것. 시뻘건 글씨로 신메뉴인 생삼겹살이 당당하게 적혀있었지만, 왠지 모르게 약간의 쭈그러짐도 느껴졌다. 김치찌개 하나만 정성으로 만든다는 말 옆에 걸기에는 조금 부끄러웠던 걸까. 실컷 패기와 실력을 말했지만, 그것만으로는 되지 않는 것들이 있다. 코로나19가 그랬고, 다른 여러 재해들이 그랬다. 나는 그래도 사장님의 소신을 한번 믿어보려고 한다. 조만간 꼭 저곳에서 김치찌개를 먹으리. 주문할 때는 "사장님 김치찌개 주세요!"라고 시원하게 외칠 것이다. 그리고 맛있다면, 조그맣게 감탄할 것이다. "역시 김치찌개 전문점이라 다르네."

오늘의 죽지 않을 이유

패기와 실력만으로 되지 않는 것들이었을 테니까.

어쩌다 핸드폰을 켰는데, 과거의 추억이라는 명목으로 옛날 사진이 나왔다. 마스크를 쓰지 않고 길거리에서 찍은 사진들이 많았다. 너무나도 어색했다. 습관을 바꾸는 건 참 어렵다고 들었는데. 어느새 마스크를 쓰지 않은 것이 어색해질 정도가 된 것을 보면, 채찍질이 부족했던 것인가 싶다. 때마침 급히 전화할 곳이 있어 잠시 테라스로 나갔고, 바깥에는 여전히 사람들 얼굴의 절반을 덮은 흰 천이 가득했다.

미워하고 미움받는 한 해였다. 버스 안에서 마스크를 착용하지 않는 사람들을 보며, 길거리에서 기침을 크게 하는 사람들을 볼 때에도. 나 역시 누군가를 미워하고 또 누군가는 나를 미워했을 것이다. 미움이라는 것은 타인이 타인이 아니게 되는 순간에 발생하는 듯하다. 같은 공간에서 병균이라는 매개체로 이어졌을 때, 우리는 감히 누군가의 삶에 닿게 된다. 기침 한 번으로 타인이 타인이 아니게 되는 순간, '완벽한 타인은 없다'는 말이 올해가 내게 남긴 것이었다.

통화를 마치고 사무실로 들어가니 안경에 김이 서렸다. 안경을 쓰는 사람이라면 익숙한 그것. 하지만 여전히 마스크를 쓸 땐 낯설게 느껴진다. 그래서 밖에서는 안경을 쓰지 않는다. 안경을 벗으니, 사무실 안의 풍경이 보인다. 마스크를 쓰고 일하는 사람들의 모습이 낯설고 어색하다. 같은 김서림이라도 마스크를 써서 생긴 것이 어색한 것처럼, 사무실에서 마스크를 쓰고 있는 모습이 내겐 아직도 어색하다.

"요즘 어때요?" 마스크 사이로 동료들에게 물어봤다. 회사가 유일한 즐거움이라고 한다. 어디에도 갈 수 없고, 어디에 가더라도 미움받기 좋은 세상 속에서 유일한 즐거움이 회사라고 말한다. 재택근무를 실시하기 어려운 상황이라, 방역 대책에 조금 더 민감하게 반응하면서도 사무실로 출근시키는 내 모습이 미웠는데, 그게 누군가에겐 또 즐거움일 수도 있다는 것이 참 아이러니했다. 미움이란 도대체 무엇일까.

"2020년은 최악이야"라는 말을 자주 듣는다. 코로나19가 창궐한 2020년에 대한 미움을 쏟아내고 있는 것이다. 하루를 최악으로 여기고 오늘을 미워하면서 보낸다. 퇴근길 잠시 들른 마트에서 아이가 칭얼대는 소리를 들었다. "엄마 미워!" 과자를 사주지 않는 엄마에게 밉다고 어리광을 부리는 모습이었다. 엄마가 못 이기는 척 과자를 하나 담자, 아이는 금세 표정이 풀려 엄마에게 안긴다. 아이가 미워했던 건 엄마가 아니라 '과자를 사주지 않는 것'이구나. 미워해야 할 것은 따로 있는데, 눈앞에 있는 것들에게 미움의 화살을 던지고 있던 건 아니었을까 생각했다.

지인의 인스타그램에서 '알고 보면 불쌍한 2020'이라는 제목의 만화를 봤다. 코로나19가 창궐했을 뿐, 2020년은 그냥 흘러가는 한 해였다. 누군가에겐 특별할 수도 있고, 누군가에겐 그저 그럴 수도 있는 평범한 한 해. 코로나19를 떼고 2020년을 바라보니 그냥 인생에 있는 1년 중 하나였다. 어쩌면 쓸데없이 너무나 많은 의미를 부여하고 있었는지 되돌아봤다. 우리가 미워해야 할 것은 코로나19인데, 그것을 품고 있는 2020년이 미움받지는 않았는지. 과자를 안 사줬다는 이유로 엄마를 미워했지만, 사실은 엄마가 미운 게 아니었던 것처럼 말이다.

"2020년도 코로나19에 대해 몰랐을 거야." 본문에 쓰인 글

귀가 내게는 너무나도 깊게 다가왔다. 우리를 공격하고 힘들게 만든 것은 코로나19였지, 어쩌다 기침을 한 사람들이 아니었음을. 미움이란 건 너무나도 쉽고 강력한 감정이라, 따져보지도 않고 한없이 미워하게 만들 수 있다는 것을 배웠다. 미움을 던지는 것은 쉽고 편하지만, 내가 던져버린 미움에 미움받지 않아야 할 것들이 고통을 감당해서는 안 되므로 우리는 미워할 대상이 무엇인지를 직시할 필요가 있다. 코로나19가 여유를 앗아갔다는 이유로 괜스레 주변을 공격하고 있던 것은 아닐지 생각해야 한다.

서른을 맞이하는 연말, 여유 없던 20대의 조급함을 생각해 본다.

오늘의 죽지 않을 이유

아무리 미워도 다시 한번.

무언가 내 마음에 들어차게 되었을 때 나는 주로 거부감을 먼저 느꼈다. 내게 먼저 말을 걸어오는 친구를 보며 속으로는 '어떤 이득을 취하려고 다가오는 걸까?'라고 생각했으니까. 누군가에게 빚을 지게 될 때는 더욱 심했다. 물질적인 것은 그나마 다행이었다. 마음의 빚은 정말 거북했다. 타인으로부터 받은 은혜에 대해서 감사하기보단 부담스러워했다. 그런 면에서 선뜻 위로나 선물을 받는 것을 어려워하는 것은 당연했다. 진심을 알 수 없는 마음은 너무 어려웠다. 누가 보냈는지는 알겠지만, 왜 보냈는지는 명확하게 알 수 없는 것들이 너무 많았다. 사회성이 늘어나며 가식적인 행동을 더 많이 하게 될수록, 타인이 보내는 마음에 대한 거부감은 더욱 늘어만 갔다.

더 잔인한 것은 때로는 마음에 들어차는 것들이 출처 없이 들어오기도 한다는 것이다. 보낸 사람은 없는데 결과만 남은 재고들이 마음에는 가득하다. 그저 인사만 보냈을 뿐인 사람에게 느끼는 사랑 같은 것들 말이다. 짝사랑은 그래서 아픈 것이다. 상대방은 보낸 적 없는 송신물이니까. 허상이라고 지워내기엔 너무나도 무거워서 마음을 짓누른다. 반품도 안 되는 것을 들고 하루를 무겁게 살아간다. 세탁물을 가득 실은 다마스처럼, 반품처가 정해지지 않은 재고들은 몸과 마음을 무겁게 만든다. 세탁물은 찾아가기라도 하지, 마음은 찾아가지 않는다.

어제는 이사 올 때 샀던 케케묵은 냉장고를 바꿨다. 10년 이상 된 냉장고에서 화재가 자주 발생한다는 기사를 접하고 난 뒤에야 할 수 있던 결정이었다. 냉장실 불이 안 들어오는 채로 2개월을 사용하면서도 불편한 줄을 몰랐다. 가끔은 버려야 할 이유가 충분한데도, 버리지 못하는 것들이 많다. '귀찮아서'라고 쉽게 퉁칠 수 있지만, 사실은 여러 과정들이 부담스럽고 복잡했던 것이다.

냉장고를 들이는 일은 단순히 구매만으로 이뤄지는 일이 아니다. 냉장고 속을 정리해야 한다. 냉장고에 있는 물건을 다 꺼내고, 녹지 않게 보관해 둬야 했다. 그런 면에서 겨울은 축복이었다. 창밖에는 영하 10도의 천연 냉동고가 가득했다. 차라리 어는 게 낫지. 뜨거운 것보단 차가운 온도가 나았다.

냉장고를 포함한 주방도 정리해야 했다. 이대로는 냉장고를 옮길 수도 없을 만큼 빽빽했기 때문이다. 보통 주방은 그렇다. 크진 않지만 작은 집기들이 많이 모인 곳. 한 번에 힘을 크게 쓸 일은 없지만, 여러 번 움직여야 한다. 그렇다고 무리해서 접시 여러 개를 옮기려다간 접시를 깨트리고 말 것이다. 익히 알고 있는 사실이었다. 무리하면 사고를 친다는 것쯤은. 그렇게 반나절을 소비해서 하루 종일 주방을 정리했다(물론 거의 어머니가 다 하셨다).

다행인 것은 냉장고 설치 업체에서 헌 냉장고를 수거해 간다는 사실이었다. 그런데 문제가 하나 있었다. 우리 집이 기존에 냉장고를 2대로 나눠 쓰고 있었다는 것. 설치 업체는 냉장고 1대를 설치했으니 1대만을 가져간다는 원칙이 있었다. 기존에 쓰던 500L와 250L 냉장고를 버리는 대신 용량이 큰 860L짜리 냉장고를 새로 구매했지만, 어쨌든 버려야 하는 냉장고는 2대였다. 그렇게 덩그러니 250L짜리 김치냉장고가 남았다.

대형 폐기물을 버리는 방법은 꽤나 복잡하다. 동사무소에 들러 폐기물 스티커를 구매하고, 물건에 폐기물 스티커를 부착해 지정된 장소에 내놓아야 한다. 이 과정에서 최근에는 편의

점에서 폐기물 스티커를 구매할 수 있다는 사실을 알게 되었다. 무언가를 버리기 위해서도 절차가 필요하다. 사실 어떤 것도 마음대로 버리는 것은 안 됐다. 지정된 장소에, 지정된 시간에 버리는 것을 법으로 규정하고 있었다. 마음대로 버리면 안 된다는 것. 버리는 것에도 자유는 없었다.

일단 스티커를 구매하기 전에 지정 장소에 냉장고를 내놓으려 했다. 공동 주택에 산다는 것이 이럴 땐 도움이 된다. 집 앞에 바로 지정 장소가 있다. 분리수거도 바로 앞에, 음식물쓰레기도 따로 봉투를 구비하지 않아도 지정 장소에 모으기만 하면 된다. 같이 살아서 불편한 것들이 있지만, 같이 살아서 편한 것들이 더 많다는 생각이 들었다. 왜 그렇게도 어머니가 아파트를 고집하셨는지, 그제야 알 수 있었다.

조심스럽게 냉장고를 내놓으려는데, 아파트 경비원님이 다가왔다. "이거 폐기물 스티커 없으면 안 돼요." 잠시 뒤에 사서 붙일 것이라고 말을 해도 완강한 태도셨다. 갑자기 일전의 기억을 떠올렸다. 예전에도 밥솥을 내놨다가, 한동안 잔소리를 들은 적이 있었다. '1001호 최광래' 이름 석 자를 적고 나서야 경비원님은 냉장고를 허락하셨다.

경비실에서 말하는 것들이 불편으로 다가온 적이 있었다. 알아서 분리수거를 잘하고 있는데 격양된 말투로 제대로 하고 있냐고 따지는 모습이라든가, 차를 끌고 단지를 방문할 때 짜증 가득한 목소리로 어디에 방문하는 거냐고 물어오는 목소리가 그랬다. 그렇지만 그것들은 경비실이 존재하는 이유였다. 불분명한 출처들을 확인하고, 가로막고, 때로는 책임지는 일. 분명한 것은 경비실이 있어서 우리가 안전하게 다닐 수 있고, 쾌적한 주거 환경을 누릴 수 있다는 것이었다. 단지를 지키는 히어로 같은 사람, 그 이름은 다름 아닌 경비원이었다.

문득, 마음에도 경비실이 있었으면 좋겠다고 생각했다. 들어찬 마음들에 대해서 확인해 주고, 감시해 주고, 때로는 책임도 져줄 수 있는 그런 역할. 사실은 출처를 알 수 없이 어느새 들어찬 마음들이 두렵다. 누군가 막아줬으면 좋겠다. 최소한 왜 저렇게 방치해 두고 떠났는지, 확인이라도 해줬으면 좋겠는 것이다. 나는 다 확인할 여유가 없다. 마음의 입구가 하나면 좋겠다만, 방 네 개짜리 빨간 집에는 입구가 너무나도 많거든.

오늘의 죽지 않을 이유

들어찬 마음을 가만히 놔둘 수 없어서.

69kg. 몇 달간의 러닝으로 만들어진 나의 몸무게다. 나는 다이어트를 시작했다. 식곤증이 심해서 점심을 굶었다. 따지고 보면 한 끼를 먹어도 사무직이 먹어야 할 칼로리는 다 채울 수 있었다. 그렇게 저녁, 혹은 아침만을 먹는 일이 잦았다. 달리기는 매일 했다. 유산소 운동만 하면 몸이 뒤틀릴까 봐 턱걸이와 팔굽혀펴기를 계속했다. 원래 몸무게는 84kg, 약 2달 만에 15kg 정도 감량했다. 어린이 한 명을 몸에서 빼낸 셈이다.

열등감에 빠져있었다. 불안정한 직업, 늘어난 뱃살, 헤진 전문성까지 어느 하나 마음에 드는 구석이 없었다. 특히 살은 가장 큰 문제였다. 전역 뒤로 계속 미뤄왔던 다이어트였다. '지금 그대로도 보기 좋다'는 말, 할머니들이 손자에게나 할 말을 나는 주변인에게 구했다. 연인에게는 그마저도 비용이 들지 않는다. "살 빼"라는 말이 연인 사이에선 금기어라고 누가 정해놓기라도 했나 보다. 그 수혜로 나는 계속해서 열등감을 안은 채로,

예쁜 포장지를 구해 스스로를 감싸놓았다.

  살을 빼면 꼭 증명사진을 찍어야겠다고 생각했다. 살찐 모습이 싫어서 가장 말랐던 시절인 20살 때의 모습을 그대로 남겨뒀었다. 그렇게 10년이 지났다. 사진관으로 향했다. 이왕이면 잘 찍고 싶어서, 유명하다는 사진관을 추천받아 예약했다. 이곳은 사진관 특유의 호들갑스러운 반응이 없어서 좋았다. "살짝 미소~", "아고 잘한다!"와 같은 칭찬은 나를 더 작아지게 만드는데, 이번 작가님은 조금 달랐다. "오, 괜찮은데요?", "많이 찍어보셨어요?", "오늘 옷도 잘 어울리네요" 등 적당한 멘트로 나를 편안하게 만드는 데 집중했다. 처음엔 어색했다. 이내 불편했다가, 결국 표정에 여유가 생겼다. 최종 사진 한 장을 고를 때에도 주로 후반부 사진들이 후보에 올랐다.

  살을 빼야 자신감이 생길 줄 알았다. 그런데 사진관 여기저기에 전시된 다른 사람들의 사진을 보니, 살을 빼지 않아도, 예쁘거나 잘생기지 않아도 멋진 표정들이 가득했다. 속으로 '저들도 끝에 가서야 저런 표정이 나왔겠지?'라고 생각했다. 그들에게는 살이 찌고 빠지고는 크게 중요하지 않았던 것 같다.

작가님의 말 센스가 기억에 남는다. 사람을 편안하게 해주는 센스였다. 결국 살을 원하는 만큼 빼서도 자신감이 없던 나를, 마침내 자신 있게 만들어 준 것은 작가님이 선사한 '편안함'이었다. '편안해야 자신감이 생기는구나. 편안해야….' 그간 스쳐 간 불편들이 생각났다. 나를 위축되게 만들고 불편하게 만드는 시선들을 비롯해, 항상 눈치 보게 만든 것들이 생각났다. 그리고 내가 준 불편들이 생각났다. "자신감을 가져요"라고 결론만 말하고서는, 막상 상대가 자신 있게 말할 수 있도록 편안함을 줄 생각은 미처 하지 못했다. 회사에 돌아가면 편안하게 해줘야겠다. 그러면 자신감은 자연스럽게 생길 것이다.

마지막까지 작가님은 몽환적인 표정이나 독특한 표정의 사진을 고르길 추천하셨다. 나는 결국 미소 짓는 평범한 사진을 골랐지만, 언젠간 저런 사진도 찍을 수 있겠다고 생각했다. 자신감이란 그런 것이었다. 내가 내 표정을 지을 수 있는 것. 역시 작가는 무언가를 살리는 일이라고 생각한다.

오늘의 죽지 않을 이유

사진으로 살아나다.

연말과 신년, 기업의 경영 담당자에게는 정산의 계절이다. 대표님이 대부분의 정산 작업을 진행하시지만, 몇 개의 거래처와 기타 세무 자료는 내가 정산을 담당하게 되었다. 한 해의 결산, 그간 일에 집중하느라 보지 못했던 거래의 규모, 사업의 크기, 이해관계자까지 모든 것이 숫자에 담겨있다. 숫자를 보며 '해냈다!'라는 감상이 들면 성공, '어떡하지?'라는 감상이 들면 실패라던데. 다행히도 작년은 성공이었다.

결산은 항상 보고서를 남긴다. 때로는 책자나 기념집을 만들어 한 해를 기록한다. 우리 회사가 최근에 맡았던 일들이다. 성과공유회, 성과집, 사업보고 책자, 운영보고서 등 한 해를 돌아보는 기록물들을 보기 좋게 다듬고 편집하는 일. 누가 볼지, 얼마나 볼지는 모르지만. 한 해를 기록한다는 것은 그 자체로도 의미가 있다. 그래서 우리는 최선을 다한다. 단 한 명이 보더라도 즐겁게 한 해를 추억할 수 있도록.

연말을 맞이해, 대표님은 워크숍을 강조했다. "직원들의 한 해, 우리 브랜드의 한 해를 돌아볼 수 있어야 한다"라는 것이 그의 의견이다. 나도 동의한다. 그런데 무엇을 돌아봐야 할지를 결정하는 일은 또 달랐다. 그냥 "돌아보자"라고만 말하면 기쁜 것들만 남을 것이다. 수련회 마지막 날 밤 촛불을 켜고 god의 '어머님께'를 들으며 눈물을 흘렸던 그때처럼. 잔소리만 하던 나도, 일에 집중해서 매일 야근을 하던 지난 밤들도 다 추억이 될 것이었다.

1년간 있었던 사건을 빼곡히 나열했다. 감정을 빼고 사건들을 솔직하게 돌아봐야 했다. 싫었던 일이 무엇인지, 잘했던 일이 무엇인지. 기억은 휘발성이 강해서 힘든 것들은 잊어버리고, 좋은 것들만 남기기 때문이다. 적어도, 남아있는 자들에게는 좋은 기억만이 남았다. 무언가를 지속하게 하는 일은 긍정이다. 우리 회사의 과거를 긍정하는 사람들이 지금 이 자리에 앉아있다.

사실 좋았던 것들만 있는 건 아니었다. 굳이 꺼내어 보면 짜증 나고 슬픈 일도 많았다. 손가락을 베인 것처럼 작은 상처여서 덮어두려 했던 것들이다. 하지만, 같은 자리에 또 상처가 나는 것은 다르다. 흉터를 남기거나, 아니면 곪을 수 있다. 혹은 반복되는 외상의 경험으로 스트레스를 남기기도 한다. 꾸역꾸역 하나하나 용기를 내서 꺼냈다. 편안한 분위기에서 1년을 회고했더니, 그래도 붕대를 풀고 자신의 상처를 보이는 사람들이 있었다.

아직 이 내용을 모두에게 공유하지는 못했다. 그렇지만 공유해야 한다. 어떻게 공유해야 할지 모르겠다. 그렇지만 공유해야 한다. 다치게 한 사람도 몰랐을 것이다. 그러니 다친 사람들의 이야기를 전해야 한다. 서로가 다치지 않을 최소한의 안전을 보장한 상태여야만 한다. 그래, 우리가 정산해야 할 것은 대금만이 아니다.

오늘의 죽지 않을 이유
아직 정산이 남아있어서.

정오에 눈을 떴다. 아침에 일어날 계획이었지만 게으름을 피웠더니 집에는 나 혼자뿐이었다. 일어나서 간단히 스트레칭을 하고 턱걸이를 했다. 정신을 깨우는 데는 육체노동이 최고다. 온 힘을 다해 등 근육을 조이니 잠이 깬다. 노트북을 켜고 아무 노래나 틀었다. 며칠째 미뤄둔 밀란 쿤데라의 《정체성》을 폈다.

몇 분 뒤 현관 비밀번호 소리가 들렸다. 어머니와 동생이었다. 며칠 전 생일에 받은 기프티콘을 썼다고 한다. 손에는 스타벅스 커피 3잔과 떠먹는 티라미수 한 덩이가 들려있다. 피워놓은 인센스를 놔둔 채로 주변의 종이를 정리했다. 한번 피운 향은 끄기 어렵기 때문이다. 주위에 화기를 치웠다.

커피를 개인 잔에 옮겨 담았다. 커피가 많이 남았다. 그런데 사이즈를 담기에 부족한 잔이었다. 충분히 크다고 생각했는데,

유리잔은 눈속임이 심하다. 고작 톨 사이즈 하나 들어가면 다행이겠다. 커피를 마시며 가벼운 대화를 나눴다. 공무원이 어떻고, 공기업이 어떻고…. 얼마 전 퇴사한 동생은 다시 구직 시장에 내몰렸다. 대령 전역한 할아버지와 지방 경찰서장을 역임하는 외삼촌에 대해 말한다. "엄마, 그분들은 엘리트잖아요." 턱 끝까지 차올랐던 말을 뱉었다. 딱히 동생을 위한 말은 아니었다.

자리로 돌아가려고 컵홀더를 챙겼다. 일회용 잔에 아직 커피가 남았기 때문이었다. 한 손에는 컵을 들고, 한 손에는 일회용 컵을 들었다. 자리에 앉아 노트북을 켰다. 덮었던 책을 들었다. 컵을 내려놓고 보니 홀더에 무언가 적혀있었다. "2021년에도 원하시는 모든 일이 잘되시길 바랍니다." 생판 모르는 사람에게 잘되라니…. 누구보다 지금 카페가 가장 힘든 사업 아닌가 싶은 생각이 들었다.

자리에 앉아 밀린 소설을 읽었다. 자꾸만 머릿속에 미처 하지 못한 말들이 생각났다. '취준생 앞에서 그런 말 하는 거 아니야'라든가, '어떻게 지낼 생각인데?'라는 식으로 물어볼 수 있었겠지. 그렇지만 하지 않았다. 엘리트인 친척들의 이야기를 하는 어머니의 마음을 모르는 것은 아니다. 잠시 생각했다. 역시 아무 말도 하지 않길 잘했다.

"원하시는 모든 일이 잘되시길 바랍니다." 자리에 놓은 컵홀더를 만지작거렸다. 그래, 이 한마디면 되는 것이었다. '잘되길 바란다' 그 한마디면 될 것을 뭐 그리 구구절절 말했는지. 말에 대해 공부하면 공부할수록 말을 줄이게 되는 것이 우스웠다. 결국 나는 말을 줄이려고 말을 공부하는구나.

글을 쓰면서 분량에 대한 고민을 많이 한다. '충분히 설명됐을까?'라는 고민으로 덧붙이다 보면 어느새 몇천 자를 채우는 일은 금방이다. 남들은 채우기 어렵다는 자기소개서를 쓰는 일도 그랬다. 설명, 설명, 설명. 부차적인 설명이 없으면 나를 오해할 것만 같았다. 무언가를 제대로 전달하기 위해서는 구구절절한 설명이 필수 불가결한 것이라고 여겼다.

그런데 때로는 수식하지 않을 때 더 잘 전달되는 것들이 있다. 발표의 기술 중에는 '침묵'이라는 기술이 있다. 청중에게 어떤 메시지를 전달하기 위해서 중간에 의도적으로 아무 말도 하지 않는 것이다. 최근 배우기 시작한 소설 쓰기 수업에서도 '굳이 표현하지 않는 것'을 배웠다. 어떤 가치들은 표현하지 않아도 전달된다. 만약 진심이란 말을 새롭게 정의한다면 '정확히 표현하지 않아도 전달되는 것'이라고 쓰고 싶어졌다.

'어떠어떠한 이유로 너를 좋아해'라는 말보다는 천천히 지어지는 옅은 미소가 더 진하게 느껴진다. '정말', '진짜', '엄청' 등 부사를 쓰지 않아도 조심스럽게 전하는 꽃 한 송이가 더 뜨겁다고 생각한다. 나부터도 화려한 언변보다 진심 어린 한마디를 더 좋아했다. 긴 수식어보다 잠깐의 눈빛, 흔들리는 손끝, 붉게 상기된 두 뺨에서 나는 진심을 느낀다.

조금 부족해도, 화려하지 않아도, 수식어가 없어도 전해질 수 있다. 진심을 전하기 위해 우리가 해야 할 유일한 과업은 '전하는 일'뿐이다. 너무나도 진심이라, 수식하지 않아도 충분히 크고 아름답다고 느껴지는 진한 마음을. 사람의 몸이 80%는 수분이라 다행이다. 진심이 잘 우러날 테니까.

오늘의 죽지 않을 이유

삶에 대한 진심이 어느새 우러나고 있다.

**순수문학을 왜 배우려고 하냐는 선생님의 말을 듣고
생각난 것에 대한 독백**

"주식 안 하냐?"

요즘은 어딜 가나 주식 얘기를 듣곤 합니다. 그리고 자연스럽게 "너는 할 것 같아서"라는 말을 듣죠. 그런데 아쉽게도 주식을 하지 않습니다. 뭐 예전엔 했던 것 같은데, 어쨌든 요즘은 안 합니다. 좋아하지 않거든요.

사실 브런치도 그렇고 SNS도 그렇고 글 얘기가 많습니다. 자랑도 없잖아하는 것 같아요. 글 쓰는 것도 워낙 좋아하고, 글 읽는 것도 좋아하고, 솔직히 제가 쓴 글을 보여주고 싶은 마음도 큽니다. 잘 썼다는 소리 들으면 기분 좋고요. 가끔 어딘가에

기고하게 되는 일도 너무 기쁘죠.

그런데 잘나려고 글을 쓰는 건 아닙니다. 잘나려면 다른 선택을 했어야죠. 작가들이 얼마나 힘들게 사는지 알고 있습니다. 잘나가고 싶고, 잘난 사람이 되어서 떵떵거리고 싶었으면, 글쓰기를, 적어도 문학을 공부하겠다고 주말을 쓰진 않았을 겁니다.

잘나가려면 하던 영업을 더 열심히 했을 겁니다. 잘나가려면 돈이 되는 공부를 했을 겁니다. 잘나가려면 정치를 공부하든가, 사회적 지위를 높이기 위해 고민했을 겁니다. 잘나가려면 돈의 흐름을 만들고, 그 시간에 유명해지려고 노력하고, 그 유명세가 지식과 실력으로 탄탄해질 수 있도록 강연에 힘썼을 테고, 지식 콘텐츠를 만드는 일에 힘썼을 겁니다. 그게 더 쉽다는 건 아니지만, 적어도 잘나가려면 그렇게 했을 거라는 말입니다.

며칠 전 글쓰기 선생님이 질문하셨습니다. "순수문학을 하려는 이유가 뭐예요?" 별말을 할 수가 없었습니다. 그냥, 그냥이었으니까요. 모르겠습니다. 그냥 비빌 언덕이 있다는 것만으로도 기쁩니다. 내가 자본주의 안에서 5일 이상을 보낼 때, 잠시 집에서만큼은 이런 일을 할 수 있다는 게, 나도 이럴 수 있다는 게 기쁩니다. 나를 바라보는 사람들의 시선 속에서 노력하지 않아도 '자본주의적 인간'으로 보일 텐데, 내가 표현하는 것만큼은 문학적인 모습을 보여주고 싶은 겁니다. 사람이라고 어느 한 면만 있는 건 아니잖아요.

계산적인 사람은 비합리적이면 안 되는 걸까요. 이성적인 사람은 감성적이면 안 되는 걸까요? 어느 순간, 어느 장소, 어떤 사람과 있느냐에 따라서 바뀌는 게 사람인데요. 멀티 페르소나라고들 하잖아요. N잡의 시대라면서요. 떡볶이집을 하면서 저녁에는 프로게이머로 지내면 안 되는 건가요.

물론, 잘되고자 하는 마음이 없는 건 아닙니다. 성공했으면 좋겠죠. 유명한 작가가 되어서 이곳저곳에서 불려 다니는 삶도 좋겠죠. 근데 그것을 바란다고 해서, 지금 제 모습이 틀린 건지는 모르겠습니다. 쓰기 위해 쓰지 않는 삶을 선택하는 사람들이 있습니다. 새벽에는 청소 일을 하면서 시를 쓰시는 금동건 선생님을 보면서 느꼈습니다. 저도 쓰기 위해 쓰지 않는 삶을 선택했습니다. 오히려 쓰는 행위에 자본이 묻을까 봐, 돈을 벌기 위해 쓰게 될까 봐 돈 벌 구석 정도는 다른 것들로 채워보는 겁니다.

"전업 작가를 하게 된다면, 결국 돈을 생각하게 될 거예요." 스승님이 말했습니다. 좋은 작품을 쓰기 이전에 먹고 사는 것들이 충족되지 않으면 어려울 거라고요. 다행입니다. 먹고 살 기술과 능력만큼은 글이 아니라서요. 글에서는 생의 욕구를 무시할 수 있게 되었습니다.

부자로 살고 싶은 건 아니지만, 가난하게 살고 싶지도 않습니다. 가난하게 살 수 있지만, 굳이 가난해져야 할 이유는 없습니다. 따지고 보면 좋은 옷과 좋은 음식에 대한 욕구도 없습니다. 먹고 싶은 음식도 손에 꼽을 정도고요. 그냥 가난하게 살아오신 부모님께 용돈 정도 드릴 수 있는 삶을 꿈꿉니다. 저는 최소 생계비로도 잘 살 수 있어요. 부족하다고 느낄 수도 있지만, 살기 힘들 수준이면 그건 살지 말라는 뜻이겠습니다. 그땐 죽음도 감수할 수 있어야겠죠.

직업과 커리어는 열심히 계발하지만, 글에 있어서만큼은 억지로 하는 건 하나도 없습니다. 바라는 건 있지만, 계획해 둔 건 없습니다. 바라는 게 이뤄지지 않아도 괜찮을 만큼, 글에서는 그냥, 그냥입니다. 문학인으로서의 낭만? 그런 건 잘 알지도 못합니다. 만약 어떤 감정을 느낀다면, 그건 제가 의도한 건 아닙니다. 여태까지 글에 감정적 의도를 담지 않았고 앞으로도 그럴 계획입니다. "글을 쓸 때 독자를 어떻게 하려는 의도를 담지 말아라." 스승님이 해주신 말씀입니다. 저는 그냥 제가 느끼고 본 것들을 쓸 겁니다.

등단? 할 수 있으면 하면 좋겠습니다. 주변에 글을 다루는 사람이 없으니까요. 그곳에 가면 문인들의 네트워크가 기다리고 있다고 들었습니다. 그렇지만, 그게 안 된다고 글을 멈추는 건 아닐 겁니다. 아무도 찾아주지 않아도 글을 쓸 겁니다. 많이 찾아주는 건 그 나름대로의 가치가 있다고 생각하는 겁니다. 대중음악이 나쁜 건 아니잖아요. BTS가 길거리의 뮤지션보다 돈을 잘 벌 뿐이잖아요. 그것뿐입니다. 그것뿐. 창작과 예술에 있어서 좋고 나쁨은 없잖아요.

직장인이, 사회인이, 한 조직에 속한 사람이 프리랜서를, 창작자를, 개인의 영역을 침범하는 것일지도 모릅니다. 그런데 그런 걸 누가 정했습니까? 직장을 다니면 예술을 하면 안 되는 사람입니까? 예술을 하려면 고독해야 합니까? 사회에서도 충분히 고독하잖아요. 사회적 성공을 추구한 사람입니까, 제가? 고작 이게 사회적 성공을 추구한 결과입니까? 제가 사회적 성공을 추구했다면. 학교도 다시 갔을 것이고, 끝내 시험도 계속 준비했을 것이고, 지금도 더 큰 회사에서 일하기 위해 아득바득했을 겁니다.

내려놓으니 알게 된 것들이 있습니다. 바닥을 찍으니 알게 된 것들이 있습니다. 높은 연봉은 좋겠지만, 그게 제 행복의 제일은 아닙니다. 높은 연봉을 통해 무언가를 해낼 수도 있겠지만, 다행히 제가 바라는 꿈과 삶은 연봉이 높지 않아도 가능합니다. 그러니 나는 그냥 내 삶을 살겠습니다. 그게 글입니다. 초판만 찍는 책이더라도 낼 겁니다(출판사에는 죄송하지만요). 제 글의 문학적 가치가 없다면, 망할 겁니다. 껍질뿐이라면 도태될 것입니다. 허영뿐이라면 증발할 것입니다. 그렇게 될 겁니다. 제가 먼저 보장하겠습니다. 마땅히 그렇게 될 겁니다. 독자들을 속일 수 없다는 것을 누구보다 잘 압니다.

이슬아 작가님의 글을 읽으며 꾸준함에 대해 생각합니다. 이슬아 작가님은 전업 작가가 되기 전에 삶을 지속하기 위해서 누드모델을 하며 돈을 벌었다고 합니다. 시급이 높은 일이었기 때문입니다. 저도 그렇습니다. 자격증을 공부하고 커리어를 쌓는 건 시급이 높은 일이라서입니다. 그래서 글에 더 집중할 수 있도록 시급을 높입니다. 10년 뒤엔 제가 좋은 문학인이 될 수도 있겠죠. 아니면 20년이라도요. 그때까지 살아있는 것이 더 중요합니다. 대부분의 대문호가 짧은 생을 마감한 이유는 가난과 질병입니다. 그렇다고 가난과 질병이 좋은 글의 원천이라는 논리는 비약입니다. 그들은 더 좋은 글을 오래 쓸 수 있었을 겁니다. 가난하지 않고, 마약을 하지 않고, 병에 들지 않아도 그럴 수 있는 사람들이었을 겁니다. 후예들 마음대로 가난이라는 서사를 담은 거죠. 그래야 잘 팔리니까요! 서사를 담지 않아도 그들은 충분한 대문호였습니다. 예술가를 죽이는 것으로 예술성을 충족하는 세상이라면 그게 더 잔인합니다.

"소설을 쓰는 데 경험은 세 살까지면 충분합니다." 소설가들 사이에서 전해지는 말이라고 스승님이 말해주셨습니다. 저는 경험이 적고, 아파본 적이 적기 때문에 글을 쓰지 못할까 봐 두려웠습니다. 스승님은 걱정하지 말라고 단언하셨습니다. 굳이 아프지 않고, 굳이 다치지 않아도, 좋은 글은 나올 수 있습니다. 사람을 죽이지 않아도 살인자에 대해 쓸 수 있습니다. 그러므로 저는 앞으로도 예술가들을 아프거나 가난하게 만들지 않을 겁니다. 그리고 저도 가난하거나 아프지 않고 글을 쓸 겁니다. 가난할 수도 있고, 아플 수도 있지만, 일부러 그러려고 노력하진 않을 겁니다. 잘 먹고, 열심히 운동해서 좋은 글에만 집중할 겁니다. 무라카미 하루키처럼요.

무라카미 하루키의 《달리기를 말할 때 내가 하고 싶은 이야기》를 마침 읽음.

오늘의 죽지 않을 이유

나는 건강하게 오래 글을 쓸 겁니다.

"아, 깨졌다."

화분을 깨트렸다. 책상 위에 있던 화분이 바닥으로 떨어졌다. 손을 내밀어 잡으려 했지만, 놓쳤다. 반응속도가 느렸다. 회의실 책상에 비해 사람이 이젠 너무 많다. 10명이 앉기에 8인용 테이블은 좁다. 의자 3개를 가져와서 자리를 채우는 일은 책상에게도 과분했다.

빠르게 화분을 주웠다. 다행히 조각이 많이 나진 않았다. 약간의 깨짐이었다. 흙이 약간 튀었다. 청소기로 빠르게 흙을 정리했다. 몇 개의 유리 조각을 찾았지만 전부는 아닐 것이다. 실내화가 있어서 다행이었다.

최근에는 브랜드 회의가 한창이다. 자사를 어떻게 브랜딩할 것인지를 주제로 며칠째 이야기를 이어가고 있다. 업무가 있어 회의 중간에 참가했다. 인사·조직관리 담당자라는 포지션이 주는 자유였다. TF에 소속된 것은 아니지만, 소속될 수 있었다.

'틀을 깨는 회사'에 집중하게 된다. 속세가 싫어 떠난 대표와 그에 공감하는 사람들. 여기에 대한 공감 수치가 높을수록 브랜딩이 잘된 것이다. 대표님은 '만든 사람'을 강조한다. 브랜딩을 잘하는 회사는 많지만, 결국 만든 사람이 누구냐가 가장 중요한 것 아니냐는 생각이다. 나도 동의한다. 특히 작은 회사는 더 그렇다.

지난 회의를 기록한 동료는 '난장 토론'이라는 표현을 썼다. 좋은 표현이었다. 솔직한 대화로 인해 과열이 되는 일도 있었다. 멀리서 보면 싸움 같았다. 그렇지만 유의미했다. 솔직한, 어떤 의도를 가지지 않은 감정과 생각들이 교류됐다. 그게 중요한 것이었다.

오늘 회의에서도 나는 '난장'을 제안했다. 더 극단적인 틀을 제안했다. 극단의 생각을 강조해야 하는데 욕이 나왔다. 생각이 아닌 표현의 극단이었다. 동료들의 생각을 깨고 싶었다. 깨진 건 날카로웠다. 예민했고 날카로웠다. 욕까지는 할 필요 없었는데. 욕까지는.

어제는 철야를 하느라, 회사에서 잠을 청했다. 직원들의 출근도 못 알아챈 채 계속 잠을 잤다. 느지막이 일어나 커피를 타며 깨진 화분을 바라보았다. 멀쩡해 보였다가, 이내 깨진 부분이 보였다. 깨진 건 날카로웠고, 멀리서 보면 깨졌는지 아닌지 알 수 없었다.

살다 보면 깨야 할 것들이 있다. 그러나 필히 날카롭게 깨진다. 멀리서는 괜찮아 보인다. 가까이 가지 않으면 알아차리기 힘들 것이다.

오늘의 죽지 않을 이유

가까이 봅시다. 가까이.

　보리차 한 잔을 챙겨 자리에 앉았다. 인센스 스틱에 불을 붙였다. 멍한 채 불을 붙이다가 손가락이 약간 데었다. 뜨거웠지만 괜찮다고 느꼈다. 토요일 저녁이었다.

　부쩍 인센스 스틱을 켜는 날이 많다. 향을 피우면 마음이 정화되는 듯하다. 정작 공기는 오염될 텐데… 어쩌면 약간의 일산화탄소로 뇌 기능을 정지하는 것일까. 안정제를 먹으면 이런 기분이었다. 30분 전까지만 해도 머리를 죄이는 수많은 생각들이 무용하게 느껴졌다. 정확히 말하면, 먹고 자고 싸는 것을 제외한 모든 것들이 크게 와닿지 않았다. 머릿속을 구성하고 있는 세상의 요소들이 사그라들었다. 보통은 회로처럼 풀어내야 겨우 멈추는 생각이었는데 말이다. 연소되는 것은 향뿐만이 아니었다. "뇌세포가 타서 그럴지도 몰라." 친구의 말에 피식 웃었다. '이런 게 죽음이라면 괜찮네' 하고 생각했다.

타인에게 영향력을 끼치는 것을 좋아한다. 무언가 가르치고, 챙겨주고, 돕는 것까지. 우월감에서 온 행동이라는 것을 잘 안다. 나를 구성하는 7개의 대죄가 있다면 그중 오만이 제일일 테다. 그럼에도 변명을 해보자면, 사고력이 보내는 절규가 있는 듯하다. 통제 불능의 변수가 늘어나지 않기를 바라는 절규. 내 뇌는 고작 듀얼코어면서 세상의 일을 다 처리하고 싶어 한다. 그렇게 머릿속 CPU를 과열시키고 나면, 약간의 고열과 연기를 내뿜으며 다 피운 향처럼 산화되는 것이다. 언어의 온도는 높고 단어의 의미는 매캐했다.

우월감, 높아지고 싶은 욕구. 아이러니하게도 내 우월감은 열등감이 낳은 것이다. 일종의 부산물이랄까. 우월감은 열등감이 낳은 수많은 것들을 제치고 나를 구성한다. 유리병 속에 갇힌 벼룩이 되어, 언젠가 유리병을 깨부수고자 든 망치는 어느 날부터인가 타인을 상처 입히는 도구로 변했다. 쥐고 있던 게 망치여서 그럴까. 깨던 놈은 결국 뭐라도 깨부숴야 했다.

존중에 대해서 이야기했다. 존중은 무엇일까. 적어도 나는 잘 못한다. 정답을 알려주는 게 존중이라고 부르면서, 존중하지 않는 나 자신을 끝까지 보호했다. 존중은 상대를 있는 그대로 바라보는 것. 두루미와 여우 이야기처럼, 내 입장만을 생각하지 않고 상대를 고려해서 행동하는 것. 그것이 존중이란 사실을 너무나도 잘 안다. 그럼에도 오만의 껍질을 벗는 일은 쉽지가 않다. 나를 둘러싼 황금 족쇄라고 생각한다. 묶고 있는 걸 알면서도, 그게 너무 빛나고 황홀해서 놓지 못하는 것이다. 이 와중에 인센스 스틱 향은 겁나 좋네. 짜증 나게도. 나는 피해야 하는 걸 알면서도 벗어나지 못한다. 정작 그만둬야 할 것들에는 더 힘을 주는 일이다. 그만두는 게 그렇게도 싫은 건지 스스로에게 물어봐도 대답이 없다. 그냥 싫은가 보다.

황수영 작가님의 《아무 목이나 끌어안고 울고 싶을 때》에는 이런 구절이 나온다.

"어떤 사이에는 서로가 서로를 이해하려고 노력하면 할수록, 그러니까 서로를 위하는 마음에 대화를 하면 할수록 그 사이에 더 큰 오해가 자리 잡는 것 같아요. 돌이킬 수 없을 정도의 큰 오해가. 나는 그럴 때 그냥 서로를 내버려두는 게 가장 좋은 상태라고 생각해 왔어요. 이해하려고 노력하면 노력할수록 불행해지니까. 관계를 망치지 않기 위해서는 노력을 포기할 줄도 알아야 해요."

평소 마음이 잘 맞는다고 생각한 팔로워가 운영하는 책 계정에서 본 글이다. '위하는 마음에 무언가를 한다'는 핑계로 많은 것들을 해왔다. 그래, 내 동기는 위하는 게 맞지만, 그 근본은 오만이다. 내가 맞다고 생각하니까. 상대를 위하는 것을 생각한 것이다. 다시금 생각해 본다. 위한다면 절대 그러지 않았어야 한다는 것을. 향을 하나만 더 피우고 싶다. 이번에는 일부러라도 연기를 흠뻑 마셔서 매캐해지고 싶다.

"아는데, 잘 안되는 거죠. 하필 그 사람에게 너무 간절하게 이해받고 싶으니까. 간절한 것들은 도통 잘 이루어지질 않아요. 이루어지지 않을 걸 알아서, 그래서 간절한 건지도 모르죠. 요즘은 뭔가를 소원하지 않는 것 같아요. 대단한 소원이랄 게 없어요. 저녁으론 떡볶이에 튀김을 먹고 싶다. 뭐 그런 자잘한 소원들. 소원이라고 이름 붙이기 머쓱할 정도로 작은 것들만 바라고요. 그러나 하필 그 사람에게 이해받고 싶은 마음이 아직도 포기가 되지 않아요. 이해받기 위해서 노력할 때마다 한 번도 빠짐없이 매번 불행했으면서, 내일 또 이해받으려고 할지도 몰라요."

– 황수영,《아무 목이나 끌어안고 울고 싶을 때》중에서

아는데 잘 안된다. 분명 아는데도…. 바라지 않다가도 바라고 싶어진다. 대체 그게 뭐라고. 나는 이해받고 싶은 마음이 가득한 것일까 고민한다. 또 고민이 늘었다. 뇌 용량을 늘리든, 담배를 태우든지 해야겠다. 적어도 계속 이런 식이고 싶진 않다. 이제는 이미 살고 싶어진 지 오래다.

오늘의 죽지 않을 이유

위하는 마음을 올바르게 쓰고 싶다.

본질은 꽤나 저열한 단어일지도 모른다

　회사에선 매일 브랜딩 회의를 한다. 브랜드, 다른 단어로 치환하면 '본질'쯤 되는 단어다. 우리가 수없이 보는 광고와 프로모션이 콘텐츠라면 그것들을 실행하도록 묶은 계획이 마케팅이다. 브랜드는 마케팅보다 훨씬 높은 곳에 있는 단어다. 어떤 이들은 '존재 의의'라고 부르기도 하며, 어떤 이들은 '정체성'이라는 표현을 쓰기도 한다. 용법과 사용에 대해서는 논의가 있을 수 있지만, 뿌리 같은 존재라는 데에는 이견이 없을 것이다.

　대개 정체성을 묻는 것으로 회의를 시작한다. 우리는 왜 일하는가? 돈을 벌기 위해서. 돈을 벌려면 다른 일들도 많은데, 왜 하필 이 일을 하는가? 배운 게 이것뿐이라서. 그럼 왜 이것을 배웠는가? 이런 식으로 파고들면 끝이 없다. 대부분의 사람들은 이 과정에서 혼란을 느끼거나 어지러움을 느낀다. 이해한다. 그런 적이 없기 때문이다. 때로는 '그냥'이라는 이유로 치환된 것들이 행동을 결정하기도 한다. 그렇지만 그냥이라는 말

속에도 잘 찾아보면, 타인에 대한 애정이라거나 규칙에 순응하는 태도가 들어있다. 결국 우린 '그냥' 한 것이 아니라, 그렇게 생각하는 것을 '선택'한 것뿐이다.

그런 의미에서 브랜드 회의는 본질을 탐구하는 시간이 된다. 스스로 '나는 왜 일하는가?'에 대한 답변으로 글을 시작해 본다. 나는 돈을 벌기 위해 일한다. 하지만 그렇다고 해서 고통받으며 일하고 싶지는 않다. 게다가 나는 사람과 교류하는 일이 좋다. 그렇기에 혼자 하는 일은 적성에 맞지 않는다. 그리고 나는 반복적인 업무보다 회의나 돌발 상황이 발생하는 게 좋다. 더해서 나는 내 일이 누군가에게 배움과 즐거움이 되는 순간을 즐긴다. 그러다 보니 광고와 마케팅을 시작하게 됐고, 더 나아가서 인사와 조직이라는 직무에 도전하게 됐다. 그러나 이 답변은 명확하지 않다. '왜?'라는 질문에 답하기 위해 다양한 경우를 나열한 것뿐이다. 그중에 인과도 있겠지만, 인과를 통해 뿌리를 찾아나간 것은 아니기 때문이다.

다시 답변을 시작해 본다. 나는 돈을 벌기 위해 일한다. 돈을 버는 이유는 필요한 소비를 하고 싶기 때문이다. 내게 필요한 소비는 책을 사고 공부할 수 있는 수준의 돈이다. 좋은 것을 먹고 좋은 것을 입는 데는 큰 관심이 없다. 왜 책을 사고 공부하는 가. 똑똑해지고 싶고 주변인들을 돕고 싶다. 왜 똑똑해지고 싶 냐면, 똑똑한 사람이 멋있다고 생각하기 때문이다. 나는 결국 멋있어지고 싶다. 또한, 주변인을 도울 때 주로 지식과 정보로 돕고 싶다. 이는 결국 주변인에게 가르침을 주고 싶다는 욕망 으로 귀결된다. 결국 나는 누군가에게 멋지고 배울 점이 많은 사람이 되고 싶다는 본질적인 욕망을 발견할 수 있다.

따라서 내가 일하는 이유는 '우월감'이다. 스승이 되고 싶다. 일을 하는 이유도 그 맥락에서 출발한다. 나는 누군가에게 영 향과 가르침을 주는 일을 하는 것이 적성에 맞다. 따라서 전문 가가 되어 비전문가 집단을 향한 커뮤니케이션을 할 수 있을 때 행복을 느낀다. 거기서 상대방이 배움을 얻을 때 가장 행복 하기 때문에, 인사 및 교육이라는 적성을 찾게 된 것이다.

흔히 우월감이라고 하면, 상대를 무시하거나 낮잡아보는 태 도에서 출발하는 것이라 여기기 쉽다. 물론 내게는 그런 단점 이 있다. 상대적 약자가 있는 곳에 발걸음이 자주 닿고, 논쟁할 때도 가르치려는 태도로 불편을 야기하기도 한다. 때때로 상대 의 지식수준을 고려하지 않고 많은 예시를 넣어 과하게 느껴지는 설명을 이어 나가는 경우도 있다. 상대가 맞는 말을 하는데도 불구하고 틀렸다고 생각해 버리기도 한다. 반박이 들어오면 일단은 재반박을 하고 보는 것들도 우월감이 가지는 단점이다. 마지막으로 이런 것들을 잘 알고 있고 고칠 수 있다고 생각하는 것도 우월감의 한 예시가 된다.

그러나, 모든 능력과 성격은 양면성을 지닌다. 한때 채용 시장에서는 '예스맨'이라고 불리는 적극적인 사람이 각광받던 시절이 있다. 그러나 적극적인 사람이 가지는 자기 과시와 과욕에 대한 리스크를 경험하고는 이를 바라보는 시선이 변했다. 소극적인 사람들이 가지는 신중함과 안정감이 필요하다는 것을 인지하게 된 것이다. 결국 조직의 성격과 사업에 따라 여러 유형의 사람들이 필요하다는 것을 인정하고 받아들이며 현대의 조직문화는 발전하고 있다. 무엇이든 장점만 있는 건 없다. 장점과 단점은 일직선상에 있다는 것을 사람들은 알게 됐다.

그렇다면 본질적인 단어의 양면성에 대해서 우리는 어떻게 대해야 할까. 나는 장점은 강화하고 단점은 보완한다는 결론을 냈다. 우월감이 내비치는 이타성과 성장 가능성을 적극 활용하고, 과시욕과 보수성을 개선하는 방향이 중요하다. 꽤나 발전적인 방향이라고, 거의 정답에 가까운 것 같다고 생각했다.

"근데, 내 생각엔 사람은 단점을 인식하는 데 집중해야 한다고 생각해."

동생이 내게 말했다. 사람은 자신이 좋아하고 잘하는 것에 집중하지 않느냐고, 그러니 장점을 키우는 건 굳이 의식하지 않아도 스스로 잘하게 된다는 말이었다. 반면에 단점은 의식하지 않으면 개선되지 않는다고, 우리가 집중해서 챙겨주고 케어하지 않으면 영원히 그 자리에 머물 수밖에 없다고 말했다. 나는 박수를 치고야 말았다. 그래, 잘하는 건 누가 시키지 않아도 알아서 하는 법이다. 그러니 못하는 것에 스스로 회초리를 들어야 한다. 동생이 내게 준 가르침이었다.

내가 본 대부분의 사람들은 누구나 빛나는 장점을 하나씩은 꼭 가지고 있었다. 또한, 장점을 적극 활용하고 발전시키기 위해 꾸준히 노력하고 있었다. 그렇지만 정말 멋지다고 생각한 사람들은 자신의 단점을 인정하는 사람들이었다. 자신의 단점이 무엇인지 인정하고 개선하기 위해 노력하는 모습들은 단순히 더 나은 사람이라는 목표에 국한된 것처럼 보이지 않았다.

단점을 드러냄으로써 솔직해지고 필요한 만큼 개선하는 것. 그저 단점을 받아들이는 것과는 다른 무언가가 느껴졌다.

나는 지금도 내 단점이 될 수 있는 것들을 생각한다. 과시하지 않기, 내가 틀렸을 수도 있다고 생각하기 등등. 그리고 그 해결 방법도 같이 고민해 본다. 어쩌면 이런 부분들을 하나하나 신경 쓰다 보면 행동에 제약도 많이 생기고 고민하는 시간도 길어질 것이다. 그럼에도 단점을 마주하기로 했다. 물론 '단점 또한 내 모습인데 사랑하자'라는 말로 넘길 수도 있겠지만, 그래도 단점을 인정하는 것과 그저 방치하는 것은 천지 차이니까. 어쩌면 단점을 인정하고 상처를 주지 않기 위해 노력하는 모습이야말로 진정 당당한 모습일지도 모른다. 솔직하게 단점을 마주할 용기, 그리고 존중하겠다는 믿음. 그것이 본질을 탐구하는 이유일지도 모른다. '내 본질은 꽤나 저열해서 존중하려 노력해야 하는 것'이라고 그렇게 생각하기로 했다.

오늘의 죽지 않을 이유

저열하다 생각했던 본질을 마주해서, 삶의 안정감을 얻게 됐기에.

직감적으로 영업을 하고 싶은 날이었다. 사업계획서를 쓰는 연초에 우리 회사를 어필할 수 있을 것이라 생각했다. 조금은 브랜딩이 덜 되어도, 콘텐츠가 부족해도 일단 양적 영업을 해 보고 싶었기 때문이다. 가끔은 나는 이런 무식한 방법이 끌릴 때가 있다. 질적 팽창을 위해서만 투자하는 시간이 미안해서. 그 와중에 내가 만들 자신은 없으니까 대표님께 그냥 영업을 하고 싶다고 질러버렸다. '아, 그냥 대충 남들 하는 대로 만들어서 영업 좀 하자고요!'

"나는 모창 가수가 되고 싶지 않아, 싱어송라이터가 될 거야."

대표님은 완강했다. 그래, 맞는 말이다. 그저 그런 소개서로 보이고 싶지도, 그저 그런 소개서로 브랜딩을 망치고 싶지도 않다는 것. 다행히 나는 내가 틀렸다는 걸 알고 있었고, 그녀는 나를 인정하게 만드는 사람이었다. 다년간 의견 싸움을 해왔던 경험으로 내가 고집을 부리고 있다는 것을 스스로 알고 있기 때문이겠지. 나는 괜한 고집을 피울 정도로 멍청하지는 않았다. 그래서 콘텐츠 제작을 맡겼다. 뿌리고 전화하고 호소하는 일은 내가 할 테니, 조금만 서둘러 주면 안 되겠냐고 덧붙였다. 그렇게 하겠다고 그녀와 팀원들은 말했다. 감사한 일이다.

모창 가수라 하니 왠지 모르게 웹툰 〈치즈 인 더 트랩〉에 나오는 인물 손민수가 생각났다. 주인공인 홍설의 옷과 스타일을 따라 해서 지탄받았던 캐릭터. 정확히 기억은 안 나지만, 작가가 표현하려 했던 그 찝찝함에 대해서는 다들 공감했던 기억이 난다. 무언가를 따라 하는 것, 특히 개인을 따라 하는 것은 어쩌면 모자라고 무례한 일로 비친다. 홍설은 손민수를 보며 참다 참다 분이 터져 말한다. "너는 네 개성도 없어?"

공모전 교육을 진행하며 가장 많이 받는 질문은 다름 아닌 '기획하는 방법'이다. 그럴 때마다 참 곤란하다는 생각이 든다. 기획에 정석이 어디 있는가 싶으면서도, 한때는 나도 정답을 찾아 헤매던 과거가 있기 때문이다. 결국 턱 끝까지 여러 말들이 머물다가 고작 "열심히 좋은 기획서를 따라 해보세요"라는 말만 내뱉을 뿐이다.

'잠깐, 이거 손민수가 되라는 얘기 아니야?'

맞다. 손민수가 되라는 말이 맞다. 그럼에도 나는 따라 하라고 말하고 싶다. 정답이 정해지지 않은 곳에서, 우리가 할 수 있는 것은 조금 더 나은 것을 따라가는 일. "세상에 더 이상 새로운 것은 없습니다." 김정운 교수가 쓴 책《에디톨로지》에서 주워들은 문장이다. 우리는 알게 모르게 편집을 추구한다. 인플루언서의 스타일을 따라 하기도 하고, 맛있다는 요리 레시피를 검색하기도 하고, 좋은 광고와 브랜딩을 참고하기도 한다. '참고'와 '따라 하기'에 차이는 있겠지만 모두 다 더 나은 것을 추구한다는 점에서 일맥상통한다. 그러니 따라 하는 것이 배움의 첫 순간이지 않을까. 스승의 가르침을 따른다는 말에서 오늘따라 가르침보다 '따른다'에 집중하게 된다.

우연한 계기로 보이저 엑스라는 회사의 남세동 대표님의 페이스북 계정을 팔로우하고 있다. 그의 회사는 딥러닝을 활용한 자동 영상 자막 서비스 'Vrew'를 제공하는데, 언젠가 그는 네이버 영상 편집 프로그램이 자사의 UX/UI를 카피한 것 같다는 글을 적은 적 있다. 나는 너무 놀랐지만, 의외로 그는 태평했다. "우리가 스스로 만들어 낸 부분이 널리 퍼지면서 표준이 되어 가는 것은 꽤 뿌듯한 일이다." 내면에 숨겨진 불편함과 당혹감은 파악할 수 없었지만, 그 한마디가 당당하고 여유롭게 느껴졌다. 나도 그처럼 따라 하는 사람에 대해 분노하기보다는 즐거움과 여유를 보일 수 있는 사람이 되고 싶다고 느꼈다. 테슬라의 도면 유출 의혹이 제기됐을 때 일론 머스크가 그랬고, 애플의 사업 방향을 따라 하는 기업들에 대해 스티브 잡스가 그랬다.

따라 하는 것. 어쩌면 조금 더 나아지고 싶다는 인간의 본능이 아닐까? 우리도 누군가를 따라 하며 성장하지 않았나 질문해 본다. 정말 존경하는 사람이라, 그의 작은 말 한마디와 작은 습관 하나하나 따라 하고 싶었던 적이 있다. 결국 그와 꽤 비슷한 시절을 거치긴 했지만, 따라 하는 과정이 지나고 나니 나는 나만의 새로운 오리지널리티를 구축할 수 있었다. 수없이 많은 자극들을 겪어보면서 '나'라는 사람의 가치관을 조립하는 과정을 우리는 '카피캣'이라거나 '손민수'라고 부르며 혐오하고 있던 건 아닐까.

모든 것에는 시간이 필요하다. 내 경우 수많은 기획서를 따라 하고 만들어 보며, 내가 잘할 수 있는 부분과 좋아하는 것들을 조합해서 나만의 기획서를 만들 수 있었다. 내가 썼던 기획서들도 세세히 뜯어보면 어디서 빌려온 것들이 많다. 패션을 전공하며 수많은 사람들의 옷 스타일을 참고한 끝에 나만의 스타일을 만들었다고 생각했지만, 결국 어디서 본 것들을 나름대로 조합한 것이었다. '나다움'이라고 생각한 것들은 사실 다른 이들의 '나다움'을 겪고 난 뒤에야 만들어질 수 있었다.

물론 세상에는 법적으로 허용되지 않는 '따라 하기'가 있다. 저작권이 그렇다. 하지만 저작권 역시도 연구나 교육을 위한 경우는 부분적으로 허용하고 있다. 법을 사람이 만들었음을 느끼는 순간이다. 더 나아지고 싶은 본능에 대해서만큼은 따라 하는 시간을 용인하는 세상. 손민수가 오리지널리티를 찾을 수 있도록 기다려 줄 수 있는 세상을 꿈꾼다. 우리도 어제는 손민수였을 테니까(물론 손민수의 문제는 다른 데 있다. 여기서는 따라 하는 것에 대해서만 다루도록 한다).

오늘의 죽지 않을 이유

오리지널리티가 구축되는 것을 기다리고 있습니다.

며칠 전 선물 받은 캔들을 켠다. 캔들 워머가 있어 라이터로 불을 붙이지 않아도 된다. 연소되지 않은 채 향만을 갈취하는 것에 미안함을 느낀다. 향초를 피울 때 일산화탄소는 필연이라 여겼는데, 이제는 아로마틱한 향기만을 갈취할 수 있다. 필연적이라 느끼던 고통을 겪지 않아도 되는 세상이다. 그렇게 되어가고 있다. 인내하지 않아도 성과를 낼 수 있고, 손을 데거나 베이지 않아도 그럴싸한 요리를 할 수 있다. '노 페인 노 게인'이 아닌, 이제는 '노 페인 예스 게인'의 시절이 찾아온 것이다.

나는 이런 사회를 '추출 사회'라고 명명했다. 필요한 것만을 주고받을 수 있는 사회. 연애라는 가치에 집중하면 앱을 다운로드하면 된다. 누군가를 알아가는 순간에 대한 투자와 노력 없이, 연애를 꿈꾸는 남녀가 모여있다. 자만추, '자연스러운 만남 추구'가 신조어가 된 세상. 당연했던 것들이 선택이 된 세상에서 나는 왠지 모를 차가움을 느낀다. 스포이트가 가득한 실험실 같은 온도. 추출될 수 없는 것들을 추출하기 위해 노력하는 세상에 약간의 괴리감을 느낀다. 금단의 영역에 손대는 연금술 혹은 부두술처럼 느껴지기도 한다.

그래서 나는 더욱 인연을 믿는다. 너무나도 자연스러워서, 노력조차 자연스럽게 느껴지는 그런 순간이 있을 것이다. 결과만을 추출할 수 있는 세상에서 과정에 힘껏 부딪히겠다. 아프고 다치고 쓰러지더라도. 그 결과 얻게 되는 달콤한 열매의 맛이 단순한 플라시보라고 해도 말이다. 향초에 불을 붙이며 소리 없이 외쳤다. 노 페인 노 게인.

오늘의 죽지 않을 이유

거저 얻어지는 것은 없다. 삶도 살아가는 사람들에게만

찾아오는 것.

요 며칠 눈이 자주 내렸다. 한차례 길게 내린 것인지, 짧게 여러 번 내린 것인지 정확히 기억나진 않는다. 조금만 지나면 녹아버릴 진눈깨비인 줄 알았는데, 꽤 쌓여서 발길에 채인다. "와, 집 갈 때 힘들겠다." 군대에서도 몇 번 치워보지 않은 눈이지만, 퇴근길 버스를 막히게 할 이 녀석이 썩 반갑지는 않았다. 그런데 옆 자리에서는 기쁨의 외침이 들려왔다. "와, 눈 내린다. 여기 눈 오는 것 좀 봐." 시니컬한 나와 달리 기쁘게 반응하는 사람들. 그 사이의 괴리가 무언가를 느끼게 했다. 아, 차갑다. 괜히 겨울은 아니었으면 한다.

눈에 기뻐하는 동료들을 보며 조금 궁금해졌다. 대체 어떻게 생각하면 기쁠 수 있을까? 누군가에겐 당연한 기쁨이 내겐 꽤나 어려운 일인 적도 많다. 눈이 오면 분명히 쌓이고, 길이 막히고, 누군가는 이 눈을 치워야 할 텐데…. 이게 어찌 기쁜 일이 된다는 말인가. 그것을 납득하기 위해 내가 한 선택은 침묵이었다. 가만히, 그저 가만히 그들의 기쁨을 관망하는 일. 창문 앞에는 서너 명이 매달려 고개를 약간 수그린 채 눈을 바라보고 있다. 마치 눈을 내려주는 하늘에 목례를 하는 듯하다. 어릴 적엔가 눈을 맞보기 위해 고개를 쭉 내밀고 혓바닥에 눈송이를 올린 적이 있다. 그때의 자세와 비슷하다. 한때는 나도 분명 기뻤던 것 같은데, 부차적으로 생각하는 것들이 늘어나면서 눈이 싫어졌다. '사실 그때를 즐기면 되는 것인데. 버스는 이따 탈 뿐이잖아.' 짧게 생각했다.

오지도 않은 미래를 걱정하는 일. 언제부턴가 습관이 돼버린 일이다. 무언가를 시작하면 결과를 먼저 생각하는 버릇. 이는 큰 그림을 그리는 연습을 한 것이 아니다. 논리적 훈련을 진행한 것도 물론 아니다. 그럼에도 나는 어떤 일련의 사건들이 어딘가로 향하고 있다고 느낀다. 그 어딘가의 지점을 자꾸만 확인하고 싶다. 통제되지 않는 것들의 통제. 내가 원하는 것은 불가능임을 알면서도 나는 시간선 안에서의 모험을 즐기지 못한다. 예측되지 않는 미래가 재미있다는 친구의 말 앞에서 예측되지 않는 것들의 공포를 먼저 실감해 버린 나는 즐거운 행운을 모두 다 '갑툭튀'의 공포로 취급한 건 아니었을까 생각해 본다.

집에 오는 길에는 주위를 둘러보지도 못했다. 그냥 바닥만 보고 걷기에도 바빴다. 바닥에 진창이 된 검은 눈송이들을 피해 걷는 데 집중했다. 지하철에서 확인한 SNS에는 수많은 눈사람들이 있었다. 분명 같은 길을 왔는데… 눈사람이 언제, 어디에 숨어있었던 걸까 싶다. 사실 숨어있지도 않았다. 내가 보지 못했을 뿐. 나는 사람을 좋아하는 줄 알았는데, 눈사람은 지나쳐버린다. 동료가 눈 뭉치를 뭉치며 놀더니, 이내 눈 뭉치 하나를 내게 던졌다. 어디선가 눈 뭉치가 날아올까 약간의 긴장을 하고 있었는데, 그 긴장 속에서도 굳이 눈을 던져주는 친구가 있다는 게 기뻤다.

눈이 내렸다. 검은 진창들을 뚫고서 순백의 눈 뭉치가 되어 이곳저곳에 피어있다. 외로운 것이 사람의 필연이라면 눈사람을 만들어 곁에 두기를. 눈이 녹아 없어지더라도, 그 눈이 공기 속에 녹아들어 우리가 숨 쉴 때마다 함께할 것임을 알고 있다. 녹을지언정, 결코 사라지진 않을 그런 것.

오늘의 죽지 않을 이유

거리의 눈사람들이 외로움을 나눠갈 것이라 믿으며.

자꾸만 숨는 버릇이 있다. 무언가를 해결하지 못하거나 결론이 나지 않으면 머리가 고장 난다. 모든 것에 답을 내리겠다는 오만의 죄를 업보로 삼아 살아가고 있다. 대부분의 조언이 아는 얘기라서 서럽다. 새로운 관점과 시선이라면 깨달음이라도 있을 텐데. 보통은 인정하기 싫었거나 받아들이기 어려운 부분들이라서 미뤄둔 것들이 내게 찾아온다. 아는 것들, 보이지 않아도 보이는 것들, 들리지 않아도 들리는 것들로부터 스스로를 차폐하고자 숨는다. 이불을 덮고 꽁꽁 동여매서 단 한 줌의 빛도 들어오지 않도록.

그렇지만 이불은 차폐의 매질로 부적절하다. 빛도, 소리도, 열도 투과되니까. 지식을 두르고 옷가지를 끼워 넣어도 나를 가리는 매질은 안타깝게도 차폐성이 부족하다. 얼마 전 주문한 문풍지가 해답이 될 수 있을지 잠깐 고민했다. 그럼에도 자꾸만 투과되는 물질들이 나를 덮는다. 그래, 인정할 건 해야지. 나는 가려지고 싶으면서도 드러나고 싶은 이중적인 상태인 것을. 슈뢰딩거의 고양이처럼, 실존하지만 실존하지 않는 나로, 죽지만 죽지 않고 싶은 나의 모습을, 드러내지 않으면서 드러내고 있다.

사랑받고 싶지만 사랑받는 게 두려운, 사랑하고 싶지만 사랑하는 게 두려운, 울고 싶지만 울고 싶지 않은 이중적인 자아를 가지고 매일을 투닥거리며 살아간다. 억지로 억누른 것들은 매번 일을 그르치게 만든다. 나는 감정적인 내 자아에게는 불친절하다. 자꾸만 매를 들고, 억지를 쓰고, 덮어둔다. 그러면서도 제대로 죽이지 않는 모순적인 차별. 어떤 것들은 살려두는 게 더 고통스럽다. 감정을 죽이려 들었으면 제대로 죽였어야 하는데, 미련이라는 놈으로 그놈을 가둬두기만 한 것이 실례였다. 가슴을 뚫고 머리까지 올라와 이곳저곳에 그라피티를 휘갈긴다. "차라리 죽여." 죽일 수 없는 걸 알아서 하는 시위. 어떤 주장은 그럴 수 없음을 알기에 더 슬프다.

내 안의 작은 아이. 작지만 강한 아이. 큰 힘으로 짓눌러봤지만, 짓이겨지더라도 결국에는 이겨내는 아이. 주인을 닮아 불굴의 자세로 살아있는 아이. 무엇보다 생에 대한 의지가 강하면서도 죽음을 입 밖으로 자꾸만 꺼내는 아이. 그 녀석을 덮어둔 이불을 치울 차례다. 사실은 철창이 아니라 이불이었다고. 어찌 너를 찬 방에 뒀겠냐는 말이다.

떨지 말고 나와도 된다. 마치 추위는 미신이었던 것처럼, 바깥은 여름이다.

오늘의 죽지 않을 이유

바깥은 여름이다. 겉옷을 내려놓아도 되는.

죽음에 대한 생각을 떨쳐버리기 위해 삶에 대한 글을 썼다. 반대를 생각하면 보통 더 명확해진다고 하던 광고인의 논리처럼, 코끼리를 생각하지 말라고 했더니 코끼리가 더 강렬하게 느껴진다. 두 달이 넘는 고민 끝에 확실해진 사실은 '결국 사람은 죽는다'였다. 그렇다면 살아있을 이유가 무엇인지, 어쩌면 우리는 죽어가는 과정에 불과한 것인지 고민이 됐다.

사실 죽지 않을 이유를 찾은 것은 도처에 널린 죽고 싶은 이유들에 대한 반감이었다. 그런데 삶을 성실히 지속하는 사람들을 관찰하고 이러한 고민에 대해 물어본 결과는 "죽을 이유는 또 뭔데?"라는 답변으로 돌아왔다. 내겐 죽을 만한 이유들이 누군가에겐 아무렇지도 않았다는 사실은 어쩌면 내가 지금껏 잘못 바라보고 있었던 것일지도 모른다는 가능성을 가져왔다. 반대로 내가 살아야 할 이유를 발견한 순간들도 누군가에게는 공감받기 어렵고 이해하기 어려운 난해한 순간들이었다.

죽음과 삶의 적절한 균형 상태. 죽음을 이해하면서 삶을 받아들이는 상태. 어딘가에 쏠리지 않고 균형을 잡는 모습이 삶의 최선일까. 삶에 취해있는 사람들은 오만하다. 죽음에 빠져드는 사람들은 우울하다. 노력하지 않아도 살아있고 노력하지 않아도 죽는다. 굳이 앞당기지 않아도 우리는 충분히 적절한 속도로 죽는다.

반면 세포는 노력을 계속한다. 심장과 순환기관을 움직이며 살아있다. 그런데 그 움직임은 살아있음과 동시에 세포의 소멸로 향하기도 한다. 세포에게 살아있는 것은 곧 점차 죽어가고 있다는 것과 같은 뜻이다. 과연 사람은 어떨까? 사람은 수많은 세포로 이뤄진 집합체. 결국 온전한 죽음을 맞이하려면 충실히 살아야 한다는 뜻에 도달하게 된다. 동전의 양면과도 같은 삶과 죽음. 그러니 죽더라도 온전히, 충만하게 죽고 싶다. 그렇다면 삶 역시 충실하고 분명해야 할 것이다.

오늘의 죽지 않을 이유

잘 죽기 위해서 잘 삽니다.

감사하다는 말을 참 좋아한다. 누군가에게 도움이 되는 순간이 좋아, 그것을 일로 하는 삶을 꿈꿨다. 광고를 하는 이유도 어쨌든 도움의 관점이었다. 클라이언트의 위기 상황을 해결하는 사람. 그게 바로 내가 바라던 광고인의 모습이었다. 마음을 전하고, 진심을 전한다? 다 모르는 얘기였다. 그냥 나는 클라이언트를 돕는 슈퍼맨이다. 그것이 광고인이라고 느꼈다. 기업이 이윤을 창출하는 데 기여하고, 기업의 미션 수행을 막는 어려운 상황을 타개하는 그런 사람이 되고 싶었다.

"고마워요." 그 한마디가 마음에 그렇게도 남는다. 무언가를 이뤄낸 것보다 좋은 건, 누군가의 이뤄냄에 내가 묻어있을 때였다. 겨울밤, 릴보이의 곡 'credit'을 들으며 생각했다. 나도 누군가의 엔딩을 장식하고 싶다. 정중앙 말고, 작은 이름들 중 한 세 번째 정도의 무게로. 확실히 도움받았지만, 어느 정도였는지는 애매한 그런 책임. 내가 없어도 해낼 수 있었겠지만, 내가 있었기에 조금 더 수월할 수 있었다는 감상이 가장 고프다.

취준생 주제에 정신 차려보니 친구들의 자소서를 대신 써주고 있었다. 정신 차려보니 기업 분석을 대신하고 있었다. 정신 차려보니 나도 모르는 부분을 알려주기 위해 공부하고 있었다. 정신 차려보니 나만 빼고 모두를 취업시켰다. 정신 차려보니, 정신을 차리고 보니 휴대폰에 고맙다는 문자만 가득 쌓였다. 통장 잔고는 텅 비었다. 그래도 기뻤다.

"덕분에." 그 한마디에 참 많은 것들을 걸었다. 나의 밤낮을, 나의 여름을, 나의 겨울을 불특정 다수에게 헌신했다. "고마워요." 한마디를 듣기 위해서 나를 불태웠다. 그렇게 하지 않아도, 그렇게 될 일들이었다. 소수에게만 했어야 할 것을, 닿는 데까지 나눠주다가 빈 곳을 만들어 버린다. 결핍해서 원망하는 이들을 어찌 탓하나. 모이를 주던 행상이 사라진 비둘기들이 시민을 공격하는 것은 당연한 이치였다.

너무 많은 것들을 업고 싶었다. 나보다 큰 것들을 어깨에 이고, 그 위에 또 다른 기대감을 얹는다. 애초에 제로였어야 할 것들을 굳이 양자로 만들어 두고, 음수를 경험하게 만든다. 무의 상태였던 것을 괜히 가지게 만들고 빼앗아서 결핍과 상실을 준다. 그 원망을 받아낼 자신도 없으면서.

수험생 시절에 집에 와서 샤워를 할 때면, 거울에 비친 등에는 항상 피멍 자국이 가득했다. 다 풀지도 못할 노트와 문제집을 가방 가득 들고 다니던 14시간의 하루 일과. 부탁하지도 않은 가정의 미래를 무겁게 같이 메고 다녔다. 시간이 지나도 피멍 자국은 사라지지 않는다. 자꾸만 무언가를 메니까.

이제는 타투가 되어버린 자국을 가리기 위해 그 위로 자꾸만 무언가를 멘다. 가방으로 가리면 보이지 않을, 가방 탓을 해도 되는 자국들이 남았다. 한 사람의 인생을 메겠다는 과적의 욕심은 타투 역시 피부였음을 증명한다. 아프다. 너무 무거운 책임은 책임이 아니었다. 중압, 착각, 혹은 오만. 그러니 가방을 내려놓는 일이 우선이다. 다행이다. 현대의학이 문신을 지울 수 있어서.

오늘의 죽지 않을 이유

문신이 된 어깨의 자국을 지울 시간입니다.

281

매일 글을 쓰는 내게 친구 K가 꾸준함에 대해 물었다. 바로 대답할 수는 없었지만, 나는 "꾸준함을 위해 완전함을 놓았다"라고 답했다. 두 마리 토끼를 동시에 잡을 수 없듯, 꾸준하면서 완전한 것은 내게 어려운 일이었다. 무언가를 잡으려면 무언가는 놓을 수밖에 없다. 누군가는 두 마리까지 잡을 수 있겠지만, 나는 내 깜냥을 아는 연습이 필요했다.

손에 쥐고 놓지 않는 것. 이를 두고 어디서는 끈기라 부르고, 어디서는 불굴, 어디서는 집착이라 부른다. 쿨병 말기 환자로서 말해보자면, 어느 정도 선에서는 털어낼 수 있는 것도 용기라는 생각이다. 끈기, 불굴, 집착 모두가 동일선상에 있는 말이다. 다만 정도의 차이가 있을 뿐. 어디까지 가볼 것인지는 각자에게 달렸다. 너무 빨리 털어내면, 나처럼 쿨병 말기 환자가 되어버린다. 알다시피 쿨병에는 약도 없다.

사실 나에게도 무언가를 내려놓기란 쉽지 않다. 일에 대해서는 끈기까지 닿기 전에 포기하는 것 같지만, 관계에 대해서는 극단적이다. 테두리 바깥의 사람에게는 아무리 친해지려 해도 차가운 벽을 세우고, 테두리 안의 사람은 절대 놓지 못한다. 전자에게는 끈기가 부족하고, 후자에는 집착하는 이중적인 사람. 한 사람의 태도가 일관되기란 이토록 어렵다.

며칠째 출근길에 책을 읽지 못했다. 머리에 가사가 꽂혀서 자꾸만 아른거리기 때문이다. 다른 노래를 듣다가도 결국 릴보이의 '내일이 오면'으로 회귀한다.

"내일이 오면 사라져 버려질 것들에게 더 이상은 정을 주지 말자. 내일이 오면 아무 일 없던 것처럼 다 사라질 거야. 너무 걱정 말자."

원래는 더 쿨했던 것 같은데. 쉽게 놓을 수 있었던 것 같은데. 언젠가 쌓인 포기의 기억이 나를 채찍질한다. 수험 생활이었을까. '포기 자체가 틀린 건 아닌데. 그저 선택일 뿐인데'라는 생각은 자꾸만 도돌이표를 그린다.

"똥을 쥐고 있으면, 그게 똥인지 몰라. 꽃도 마찬가지야. 꽃을 쥐고 있으면 그게 꽃인지 몰라."

- 유튜버 알간지

즐겨보던 유튜버가 어제 말했다. 쥐고 있으면 알 수 없다. 나는 내가 쥐고 있던 것들의 가치를 냉철하게 바라볼 수 없었다. 소설 선생님도 말했다. 무언가에 취해있으면 상황을 객관적으로 보지 못한다고. 그럼 일기 같은 감상문이나 후일담이 되어버린다고. 상황을 묘사하는 기술은 무엇보다 차가운 시선에서 출발한다고.

만일 지금 쥐고 있는 것들이 나를 힘들게 한다면, 놓는 것이 더 나을 수 있다. 놓아봤더니 꽃이어서 슬플 수도 있다. 그러나 되돌릴 수 있는 것들은 없다. 놓거나, 계속 쥐고 있거나. 우리는 이 두 종류의 선택지를 마음에 품고 살아간다. 그렇지만 "더 이상 상처를 주긴 싫어"라는 릴보이의 노래 가사처럼, 나는 상처를 주는 선택만큼은 놓아버리고 싶다.

상처를 주지 않기 위해 돌봐야 할 것은 나부터다. 나를 괴롭히지 않는 것이 우선이라 느낀다. 지금의 꾸준함도 언젠간 꽃이 아닐 것임을 안다. 지나간 사람에 대한 기억도 추억도 그냥 사실만 남긴다. 사랑이었다. 혹은 즐거웠다. 혹은 깊은 전우애였다. 지나간 것들을 확대해석하지 않는다. 필요 이상의 비난도 하지 않는다. 굳이 상처를 주고 싶지는 않다. 비난의 말은 뱉으면 뱉을수록 내가 망가지는 느낌이라서.

손바닥을 홀-홀- 턴다. 쓸모없는 변호와 비난을 아예 지워버린다. 마음을 보내버린다. 감정을 쏟아서 버린다. '그냥 그랬었다'로 마무리 짓는다. 어떠한 감상도 어떠한 해석도 없는 차가운 사실. 사실은 적정온도인데, 괜히 뜨거워진 마음 탓에 차갑다고 느껴지는 그런 사실만 남긴다. 지우려고 노력하지도 않지만, 또 지워진다고 해도 상관은 없다. 깨끗이 손을 씻으며 새로운 꽃을 담기 위한 예의를 갖출 뿐이다.

오늘의 죽지 않을 이유

난 우울들을 다 보내버리고, 새로운 내일을 맞이하고 싶다.

　트레이닝복을 찾기 위해 옷장을 뒤적거렸다. 어디에다 뒀더라. 맨 아래 머플러가 놓여있다. '익숙한데… 이거 언제 샀지?' 아, 맞다. 지금은 멀어진 친구가 내게 준 선물이었다. 만난 지 얼마 안 됐을 때 내게 건넨 따뜻한 선물. 그런 사람이었지. 머플러처럼 따뜻한 온기가 되어줬던 사람. 받은 순간의 기억은 얄궂게도 흐릿하다.

　항상 이런 식이다. 받은 것들을 잘 기억하지 못한다. 100을 받으면 10도 기억하기 힘든 게 사람이라지만, 나는 한 3쯤 되는 것 같다. 농담처럼 건넨 '배은망덕'이라는 소리도 어느 정도 맞는 듯하다. 남들에게는 감사한 존재로 기억되고 싶으면서도 받은 것들에 대한 감사는 승화시켜 버린다.

　"마음의 곳간이 비어서 나눠줄 게 없는 느낌이야." 동료가 내게 말했다. 무언가를 나누기에 가진 것들이 없다고 느껴진다고. 받은 것들만 따지게 되는 자신이 미우면서도, 받은 게 없다는 생각에 마음이 아프다고 한다. 어리광이라고 상대하며 혀를 끌끌 찼는데, 돌아보니 나는 나에게 곳간이 있는 줄도 모르고 살았다.

존중에 대해 이야기한 적이 있다. 결국 존중받기 위해 존중하는 것이라면, 이기적인 마음을 인정하고 받아들여야 한다고. 나는 받기 위해 주는 것을 좋아하는 사람 같아서 머리가 지끈거렸다. 받기 위해 주는 것이었다면, 결국 받은 것은 왜 기억하지 못하는지. 까맣게 잊고 있던 것들이 머리에 하나둘씩 피어났다.

갑작스러운 포자의 증폭처럼 그간 받아온 것들이 머리를 가득 채운다. 항상 결핍하다고 생각했는데, 주머니가 꽤 무겁다. 잊고 있던 것들이 상기되며 무게감이 느껴진다. 제대로 둘러메지 않으면 주저앉고 말 것이다. 그간 받아왔던 사랑, 관심, 애정, 친근감을 만지작거린다. 주머니에서 손을 빼고 받은 것들의 무게를 느끼며 달리기를 시작했다.

그래, 더 많이 받고 싶었다. 더 많이 가지고 싶었다. 항상 없는 것들만 생각했다. 항상 가지지 못한 것들만 생각했다. 눈앞에 행복을 두고 있으면서도, 눈앞에 영광을 지니고 있으면서도, 눈앞에 즐거움을 쥐고 있으면서도 더 높은 곳으로 손을 뻗었다. 위에서 보니, 손바닥이 얼굴을 가린다. 그저 욕망만 남은 채 자아가 사라진 모양 같아 우습다.

"다들 오해하는 게, 성장한다는 것이 무언가를 더하는 일이라고 생각하는 거예요. 사실 성장은 무언가를 제거하는 일이거든요."

한강에서 친구가 내게 건넨 문장에 귀가 달아올랐다. 나는 주머니가 터지는 줄도 모르고 계속해서 무언가를 채워 넣었고, 결국 밑 빠진 독이 되었다. 적당량이라는 말이 얼마나 중요한지 매일을 깨달으면서도, 나태한 합리화라 생각하면서 욕심을 놓지 못했다. 요즘의 깨달음은 과거를 부수는 데서 출발한다. 놓지 못하니 갖지 못했다. 가진 것을 알지 못하니 계속해서 원하게 됐다.

사실은 충분했는데. 차고도 넘쳤는데. 닿지도 못할 이상을 좇으며 현실을 결핍이라 불렀다. 성장이라 부르며 비대해졌다.

당연이라 부르며 탐욕을 합리화했다. 에베레스트 근처에 정상이라는 깃발을 꽂아놓고 기준이라 불렀다. 궁핍, 결핍, 열등 같은 측정도 안 되는 것들로 나를 설명하고자 했다. 나는 어떤 싸움을 하고 있던 것일까. 나는 어떤 것들을 채우고 있던 것일까.

오늘은 페이스가 느린 친구에게 맞춘 덕분에 주위를 둘러보며 뛸 수 있었다. 맑고 청명한 하늘과 잔잔하게 흔들리며 하늘을 비추는 한강, 앙상하지만 공간을 채우며 굳건히 서있는 가로수들, 오고 가며 눈인사를 주고받는 또 다른 러너들, 그리고 같이 보폭을 맞춰 뛰고 있는 친구들까지. 얼마나 아름다운 것들이 도처에 널려있는지 깨달았다. 딱히 낭만적인 감상은 아니었음에도 주위에 행복과 즐거움이 가득했다.

그런가 하면, 두 다리는 얼마나 건강한가. 12km를 내내 뛰어도 기분 좋은 근육통만 있을 뿐이다. 마스크 사이로 들어차는 공기가 상쾌하다. 좋진 않지만 세상의 풍경을 명확하게 볼 수 있는 눈이 있다. 바람의 소리를 듣고 느낄 수 있는 두 귀와 피부가 있다. 손을 벌리고 한강 바람을 온몸으로 맞이했다. 나는 가진 게 너무나도 많았다. 길게 늘어졌던 주머니의 구멍이 메꿔지는 기분이었다.

미련과 집착은 잔디에 묻어두고 부정과 우울을 강 하류에 떠웠다. 열등과 궁핍은 바람에 태워 멀리 보내버렸다. 이제는 행낭이 늘어나지 않아도 충분하다. 단단히 묶고 어깨에 짊어졌다. 적절한 무게감이 허리를 펴준다. 적당한 긴장감이 계속 뛸 수 있게 만들어 준다. 내일의 장사를 준비하는 보부상의 마음으로 감당할 수 있을 만큼의 짐을 든다.

나는 이 정도가 딱 좋다. 너무 많은 짐은 나를 주저앉힐 테고, 또 너무 적으면 부족하다 느낄 것이다. 적당량을 찾는 데 꼬박 30년이 걸렸다. 물론 내일의 행낭은 또 달라질 수도 있다. 그럼에도 한 가지 확실한 것이 있다면, 이전처럼 많이 원하지 않아도 행복하다는 것. 감당할 수 있는 것들만 바라는 데 이전보다 가진 것들이 많다고 느끼는 것까지. 그간 명찰을 달아주지 못한 행복들을 하나하나 불러본다. "받은 것들이 참 많구나. 그러니 더 원하지 않아도 괜찮겠구나." 그렇게도 받고 싶던 감사를 내가 먼저 하게 될 줄이야.

오늘의 죽지 않을 이유

감사하고 행복할 일들이 너무 많다.

"지금의 속도를 편안하게 느낄 때까지 적응해 보자. 컨디션이 좋다고 갑자기 속도를 높이지 말고. 참는 것도 훈련이야. 지금 속도가 걷는 것처럼 느껴질 때까지, 절대 치고 나가지 마. 그렇지만 멈추지도 마. 한번 걷기 시작하는 순간, 계속 걷고 싶게 될 거야. 우리가 지금 뛰는 속도가 몸이 낼 수 있는 최고로 낮은 속도라고 학습될 때까지 유지하는 거야."

달리기를 처음 해보는 친구에게 내가 해준 말이다. 달리기를 처음 할 때, 생각보다 괜찮은 컨디션에 '더 빨리 뛰어볼까?'라는 생각이 들 때가 있다. 그래서 속도를 높이게 되면 잠깐은 괜찮다가 여지없이 지치게 된다. 방심한 것이다. 긴장을 늦추고 힘을 뺄 때만 생기는 게 아니라, 너무나 힘을 줄 때도 생기는 마음이 방심이다. 적정선을 지키지 못하면 지속할 수 없다는 것을 달리기는 가르쳐 준다.

친구는 어느 정도 꾸준히 달리더니, "형, 속도 좀 내볼까요?" 하고 물었다. 나는 "아니"라고 딱 잘라 말했다. 지금의 평균 속도로 5km를 꾸준히 달릴 수 있다면 다음엔 조금 더 빨리 달려도 되겠지만, 친구에겐 아직 그런 경험이 없었다. 한마디로 자가 체크가 되지 않는 상황. 무리하면 오래 뛸 수 없다고, 오늘의 러닝은 몸을 학습시키는 데 있다고 말하며 그를 만류했다.

"오늘 에너지를 100% 다 소진해서 내일 뛰지 못하는 것보다, 오늘 70%, 내일 70%의 기량으로 꾸준히 뛰는 것을 중요하게 생각해."

무언가 소진해 버리면 질리게 되는데, 이를 방지하기 위해 아쉬움을 남겨두는 일이다. 무리하지 않고 꾸준히 달리면, 총합 40%의 상승효과가 있다고 그에게 말했다. 나의 경우 달리기 강도의 적절한 밸런스를 70:30으로 정했다. 오늘 70%만큼 뛰고 30%를 남겨두면, 내일도 뛸 수 있게 된다. 내가 비록 오늘이 마지막인 것처럼 살기는 해도, 내일이 없을 거라는 생각은 하지 않는다. 아쉬움은 지속할 수 있는 강력한 이유가 된다며 그를 독려했다.

"달리기가 즐거운 이유는 경쟁하지 않는 데 있어. 지는 걸 좋아하는 사람이 어딨겠냐만, 나는 이기는 것에서 엄청난 쾌감을 느꼈던 사람이야. 다만 비용을 고려하지 못한 것이지. 주로 건강이나 관계를 망쳤어. 승리라는 단 꿀에 젖어서 과정에서 많은 것들을 떠나보내고 나니, 경쟁이 너무나도 싫더라. 그러면서도 경쟁을 하고 있는 모습이 징그럽고. 그래서 혼자 하는 일들을 찾아 나섰고, 그중 하나가 바로 달리기였어.

처음에는 '어제의 나를 이겨야지'라고 생각했어. 근데 그것조차 무의미한 것 같더라고. 달리면 달릴수록 그저 바람을 느끼면서 뛸 수 있는 만큼 뛰는 게 즐겁더라고. 그저 뛰는 것만으로 즐거울 수 있다는 감정이 너무 낯설면서도 설레더라. 이 감정을 이제라도 안 것이 행운이지."

달리기는 경쟁하지 않고도 행복할 수 있다는 것을 알려준다. 물론 대회나 기록 측정은 가능하지만, 일반인의 러닝은 적어도 경쟁을 추구하지 않는다. 뛸 수 있는 만큼만 뛰면 된다. 어제의 나보다 잘하자는 압박도 필요 없다. 어제는 10km를 뛰었는데, 오늘은 뛰고 싶지 않다면 조금 덜 뛰어도 괜찮다.

나의 경우는 달리기를 하며 명상과 같은 효과를 누린다. 호흡에 집중하고 전방의 하늘을 보며 뛴다. 주위를 둘러보기도 하고, 지나가는 러너들과 눈빛을 교환하기도 한다. 중간에 승부욕을 섞는 사람들도 있지만 대부분은 웃으며 화답한다. '러너'라는 동질감이 있는 것이다. 러너들은 안다. '그저 뛰는 것'이 얼마나 행복한지를. 두 다리를 적셔오는 근육통이 생동의 증거라고 느끼는 것이다.

"먼저 가셔도 돼요. 괜히 형 운동 안 되실 것 같아서요."

느린 속도로 맞추고 있는 내게 친구가 말했다.

"달리는 것 자체만으로도 충분한 운동이니 괜찮아. 나는 달리는 게 중요한 거지, 얼마나 빠른 속도로 달리는지는 크게 중요하지 않아."

위로를 하려던 건 아니었지만, 그 뒤로 친구가 나에게 먼저 가라고 하는 일은 없었다. 우리는 묵묵히, 가끔은 농담을 던지면서, 한강의 넘실거림을 박자 삼아 허벅지를 들어 올렸다.

"하늘을 보자. 가끔은 넘실거리는 강물을 바라봐도 좋아. 석양이 아름답잖아. 그렇지만 바닥을 보지는 말자. 무게중심이 쏠리는 것도 있지만, 달릴 때 바닥을 보면 부딪히게 돼. 달리기는 앞을 보는 운동이니까, 우리는 나아가는 데 집중하자. 자꾸 발이 끌린다는 건. 허벅지를 들지 않아서야. 달리기는 앞으로 간다기보다는 15도 정도의 각도로 위를 향하는 운동이야. 들어 올리자. 끌려가지 말고. 내 힘으로 나아가자. 위로. 위로."

달리기를 하며, 가장 중요시하는 것은 하늘을 보는 것이다. 지치고 힘들면 사람은 자꾸만 땅을 보게 된다. 그러면 머리가 앞으로 고꾸라지고 몸의 평형을 잃어 허벅지를 차올리기 어려워진다. 자꾸만 발이 끌리고 무릎이 상하게 되는 것이다. 근육을 소모하면 근육이 재생되면서 더 강력해지지만, 관절은 소모하면 다시 생겨나지 않고 그대로 마모된다. 나는 달리기를 통해 더 건강해지고 강해짐을 느낀다.

정신적인 이유도 있다. 오랜 시간을 달리면, 지치고 힘들어서 잡념이 사라진다. 단순히 쉬고 싶다는 생각이 들거나, 호흡이 가빠온다는 생각이 든다. 그럴 때 하늘을 보면 서술하기 어려운 황홀함에 젖어 들게 된다. 지나가는 강물도 커다란 충격으로 다가온다. 주마등이 대부분 과거의 사소한 기억들로 도배된다는 것처럼, 극한의 상황을 맞이하면 당연한 것들이 더욱 크게 다가온다. 평소에는 상기하지도 못했던 호흡에 집중하는 것처럼, 매일 그 자리에 있던 하늘의 아름다움에 감복하게 되는 것이다. 참 감사한 마음이 든다.

반환점을 돌아오는 길, 앞만 보느라 놓치고 있던 뒤쪽의 풍경을 달렸다.

"새롭게 느껴지지? 이게 반환점의 매력 같아. 같은 곳인데 전혀 새롭게 느껴진다?"

같은 하늘 같지만 다르고, 같은 강물의 너울거림이지만 다르다. 같지만 다른 것들의 소중함을 반환점을 돌며 경험한다.

"정말 거의 다 왔어. 다 왔다, 다 왔다 하며 속이려고 해도 속일 수 없을 만큼. 멀리 보이던 63빌딩이 지금 옆으로 지나가고 있잖아. 이렇게까지 달려본 적이 없었지? 이미 넌 성공한 거야. 지금까지 달려와 줘서 고마워. 조금만 더 달려서 같이 목표 지점까지 가보자. 아직 더 달릴 수 있다는 걸 너도 알 거야. 힘들긴

하지만, 지금의 속도가 걷는 것처럼 느껴질 때가 됐거든."

목표 지점에 다다른 순간이었다. 친구는 이제 더 이상 발을 끌지도 땅바닥을 보지도 않는다. 오래 뛰면 뛸수록 더 바른 자세로 더 빠른 속도로 지속할 수 있었다. 달리기란 게 참 신기하다. 한계라고 생각한 지점들이 결코 한계가 아니라는 것을 경험하게 만든다. 한계에 도전하는 스포츠라는 것은 이런 의미가 있다. 그리고 그 과정에서 고통이 아닌 즐거움도 있다는 것을 달리기가 알려준다.

"마지막 스퍼트, 우리 한번 속도를 높여볼까? 무릎이 아플 정도로는 말고, 지금까지 아껴왔던 힘을 조금만 더 내서 달려보자. 시원한 바람을 느낄 수 있을 만큼, 딱 그 정도로만. 만약 아플 것 같으면, 바로 속도를 원래대로 돌리면 돼. 그럼 지금부터 신나게 달려보는 거야."

나머지 200m를 신나게 전력 질주했다. 아무리 꾸준히 달려왔다고 해도 달리기는 분명 힘이 든 일이다. 어느새 허벅지가 단단해졌다.

"우리가 몇 km나 뛰었는지 알면 기분 되게 좋을걸? 12km 뛰었어. 잘했다."

기록을 재고 있던 다른 친구가 말했다. 누군가에겐 아무렇지 않은 거리겠지만, 내 친구에게는 처음 뛰어본 거리다. 집으로 가는 길에 근육통이 올라왔다. 계단을 내려갈 때마다 뒤뚱거리는 모습이 마치 펭귄 같아서 누구 하나 멈추지 않고 계속 웃었다. 아프고 저릿저릿하면서도, 기분 좋은 고통. 단단한 근육이 될 거라는 이 확신이 내일도 우리를 뛰게 할 것이다.

페이스를 만들어줌으로써 완주가 가능했던 것처럼, 사람을 움직이는 데 필요한 건 끌어주는 힘보다는 함께하는 힘이다. 앞서거나 뒤서거나 할 필요도 없이, 우리만의 속도로 공명하는 것. 사람을 견인하는 방법은 다르다.

오늘의 죽지 않을 이유

내일도 달리는 겁니다.

298

무리를 해서 막판 스퍼트를 낸 탓일까. 결국 이 사달이 났다. 발바닥 근육에 건염이 나버린 것. 조금만 걸어도 무게감에 통증이 올라온다. 바깥다리를 타고 올라오는 고통의 상승곡선에서 중력을 원망했다. 발바닥이 버텨내는 하중에 대해서 몸소 체험하는 시간이었다.

세 걸음을 걸으면 보통 한 걸음은 절뚝거린다. 반대편인 오른 다리에 하중이 실린다. 안 그래도 팽창돼 있던 허벅지는 마를 새가 없다. 피가 근육을 가득 채웠다. 고통을 피해 오른쪽에 힘을 주고 다니니, 자꾸만 넘어진다. 균형이 주는 안정감을 이렇게 알아차린다. 일어서다가 삐끗, 앉다가 삐끗할 때마다 무의식적으로 왼발에 힘을 주고, 발바닥이 펴지는 순간 느껴지는 고통의 전염은 내 상태를 실감하게 만든다. 무슨 드라마에서는 암세포도 세포라던데, 나 살자고 이것들을 떨쳐낼 수 있다면 이까짓 근육 덩어리 조금은 잘라내고 싶은 정도였다.

붕대를 해볼까 싶었는데 소용이 없다. 발바닥이라 걷기만 해도 고통이 전해진다. 괜찮은 줄 알았는데, 양말을 벗다가 중심을 잃었다. 넘어져서 데굴데굴 구를 정도로 발바닥이 아파져 온다. 허벅지까지 올라오는 찌릿함. 적당한 근육통은 쾌감이 되기도 하지만, 이건 선을 넘었다. 회사에서 선에 대해 이야기를 나눈 시간이 떠오른다.

다리가 아프니 모든 면에서 서두르게 된다. 자칫하면 늦기 때문이다. 커피를 사러 가는 길, 회의를 하러 이동하는 순간에도 의식적으로 걸음을 빠르게 옮겼다. 다행히 동료들 틈에 있다는 이유만으로 고통을 잠시 잊은 순간도 있다. 러너들에게 '러너스 하이'가 있다면 나한테는 '피플스 하이'가 있는지도 모르겠다. 집으로 돌아오는 버스에 올라타며 무의식적으로 왼발에 힘을 줬다가 바로 넘어질 뻔했다. 가까스로 입술을 꽉 깨물며 비명을 눌렀다. 마스크를 쓰고 있어 다행이었다.

횡단보도를 건널 때는 조급함에 걸음을 서둘렀다. 금세 신호가 바뀔까 봐. 왼발에 신경을 집중하고, 오른발은 깨금발로 디디며 달리듯이 걸었다. 무게 중심이 안 잡히니, 파드닥파드닥 팔을 허우적대며 걸을 수밖에 없었다. 죽기 직전의 병아리처럼 팔딱팔딱. 건널목을 다 건널 때쯤이었나 우연히 바라본 신호 표시등에는 10이라는 숫자가 적혀있었다. 그랬구나, 아직 10초나 남아있었다.

조급함. 빠르게 처리하는 일이 능사라고 생각했다. 빠르게 결과를 보여줄 수 있었고, 나 역시 결과를 빠르게 보고 싶었다. 결과는 안심을 주니까. 공부도, 시험도, 공모전도 그리고 관계도 마찬가지였다. 단기간 내에 보여줄 수 있는 성과에 집착했다. 누군가에겐 효율적으로 보였겠지만, 사실 그 안에 있던 것은 두려움이었다. 증거를 자꾸만 수집했다. 자격증을 긁어모으고 시험 점수에 매달렸다. 친구라는 호칭이 중요했고, 상대로부터 받은 좋아요가 중요했고, 연인이라는 인증이 더 중요한 조급한 삶. 언젠가 잃어버리거나 떠나보내게 될까 봐 스크루지처럼 눈앞의 일들만 긁어모은다. 그렇게 망친 시험, 그렇게 망친 관계들까지 속을 훑고 지나간다. 금세 마음이 짭조름해졌다. 그 저변에는 무언가를 가지고 싶다는 욕망과, 무언가를 놓치기 싫다는 두려움이 비벼져 있을 것이다.

거의 다 건넌 횡단보도에서 핸드폰을 들어 사진을 찍었다. 아직 10초나 남았다고. 조금 더 천천히 여유롭게 걸어도 된다고. 무리하지 않아도 된다고 스스로를 다독이며 건널목을 건넜다. 천천히 천천히, 줄어드는 숫자에 딱 맞춰 인도에 올랐다. 아, 다리를 조금 절뚝거려도 괜찮았구나. 나는 기한도 모른 채 빨리해 내려고만 했는데. 그렇게 항상 많은 것을 놓쳤다. 놓치기 싫어서 조급했더니 더 많이 놓치는 아이러니. 참 많이 놓쳐봐도 잘 안되는 일이다.

오늘의 죽지 않을 이유

아직 충분한 시간이 남아있다.

업무 수주를 위해 회사에서 견적서를 만들었다. 새로운 사업을 수주하는 기쁨의 순간. 우리는 업계 평균보다 조금 낮은 가격으로 승부수를 띄웠다. 몇 개의 회사를 알아보며 평균가를 추정했다. 가만있어 보자. 서너 개 회사의 평균치를 업계 평균이라 부를 수 있을까?

그럼에도 업계 평균이라는 단어는 꽤 유용했다. 우리의 가격적 강점을 군이 설명하지 않아도 "평균보다 쌉니다" 한마디면 충분했다. 그러면서도 지금껏 나는 모든 경우를 따져보지 못했고, 경우의 수를 파악조차 못 한 것이 부끄러웠다. 분명 모든 경우의 합을 경우의 수로 나눈 것을 평균이라 배웠으니까.

수많은 견적을 내며 어느 한 번도 제대로 된 평균을 알아본 적은 없었다. 평균이라는 말을 쓸 수 없었음에도 '그런 것으로' 치부하고 있었다. 대략 그럴 만한 것을 평균이라 불렀다. 명확

303

히 계산해 본 적도 없으면서 말이다. 사실 평균이 되어본 적도 없다. 평균 나이에 취업을 한 적도, 평균 저축액만큼 저축을 해본 적도, 견적서를 내며 정확히 업계 평균을 지켜본 적도 없었다. 넘거나 모자라거나, 둘 중 하나였던 일이다.

평균의 다른 말은 기댓값이다. 나는 평균적인 상황을 기대하고 있었는지도 모르겠다. 예측 가능한, 그래서 안정적인 평균적인 삶. 내가 기대한 것은 어쩌면 평균이 아닌 평범함이라는 유토피아.

오늘의 죽지 않을 이유

평균 수명까지 아직 많이 남았습니다.

'사이펀 효과'라는 말이 있다. 원리를 설명할 수도 있지만, 귀찮으니 편의상 '관을 이용해서 두 공간의 유체를 흐르게 하는 방법'이라고만 간단히 설명한다. 사이펀 효과는 유체의 흐름을 만드는 일이다. 한번 흐르기 시작한 유체의 흐름은 유체가 소진될 때까지 멈추지 않는다.

친구는 우울증을 겪으며 매일을 누워서 지냈다고 한다. 우울증에 걸린 사람이라면 마땅히 그럴 것이다. 포근함이 필요한 것이니까. 중력조차 감당하기 힘든 무기력. 기대고 싶은 이유는 어쩌면 당연했다. 힘이 없으면 자꾸만 땅으로 꺼지니까. 질량은 절대적이나 무게는 상대적이다. 세상이라는 혼합물 중 가장 무거운 건 힘없는 자의 몸이었다.

술에 취한 사람이 가장 무겁다는 이야기가 있다. 그중에서도 싫어하는 사람이 술에 취했을 때가 가장 무겁다고 한다. 술에 취해서 힘이 없고, 그 사람을 들어야 할 의지가 없으니 어떤 힘도 중력에 저항하지 못하는 것이다.

나 또한 울적한 기분이 들 때면 당연히 누워있고, 혼자 있어야 한다고 생각했다. 아무도 없는 곳에서 혼자 무게감을 느끼며 그 상황을 마주해야 한다고 생각했으니까. 밑바닥을 만져보지 않으면 올라설 수 없다는 말이 나를 가득 채웠다. 밑바닥에 닿아야 올라설 수 있다는 격언을 어디서 봤는지 몰라도 밑바닥이 중요하다고 생각한 것이다.

밑바닥. "이제는 오를 일뿐이야." 흔한 위로를 대충 믿다가 자꾸만 밑바닥으로 가는 것이었다. 반등을 위해서는 밑바닥을 찍는 게 우선이라는 인과의 오류. 마주해 보니 밑바닥이란 건 끝이 없다. 파고들면 내핵까지 가는 일도 그리 어렵지는 않았다. 그러면서도 발을 디디고 올라서기로 하면 또 디딜 곳은 그렇게 많았다. 의식하면 디뎌지고, 의식하지 않으면 떨어지는 게 마음의 밑바닥이다.

감정도 사이펀 효과가 적용되는 것일까. 한번 감정이 흐르기 시작하면 의식하더라도 흐름을 멈출 수 없었다. 기쁨이든 우울이든 흐름을 끊는 일은 보통 일이 아니다. 사이펀처럼 우리는 계속해서 감정을 받아들인다. 세상에 존재하는 감정의 유체가 다 소진될 때까지. 세상이란 비커와 나라는 비커의 사이펀, 가끔 터질 듯한 감정을 느끼는 이유는 그런 게 아닐까 생각한다.

그러나 나는 감정의 흐름을 당연하게 받아들이자고 말하는 것이 아니다. 감정은 우리를 풍족하게 하지만, 가끔은 넘치게 하므로 적절한 조절이 필요했다. 사이펀은 친절하게도 흐름을 멈추는 방법도 가르쳐 주었다.

감정이 필요 이상으로 지속된다고 느껴질 땐 몸을 일으킨다. 자꾸만 높은 곳으로 움직인다. 세상의 감정이 내게 옮겨지지 못하게 나의 감정의 위상을 높이는 것이다. 산을 오르지 않아도 괜찮다. 높은 곳에서 바라보는 야경도 괜찮고 간단하게는 일단 자리에서 일어나는 것도 괜찮다. 숨을 끌어올리거나, 호흡을 끌어올리는 일도 괜찮다. 올리는 것이다. 나를 올리면 감정이 흐르지 않는다는 걸 몸소 배웠다.

나는 단순하지 못해서 길을 걸으면서도 수많은 변수들을 마주하곤 한다. 물론 그 덕에 많은 것들을 이루며 살아왔지만, 그와 동시에 세상에 들이찬 불안들을 남들보다 크게 느끼기도 했다. 눈앞의 모든 것들이 변수로 느껴졌기 때문이다. 가만히 있어도 불안해지고 우울해지는 태생적 소심함을 가지고 있다. 그렇지만 나도 열심히 감정을 컨트롤하기 위해 노력하고 있다. 가끔은 실패하지만, 대부분의 경우는 성공할 수 있었다. 모자란 나도 했으니 당신도 충분히 할 수 있을 것이다.

오늘의 죽지 않을 이유

감정에 지지 맙시다.

감정에 취해버린 놈들은 죄다 그런 식이다. 아파하지 않으면 아픈 줄을 모른다. 말하지 않으면 당연히 알 수 없겠지. 하지만, 아프다고 소리치는 사람들을 달래느라 진짜 아픈 사람이 누구인지는 알아보려 하지도 않는다. 소리 내지 않으면 먹이를 주지 않는 아기 새의 경쟁처럼, 우느라 경쟁하고 앉아있다. 표현의 경쟁을 하는 것이다. 차라리 그 시간에 문제를 해결하거나, 차라리 그 시간에 문제를 진단하는 편이 더 나을 텐데. 표현하고 아파하며 서로의 아픔을 칭송하고 앉아있다.

아픈 사람을 외면하지 말아야 한다. 누구도 외면한 적 없다. 하지만 아프다고 소리치는 사람이 무조건 아픈 것은 아니다. 달래주는 것에 중독돼서 달래주는 사람들을 자꾸만 찾는다. 더 많은 위로를 받고 싶어서 더 힘들고 슬픈 표현을 만들어 낸다. 마약중독자들이 따로 없다. 표현에 중독된 채 아무것도 하지 않는 앰프형 인간들. 그들은 그저 자신의 음량과 음질을 높이는 데만 집중하고 있다. 정말로 고맙습니다. 덕분에 세상에 조금 더 썩어나가고 있습니다. 인류의 종말을 앞당겨 주셔서 감사합니다.

제발 문제를 봐라. 제발 피하지 말고 부딪혀라. 제발 도망만 다니면서 그만 괴롭히라고 하지 말아라. 누가 누구를 괴롭히고 있는 것인가. 문제는 피하는 동안 곪아버렸고 이제는 수술 시기를 놓쳐서 시한부가 됐다. 본인이 괴로운 것만 생각하느라, 본인이 괴롭게 한 것들은 보기 좋게 무시해 버린다. 괴롭힌다고 피해 다니는 당신이 마스크를 벗은 채 소리치며 돌아다니는 코로나19 환자와 다른 게 무엇인가. 개성이라는 보기 좋은 위장술을 갖다 붙여서 전염병을 퍼뜨리고 다니는 개인주의자일 뿐이다. 아니 개인주의도 그렇게까지 무심하지는 않다. 당신은 그냥 전염병 그 자체다. 각오해라. 나는 박멸하거나, 박멸당할 각오로 싸울 것이다.

위로도 지쳤다. 아니 위로해 봤자 나아지는 건 없고 나까지 감정 중독자가 되어버린다. 이제는 지나가는 눈빛만 봐도 마음이 아려서 일을 못 할 지경이다. 당신들이 한 게 가스라이팅이다. 감정을 무기 삼아 인간의 타당성을 주장하면서 남의 삶을 틀린 것으로 만들어 버리는 행위. 개인주의가 그렇게 좋으면 무인도에 살 것이지. 닳아놓고 닳은 적 없다고 하고, 묻혀놓고 묻힌 적 없다고 말한다. 무책임한 걸 피하기 위해서 개인과 개성이란 말을 함부로 갖다 대지 말아라. 귀한 표현이 썩는다. 그 소중하고 고귀한 단어를 자신의 무책임을 가리는 옷감으로 쓰지 말아라. 더 이상 따뜻한 말로 불필요한 상징을 이어가고 싶지 않다. 썩은 것들을 도려낼 줄 아는 것도 용기다.

오늘의 죽지 않을 이유

가스를 걷어내고 썩은 것들을 도려낼 것입니다.

있잖아, 나는 겨울이 참 마음에 남는다. 단지 겨울에 태어났다는 이유만은 아닐 거야. 낮이 짧은 겨울에는 조금 덜 뜨거울 수 있어서 좋아. 밤이 길어진다는 건 생각할 시간이 많아진다는 뜻이거든. 밤에는 활동을 멈추라는 말도 있잖니. 생각할 시간이 많아져서 참 좋아. 잠잠한 기운과 어스름한 별빛을 관찰할 수 있는 시간이 늘어나거든. 분노, 슬픔, 증오 같은 것들을 달빛에 비춰 확인하곤 해. 명경지수라고 했던가. 겨울밤은 드러나지 않던 것들을 드러나게 해. 결국 숨길 수 없던 것들을 인정하게 해. 물결조차 흐르지 않는 투명한 마음을 드러낼 새벽이 길어지는 겨울. 추울수록 더 헐벗게 되는 계절이야.

겨울에 내리는 비는 또 얼마나 추잡스럽니. 잘 마르지도 않더라. 추적추적, 겨울비만이 가질 수 있는 질척함이야. 끝끝내 남고야 말겠다는 미련을 담은 물방울이 고인의 한을 담은 것 같아. 그렇지만 겨울은 그들을 품기로 작정한 것처럼 그대로

얼려버린다? 그 결정들이 깨질 수는 있겠지만, 빗방울이 남긴 흔적만큼은 확인시켜 주는 것이지. 여름은 자비가 없어. 다 증발시켜 버리니까. 여름이 가진 쿨함이 나는 어지럽곤 해. 증발한 물방울 중 몇몇만이 겨우 구름이 될 수 있을 텐데. 겨울은 그래도 붙잡아 보는 거야. 고드름의 뾰족함, 빙판길의 흐트러짐을 견뎌내는 겨울의 차가운 마음은 어떤 의미를 가지고 있을까? 눈도, 비도, 낙엽도 자꾸만 쌓아두니까. 그러니 겨울은 버리지 못하는 미련의 계절이야.

겨울이라 할 수 있는 것들을 생각해. 버스에서 내렸을 때 안경에 서린 김 때문에 눈이 머는 일. 거리에서 넘어지려 할 때 붙잡을 구석을 찾는 일. 따뜻한 온기를 찾는 일. 어제, 내린 눈을 뭉치던 기억, 불완전해야 잘 뭉쳐지는 눈 결정처럼, 불완전하기에 엮일 수 있는 사람들을 생각해. 장갑을 벗고 뭉치니까 조금 낫더라. 아마도 온기가 필요했었나 봐. 나는 겨울인데도 겨울이 그립다. 단지 겨울에 태어났다는 이유만은 아닐 거야.

오늘의 죽지 않을 이유

따뜻한 겨울입니다.

현관에 삐비비-빅 하고 잠금장치가 열리는 소리가 들리면, 나는 문을 열고 거실로 나온다. 하루도 놓친 적이 없다. 내 방이 현관에서 가장 가깝기 때문이기도 하지만, 주로 가족들의 짐을 나눠 들기 위해서였다. 어머니는 주로 내일 먹을 반찬을, 동생은 한동안 쟁여둘 간식을 가져오곤 했다. 그런데 오늘은 엄마도, 동생도 아닌 아버지였다. 아버지가 무언가를 들고 온 것은 오늘이 처음이었다.

삐비비-빅. 자연스러운 소리에 습관처럼 거실로 나왔다. 목소리는 익숙했지만, 낯선 그림이었다. 아버지는 양손 가득 아이스 아메리카노를 챙겨 오셨다. "아빠가 커피 사 왔다?" 자랑하고 싶어 하시는 마음이 느껴져서, 감사하다고 조금 오버해서 대답했다.

사실 아버지는 카페를 가본 적이 거의 없다. 식구들 손에 이

끌려 카페에 앉아본 지는 몇 해가 되었지만, 아직도 혼자서 주문을 하기는 어려워하신다. 굳이 아버지가 어려움을 느낄 필요는 없으니 주로 나와 동생이 주문을 했다. 아버지의 메뉴 또한 '항상 먹던 거'였을 뿐이니까.

그런 아버지가 음료 4잔을 캐리어에 담아 소중히 들고 오셨다. 발음도 익숙지 않아 하시는 '아이스 아메리카노 4잔'. 카페에 방문하는 것이 아버지에겐 낯설었을 것이다. 가만히 앉아있으면 직원이 주문을 받으러 오는 식당에 익숙해서 푸드 코트도 낯설어하는 분이셨다. 그런 아버지가 커피 4잔을 가져오셨다니.

나에게는 아무렇지 않은 일이지만, 누군가에겐 어려운 일이 있다. 커피를 사 오는 일이 꼭 그렇다는 것은 아니지만 아버지에게는 어려웠을지도 모른다는 생각이 들었다. 다행히 크게 어려운 일이 아니었다고 해도, 아버지가 커피를 사 온 적은 처음이니까 그건 그런대로 의미가 있다. 크리스마스에 케이크 한 번을 사 온 적이 없던 분이 커피를 사 오셨다. 서툴지만, 아버지도 조금씩 변하려고 노력하고 계신다. 나는 그 노력을 천천히 음미했다.

방 안에 앉아 주위를 둘러봤다. 나를 둘러싼 작은 것들. 그 작은 것들이 얼마나 큰마음을 담고 있는지 전혀 가늠하지 못했었다. 감히 껍데기만 봐왔던 게 아닐까 싶은 생각에 조용히 얼음을 몇 개 씹었다.

오늘의 죽지 않을 이유

내일은 무엇을 사 오실까요?

새벽녘, 직원들을 보내고 남은 사무실. 고요히 앉아 책상들을 살핀다. 수많은 메모와 기록들. 오늘 하루를 열심히 살아준 사람들에 대해 감사함을 느낀다. 어떤 일도 자연스럽게 되지 않는다는 것을 안다. 이 기록들은 그들이 남긴 하루의 증거일 테다. 따뜻한 눈길을 담아 포스트잇을 바라본다.

컴퓨터 뒤로 온기가 남아있다. 고생했어. 컴퓨터에 마음을 담아 쓰다듬는다. 손길을 전할 수는 없지만, 마음이 전해지길 바란다. 의자가 가지런히 정리되어 있다. 자세에 알맞게 눌린 방석이 애틋하다. 내일도 안전하길 바라는 마음으로 소독제를 뿌렸다. 일이 마냥 즐거울 수는 없겠지만, 그래도 즐겁길. 함께 일해주는 사람들에게 고마운 마음을 담아 보낸다.

오늘의 죽지 않을 이유
늦게까지 함께 일하는 동료들이 있어서.

삐비비-빅. 사무실 현관이 열리는 소리에 놀라 잠에서 깼다. 새벽 4시가 넘어 잠든 탓에 해가 뜬지도 몰랐던 것이다. 팅팅 부은 눈으로 출근한 직원과 가볍게 인사를 나누고 화장실로 향했다. 온수를 틀어 세수를 했다. 머리를 감을까 싶었는데, 이내 귀찮아졌다. 모자를 쓴 채 자리에 앉았다. 언젠가 대표님이 온수가 부족해서 머리를 찬물로 감는다는 이야기를 했다. 매일 아침 사무실에 오면, 냉수만 남아서 손을 씻을 때마다 놀랐던 기억이 난다. 직원 모두의 손을 데우기에는 15L짜리 벽걸이형 온수기는 너무나도 부족했다. 누군가가 샤워를 하기엔 부족한, 여러 명이 몰려서 손을 씻으면 금세 동이 나는, 그렇지만 또 필요 없을 땐 너무나도 남아도는 온수. 용량을 늘리지 못한 이유였다. 언제까지고 이렇게 필요할지 모르니까.

예측이 안 되는 것들은 대비하기가 어렵다. 누가, 얼마나, 언제, 무엇을 할지 아무것도 모르는 상황에서 아무런 대책 없이 준비만 하는 것도 문제다. 쌓아두고 보관하기만 한 스크루지가 오늘 바로 죽는다면, 그의 창고는 그대로 썩어날 테니까. 뭐든 써야 의미가 있다는 것을 알면서도 또 언제 얼마나 필요할지 모르니 복잡하다. 물건도 그런데 마음은 오죽할까. 보이지도 않는 흐름을 예측하려 머리를 싸매고 있다가 생각했다. 과연 내 온수는 얼마나 남았을까.

15L면 될 줄 알았는데. 들어찬 것들이 많아 40L는 필요한 듯하다. 그렇지만 언제 또 나갈지 모르는 것들투성이라 함부로 바꿀 수가 없다.

오늘의 죽지 않을 이유

온수가 남아있어요.

가끔씩 노란 공룡 캐릭터를 볼 때마다 "태일아" 하는 소리가 들려오는 것 같다. 우리는 어릴 적 만화 〈디지몬 어드벤처〉를 보면서 자라온 디지몬 세대다. 나는 그중에서도 주인공인 태일이와 아구몬을 가장 좋아했고, 그의 상징은 '용기'였다. 태일이가 주인공이지만, 인기는 매튜가 더 많았다. 매튜가 '우정'을 상징으로 하는 캐릭터여서는 아니고, 서구형의 잘생긴 미남 느낌이어서 그랬던 게 아닌가 싶다. 하여튼 나는 인기 많은 매튜보다는 주인공인 태일이가 더 좋았다. '용기'라는 상징도 좋았고, 때로는 무모해 보일 수 있지만 그래도 누구보다 '올바름'을 실천하기 위해 노력하는 캐릭터였기 때문이다. 그를 좋아한 덕분에 나는 이따금씩 비겁해지거나 숨고 싶어질 때마다 그를 떠올리며 앞으로 나아갈 수 있었다. 때로는 두려움을 걷어내야 할 때가 있다는 것을, 아프고 다치더라도 해야만 하는 일이 있다는 것을 태일이와 아구몬을 통해 배웠다.

언젠가 태일이가 친구들을 지키기 위해 아구몬을 강제로 진화시키려 하다가, 잘못된 진화체인 스컬 그레이몬(오류로 인해 아군을 공격하는 괴물)으로 진화해 버린 에피소드가 기억난다. 용감한 마음은 때로 서투른 선택을 하게 만든다는 것을 만화는 가르쳐 준다. 그날 이후로 태일이는 진정한 용기의 가치는 무모함이 아니고, 누군가를 지키기 위한 것임을 알게 된다. 누군가에겐 외로움과 설렘이 낭만이겠지만, 내겐 그런 용기가 낭만이었다. 그런 용기가 가끔은 비뚤게 튀어나와서 스컬그레이몬이 될 때도 있지만, 그럼에도 포기하지 않고 친구들을 지키기 위해 먼저 뛰어드는 사람. 그런 사람이 바로 내가 기억하고 지향하던 주인공이었다.

친구가 추천해 준 드라마를 보려고 깔아뒀던 OTT 앱에서 추천 작품으로 〈디지몬 어드벤처 라스트 에볼루션 : 인연〉이 소개되었다. 평점은 4.4. 평소 소년 만화를 좋아하기에 '디지몬다운' 화려한 액션과 진화를 기대하며 애니메이션을 재생했다. 그리고 한 시간 반 뒤, 나는 넘치는 눈물을 주체하지 못한 채 끅끅대며 혼자 울음을 참아야만 했다.

선택받은 아이들. 아이들은 가능성이 많기에 수많은 선택을 통해 변화할 수 있었고, 그 변화를 이끌어 가는 힘이 파트너 디지몬이라는 형체로 실체화되었다. 그러나 아이들이 자라면서 점점 선택지가 좁아지고, 확고한 안정기에 들어선 어엿한 어른이 되었을 때 디지몬과의 파트너 관계는 해지되는 것이었다. 언제까지고 내 곁에 있을 것만 같았던 아구몬을 떠나보내야 하는 태일이의 마음을 지켜보고 있자니, 어릴 적 어머니가 사주셨던 골드런 로봇을 끝내 버리지 못한 과거의 내가 생각났다.

어렸을 때 숙제로 장래 희망을 적어 갈 때마다 꿈이 바뀌었던 기억이 난다. 언제는 프로그래머, 언제는 요리사, 또 언제는 뮤지컬 배우를 꿈꾸기도 했던 초등학교 시절의 나. 성장의 길목에서 무엇이던 될 수 있었던 시절이 지나, 영어 공부를 하고 경제와 사회를 배우며 세상에서 살아가는 방법을 조금씩 깨닫게 되면서부터 잊고 있었던 그날의 가능성들이 짧게 머리를 스쳐 지나간다. 그때의 나는 무엇이든 될 수 있었는데…. 왜 지금은 무엇 하나 제대로 되지 못할 것 같아서 전전긍긍하고 있는 것일까.

책임을 등에 지고, 선택을 하며 가능성을 지워버린 채 어른이 되었다. 나는 분명 뮤지컬 배우가 될 수도 있었는데. 지금은 그럴 수 없다고 생각하고 있을 때, 영화는 다시 한번 묻는다. 아직도 아구몬을 기억하냐고, 그렇다면 가능성 역시 계속 존재하는 것이라고.

이제는 선택받은 아이가 아니라, 선택을 해야 하는 어른이 되어버린 우리들. 우리를 향해 영화는 말한다. 선택이란, 가능성을 전제로 한다는 것을.

오늘의 죽지 않을 이유

아직 우리에게는 가능성이 남아있다.

조직원 면담을 진행하다가 생각했다. 타인에 대한 객관화는 참 잘하면서, 나는 스스로의 삶을 객관화한 적이 있는지에 대해서. 사실은 내가 힘들었던 이유들인데 남에게 전달하는 일만 잘해온 듯하다.

'열심히'보다 잘하는 게 중요하다. '열심히'에 매몰되어서 스스로를 소모하지 말고, 잘하기 위해서 적절한 소모를 하라는 말이었다. '열심히' 하다 보면, 지나간 시간에 집착하게 되고 과정에 매달리게 될 테니까. 지친 과정은 보상되지 않을 것이고, 우리는 점점 더 투입 시간에 집착하게 되며, 성과는 갈수록 떨어질 것이라. '열심히'에 방점을 찍은 삶은 어쩌면 스스로 구렁텅이로 들어가는 꼴이라고 매번 말하면서도 나는 그저 '열심히'에 방점을 찍고 살아왔구나.

단점을 볼 줄 알아야 제대로 볼 줄 아는 것이다. 단점까지 봐야 좋은 점을 제대로 볼 수 있다고 말하면서도 나는 상황의 장점만 보고 매달렸다. 뜨거운 마음은 차가운 시선에서 빛날 수 있음을 알면서도 자유의지를 맹신한 것이다. 마음속에서 자라나는 것일수록 차갑게 바라봐야 했다. 순간의 욕망인지, 진실된 의지인지. 즉흥적인 내게 더욱 필요한 것은 차가운 시선이었는데, 나는 왜 눈 가리고 아웅 했던 것일까.

표현하지 않으면 닿지 않는다. 그러면서도 어려움과 힘겨움에 대해서는 표현하지 않으려 했다. 스스로 해결할 수 있을 것이라는 맹목적인 자기애로 상황을 밀어붙였다. 공유하고 교류하는 것의 중요성을 말하면서 결국 혼자 하려 했던 탓이다.

아는 것을 행동으로 만드는 일이 우선이다. 내가 자주 해온 말을 스스로에게 적용시키는 것이 중요한 요즘이다.

오늘의 죽지 않을 이유

아는 것을 하는 것으로 만들기.

글을 쓰고 읽다 보면 수많은 작가들의 세계를 만날 수 있다. 때로는 뜨겁게, 때로는 차갑게 자신의 색과 온도를 세상에 전하는 사람들을 우리는 작가라고 부른다. 어떤 것에 대해서 쓰든 결국에 쓰는 사람이 묻어나는 글이 좋다. 그 글이 평론적으로 좋은 글은 아니더라도 작가가 묻어있는 글이라면 좋은 글이라고 부를 것이다. 나도 그런 글을 쓰고 싶기 때문이다.

나와 비슷한 시기에 글쓰기를 시작한 분이 계신다. 해처럼 따뜻한 글을 쓰는 분이다. 일상의 다채로운 순간들을 하나하나 포착하시고, 누군가는 그냥 보냈을 순간을 따뜻하게 남기는 사람이다. 그분의 글은 리틀 포레스트와 해안가, 그리고 평화롭고 맑은 가을 아침을 떠올리게 한다.

우연히 그분의 독서 목록을 알게 되었다. 동화가 가득했다. 따스하고 온건해서 몇 안 되는 순수한 마음을 당기는 말이 가득했다. 급한 아침에 어머니가 입에 물려준 토스트 같은 따뜻함을 지닌 글들이었다. '느려도 괜찮아, 서투를 수 있어' 같은 따스한 위로도 좋았지만 그런 위로를 지켜내고 상대방의 마음을 기댈 수 있게 만들어 주는 든든함이 느껴졌다.

그분의 글을 읽을 때면 묘하게 간지러운 느낌이 들었는데, 동화와 닮았기 때문이었다. 가려둔 것들을 꺼내는 과정에서 오는 가려움증. 조심스럽게 감사함을 전했다. 꼭 수취인이 서로가 아니어도, 글을 쓰고 읽는 행위로 나는 편지를 주고받는 사이가 된 기분이었다. 감정적인 흔들림이 많고 이해와 위로를 어려워하는 나에게는 그분의 글들이 무엇보다 든든했다. 기댈 구석이 있는 안정감이었다.

언젠가 한번은 그분의 글을 좋아해 주는 사람들이 많다는 사실이 부러웠다. 나는 쓰지 못하는 그런 따뜻함이 부러웠던 것인지, 단순히 인기가 부러웠던 것인지는 정확히 알 수가 없다. 걸핏하면 차갑고 딱딱한 글을 써버리는 내가, 아무런 교훈조차 주지 못하고 냉소만 남기는 내 글이 부끄러웠다. 그를 따라 하려고 몇 번 시도한 적도 있었지만 이내 그만두었다.

나는 나만의 글이 있을 것이다. 누구의 입맛을 맞추지 않아도, 내 입에는 잘 맞는 그런 글. 시간을 들여 글쓰기와 문학을 배우고 있지만, 아무래도 내 맛이 아닌 글들을 쓰긴 어려울 듯하다. 몇 번은 눈속임을 한다고 쳐도, 책과 글을 사랑하는 사람들은 결코 속지 않을 테니까.

이번 생일에는 몇 개의 필기구를 선물 받았다. 각인을 할 수 있었고 나는 그중 하나의 펜에 "모두 쓸 수 있다"라고 적었다. 나 같은 사람도 글을 '쓸 수' 있을 것이며, 삶과 순간들은 꽤나 그 맛이 '쓸 수'도 있을 테다. 그럼에도 나 자신을 알맞은 자리, 적당한 곳에 '쓸 수' 있을 것이라 믿는 것이다. 쓸 수 있고, 쓸 수도 있지만, 쓸 수 있을 것이라는 믿음을 담았다.

모두가 세상을 따스하게 비추는 햇살을 닮은 동화의 따뜻함을 전할 수는 없겠지만, 나는 쓸 수 있을 것이다. 그리고 내 글도 누군가에겐 쓰일 수 있을 것이다. 내 생각이지만, 모두 쓸 수 있다. 분명히.

오늘의 죽지 않을 이유
모두 쓸 수 있다.

나는 이해할 수 없었고 동생은 항상 억울했다. 사이좋은 형제가 서로의 몸에 상처를 낼 정도로 크게 싸우는 일이 쉬워지는 건 순식간이었다. 몸에 든 몇 개의 멍 자국보다 아픈 것은 마음이었다. 나는 이해할 수 없었고 동생은 항상 억울했다.

'선 자리가 다르니, 보이는 게 다르다.' 지금은 이 말을 지식으로나마 알고 있지만, 이전엔 그렇지 않았다. 내 눈에는 동생의 행동 하나하나가 무례했다. 동시에 동생에게는 내가 불편했다. 고작 3년 터울이었지만 초등학교를 제외하고는 한 번도 학교를 같이 다닐 수 없었던, 항상 타이틀이 달랐던 우리는 서로에 대해 무지했다.

내가 군인이었던 시절, 동생은 고3이었다. 불행 중 다행인지 우리 부대는 면회가 불가능했고, 가끔 나온 휴가 기간에도 동생은 독서실로 나는 술집으로 향했다. 서로가 서로를 피했다.

가족이라는 당위성을 벗은 첫 기억이지 않을까. 어쩌다 한 번 있는 가족 식사에서는 둘 다 가면을 썼다. 서로가 가장 잘할 수 있는 예의와 가식으로.

그렇게, 동생은 입시를 치르고 대학생이 되어 자취를 시작했다. 나는 복학 이후 자기 계발에 시간을 들이고 있었으니 우리는 여전히 단절되어 있었다. 다만, 나는 자연스레 동생 또래의 친구들과 시간을 보내는 일이 많아졌고, 가끔씩 우리 집에 있는 덩치가 이 사람들과 동갑이라는 생각을 했다.

동생이 학교를 졸업하고 나도 집에 있는 시간이 많아졌지만 더 이상 싸우는 일은 없었다. 뭐랄까. 누군가 어떤 노력을 하는 것은 아니었다. 오히려 그냥, 그냥이었다. 가끔 점심 메뉴를 고르다 의견 충돌이 일어난 적은 있지만, 우리가 20년간 쌓아온 다툼 문제는 그렇게 허무하게 수그러들었다.

하루는 동생과 왜 요즘 안 싸우는지에 대해 이야기해 본 적이 있다.

"이미 많이 싸워서 그렇지 않을까. 뭐, 나도 대학을 가고 군대를 다녀오니까 형이 이해가 되기도 하고."

'이해가 된다.' 참 짧은 한마디지만 이 한마디를 얻기 위해 얼마나 많은 시간을 보내야 했는지 생각해 본다. 우리는 서로를 이해하지 못했지만, 겪고, 배우고, 가끔은 외우기도 하면서 서로의 자리를 알아갈 수 있었다.

지금도 우리가 서로를 얼마나 이해했는지는 알 수가 없다. 나도 가끔 나오려는 잔소리를 속으로 삼키기도 하고, 동생도 가끔 터져 나오는 불만을 참곤 하겠지. 이전에 '인정은 행동이 아니라 상태'라고 생각한 적이 있다. 근데 이해마저 행동이 아니라 상태라면, 우리는 더 많이 싸우고, 나누고, 상처받고, 아파야 하겠지. 그래도 그 정도 비용이면 아주 저렴하다고 생각한다. 얻는 게 훨씬 크니까.

오늘의 죽지 않을 이유
아직 싸울 일이 많이 남았다. 그래도 잘 싸워야지.

종이를 꺼내 글을 적는다. 무엇이라도 적어보는 것이다. 지금의 첫 문장도 그러한 시작의 일환이었다. 펜을 또각거리며 무언가를 적어 내려가기 시작하면, 그럴싸하지는 않더라도 서툰 무언가가 완성되어 간다. 글을 쓰겠다는 목표를 이룰 수 있는 유일한 방법은 글을 쓰는 것이다. 공부를 해야 하면 공부를 해야 했고, 운동을 해야 할 때는 운동을 해야만 한다. 무언가를 하기 위해서는 그 무언가를 하는 방법밖에는 없다.

그럼에도 많은 사람들은 시작에 대해 고민한다. 어떻게 시작해야 할지 모르기 때문이다. 그렇지만 정말 모르는 것은 아닐 것이다. 시작은 시작으로만 해결할 수 있다. 운동을 시작하고 싶으면 운동을 시작해야 한다. 말장난 같은 이 말은 꽤나 진정성 있고 진실한 답변이다. 무언가를 시작하려면 시작하는 방법밖에는 없다.

운동을 하기 위해서는 운동화를 신고 밖으로 나가야 한다. 운동을 시작하겠다는 마음을 먹었을 때는 당연히 시작에만 집중하는 것이다. 3km를 뛰건 10km를 뛰건 그런 것은 중요한 게 아니다. 우리는 그저 시작을 시작해야 한다. 공부를 시작하기 위해서는 펜을 쥐고 책상에 앉아야 한다. 얼마나 많은 문제를 풀고 책을 읽었는지는 중요하지 않다. 책상에 앉아서 한 글자라도 들여다보는 것이 중요할 뿐이다.

그렇게 글을 쓰고, 운동을 하고, 공부를 한다. 시작하는 방법은 별것 없다. 그저 시작하는 것뿐이다. 우리는 그 사실을 누구보다 잘 알고 있으면서 사실은 핑계를 찾고 있다. 무언가를 시작하는 유일한 방법은 시작하는 것이다. 완성하려 하지 말고 시작해야 한다.

오늘의 죽지 않을 이유

사는 것이다. 삶을 완성하려 하지 않고 그냥 사는 것을 시작해 본다.

모처럼 어머니와 나온 길, 가고 싶던 식당이 문을 닫았다. 주말이면 짐꾼을 핑계로 어머니를 따라가 밥 한 끼를 얻어먹곤 한다. 다만 오늘은 그 식당이 문을 닫았을 뿐이었다. 맛있다는 소문을 듣고 나를 데려오신 어머니의 얼굴에 실망감이 가득했다. 나는 근처 푸드 코트에서 밥을 먹으면 된다고 말했지만, 가는 길 내내 어머니의 표정에는 찝찝함이 묻어있었다. 사실 나는 선호하는 음식이 없다. 무엇을 먹어도 엄청 맛있다는 생각이 잘 들지 않게 된 지 오래였기 때문이다. 그래도 누군가 내게 밥을 사줄 때를 대비해서 몇 가지 메뉴를 정해놓곤 한다. 그중 팔 할은 냉모밀일 것이다.

냉모밀을 선택한 이유는 부담 없이 먹고 감사를 표현할 수 있는 메뉴이기 때문이었다. 먼저 냉모밀은 어느 곳에서나 쉽게 찾아볼 수 있는 음식이라, 특별한 장소에 방문하거나 예약을 할 필요 없이 자주 먹을 수 있다. 그와 동시에 음식점이 아니면 쉽게 먹을 수 없는 음식이기 때문에 대접하는 사람의 성의에도 만족하며 감사함을 표현하기 충분하다. 누군가에게 무언가를 받을 때마다 어색한 나에게 그럴싸한 핑계가 되면서, 사주는 사람 입장에서도 식당에서 음식을 사줬다는 명목은 줄 수 있는 메뉴, 그것이 냉모밀이라고 생각했다.

나는 오늘도 냉모밀을 먹겠다고 말했다. 실제로 좋아하는지는 모르겠지만, 사주는 사람이 기쁠 수 있으면 괜찮다고 생각한다.

오늘의 죽지 않을 이유

나를 챙겨주고 싶어 하는 어머니의 마음을 느껴서.

버스에 앉아 창문을 바라본다. 희뿌연 겨울날의 창가에는
전조등이 망울져 있고, 후미등의 빨간 불빛이 아른거리는 것이
좋다. 사람들이 만들어낸 약간의 습기가 창문을 가득 채우는
것도, 그 안에서 쓱싹쓱싹 지워질 그림을 그려대는 것도 좋다.
마침 옆자리도 비었다. '이 정도면 만족스러운 고독이지….' 고
요함과 고독을 즐기며 버스에 몸을 맡겼다.

버스에서 내리니 부리나케 불청객이 달라붙는다. 한두 방울
떨어지던 물방울이 알고 보니 눈송이였던 것. 습기를 가득 머
금은 진눈깨비라, 핸드폰 액정에서야 겨우 눈으로 맺힐 수 있
었다. 잔잔한 체온으로도 녹아버리는 것을 보며, 사라짐에 대
해 생각했다. 눈은 내 손에서 죽었다. 쌓이지도 못할 눈이면서
왜 내리는지. 누가 알아준다고 자신을 도시에 내던지는지. 나
는 묘한 슬픔에 잠겼다.

어쩌다 바닥을 보니, 녀석들이 굳이 굳이 살겠다고 뭉쳐져 있다. 차가운 길바닥에 몸을 뉘고서 살겠다고 소리 없는 아우성을 펼친다. 활짝 결정체를 펼친 채로 시멘트에 묻어서라도 살겠다는 것이다. '이딴 취급을 받으며 살아서 뭐 하는데?' 하고 고작 눈송이에 심술을 부린다. 뭉쳐지지도 않을 진눈깨비가 바닥에 펼쳐진 것이 눈에 거슬린다. 괜히 발자국을 남긴다. 밟힌 자리는 잠깐이나마 지워진다. 그리고 이내 채워진다. 진눈깨비도 살겠다고 난리다. 고작 체온에 녹아버리고 말면서도….

아파트 단지 입구에서 아이가 뭉쳐지지 않는 눈을 아쉬워하며, 꽁꽁 언 손을 녹인다. 그렇지만 이내 다시 눈을 뭉친다. 차가운 철판에 겨우 맺힌 얼음 조각들을 뭉쳐놓고 조그맣게 굴린다. 눈사람을 만들지도 못할 거면서.

조그만 얼음덩이 2개를 굴린다. 언 손을 녹이기 위해 입김을 호호 불어가며 손을 주머니에 넣었다 뺐다 반복한다. 손을 데우면 눈이 더 빨리 녹는다는 것을 모르는 듯하다. 아니면 상관이 없는 것일지도.

오늘 밤 조금 더 단단한 눈이 내리길 바란다. 내일 출근길에 버스는 타지 못하겠지만 말이다. 어른들이 조금 불편하더라도, 아이들은 더 많이 웃을 수 있을지도 모른다. 그게 뭔 상관이겠냐마는 지금은 마음이 그렇다.

오늘의 죽지 않을 이유

진눈깨비도 꼴에 눈이라고 꿋꿋이 내리는데.

친구들과 방을 하나 계약했다. 14평짜리 월세방, 언젠가는 갖고 싶던 아지트였는데, 코로나19 탓에 밖에 나가지 못하니 방을 구해야겠다는 생각이 더 확고해진 것이었다. 계약금을 보내고 이제 다가오는 금요일이면 공동명의의 공간이 생긴다.

같은 고등학교를 다니며, 편의점에서 파는 치킨 한 조각이 비싸서 식욕을 억눌렀던 친구들이, 수백만 원의 보증금을 내고 입주 물품들을 살 수 있게 됐다. 돈이 전부는 아니지만, 참 편한 것이구나 생각했다. 마음속에만 있던 일들을 해낼 수 있는 쉬운 방법 같아서.

공간에 대한 욕심은 원초적인 것 같다. 우리 집이라고 해도 부모님의 소유였기에 온전한 나의 공간은 없었다. 이번 공간은 온전히 나와 친구들 6명 만을 위해 준비했다. 내 것이라는 마음은 참 신기하다. 6명이 너 나 할 것 없이 달라붙어 청소를 했다.

바닥을 쓸고 닦는 건 물론이며, 손으로 먼지를 긁어내고 얼룩을 지우고, 쭈그려 앉아 화장실을 청소하기까지. 내 공간에 대한 마음을 담아 청소에 열을 올렸다.

내게 있어 동네 친구들은 침대 같다. 아무 말 없이 그냥 있는 것만으로도 기쁨이 되는 존재. 성격도 잘 안 맞고 취향도 다르지만, 그 모든 것들을 받아들이고 함께하길 선택한 친구들이기에 잘 맞아서 편안한 관계와는 또 다른 소중함이 있다.

이제는 주말마다, 같은 공간에서 시간을 보내게 되겠지. 공동생활이 참 어렵지만, 주말에 쉬러 올 별장이 생겼다는 것만으로 행복함을 느낀다. 같이 살지는 않겠지만 같이 지낼 수 있는 공간이 생겨서 감사해, 정말.

오늘의 죽지 않을 이유
언제나 찾아가서 몸을 뉠 공간이 있다.

100일간 글을 쓰겠다고 선언했다. 홧김이었을지는 몰라도
그 당시 유일한 삶의 이유가 되어주었다. 당장이라도 포기하고
싶은 순간에 두 가지 약속을 했으니까. 100일간은 글을 쓸 것
이고, 100일간 쓰기 위해서라도 살아보자. 그래서 글의 주제도
'죽지 않을 이유'가 되었다. 적어도 100일간은 숙제하기로 한
약속을 지키기 위해서라도 살아야 하니까.

100일을 앞두고 있다. 친구가 내게 물었다. 100일간 글을 다
써보니 어떠냐고. 나는 대답했다. 뿌듯하기도 하면서, 곧이곧대
로 계획을 지켜버린 내가 실망스럽다고. 계획을 세우면 끝내
지키고야 만다. 사람들은 그런 내 모습을 좋아한다. 말을 지키
니까. 지키려고 최선을 다하니까.

그와 동시에 계획을 빗겨나갈 생각을 하지 못한 내가 미웠
다. 귀찮음이나 지겨움에 몸을 한 번쯤 맡기고 도망쳐도 됐을

텐데. 절대 도망치지를 않는구나. 아파서 식은땀이 나고 경황 없이 흘러간 하루에 눈꺼풀이 잠겨와도 어떻게든 글을 써냈다. 불굴의 의지 같기도 하지만, 솔직하지 못한 모습이라는 생각도 들었다.

그와 동시에 놓친 것들도 생각해 본다. 글을 쓰기 위해서 한껏 달아오른 취기를 멈추고 자리를 파했던 순간. 약속을 회피하고 저녁 시간에는 집에 있기 위해 문을 닫았던 순간. 함께 식사를 할 시간에 자리에 앉아 혼자 글을 쓰던 순간. 그 순간들이 또 얼마나 많은 변화를 낳았을지 미련이 남는다.

나는 성공했지만, 실패하기도 했다. 계획을 완수할 예정이지만, 계획을 벗어나지 못했다. 하루하루 더 좋은 글을 써보겠다는 욕심으로 하루쯤은 글이 밀렸어도 됐을 텐데. 친구가 글이 마음에 들지 않아 하루를 넘겼다고 했을 때, 나는 무엇보다 그냥 써내는 게 중요하다고 말했다. 다시 생각해 보면, 친구의 선택이 더 나은 것이었을지도 모른다.

평소 느긋하고 여유가 넘치는 동료 A에게 나의 기분을 토로했다. "뭐 그렇게까지 해요. 그냥 100일 했으면 잘했다 칭찬하고 말지." 그녀의 말을 듣고 생각했다. 그래, 나는 대체 뭘 바라는 것일까. 정확하지도 않은 욕망으로 공허함을 느낄 것이라면⋯ 굳이.

오늘의 죽지 않을 이유

잘 해왔다, 정말로.

칭찬을 받는 일은 왠지 부끄럽다. 그렇게나 잘한 것인가 싶기 때문이다. 상금이나, 상장 같은 눈에 보이는 것들이 편한 이유는 그 이상의 가치를 생각하지 않아도 되기 때문이다. 칭찬이나 기대, 존경 같은 것들은 얼마나 되는지 양을 알 수가 없으니 크기를 재단할 수가 없다. 측정되지 않는 긍정적인 가치에 대해서 쉽게 받아들이지 못하게 된 것이다.

그대로 즐기라고 누군가는 말한다. 즐길 수 있는 일이라고, 기대도 남의 일이고 존경도 남의 일인데. 그 가치에 휩싸여서 왜 스스로가 위축되거나 혼란을 겪는지 이해가 안 간다고 말이다. 그렇지만 그도 분명 이해하고 있을 것이다. 기대라는 이름의 협박을 겪어봤기 때문이다. 아마도 훨씬 더 아팠을지도 모른다. 이런 상황을 훨씬 더 많이 겪어봤기에 지금처럼 초월할 수 있는 것이겠지.

누군가가 내게 거는 기대가 좋으면서도 두렵다. 나의 성과를 정확하게 알 수 없기에, 그리고 기대라는 평가가 얼마나 되는지 측정할 수 없기에 오해가 생긴다는 점 때문이다. 나의 일과 당신의 기대가 같은 크기라면 좋을 텐데. 어쩌다 크기가 맞아도 밀도가 다르기도 하다. 누군가에게 거는 기대는 그래서 조심스럽다. 오해가 되기 십상이니까.

언젠가 반짝이는 눈으로 나를 바라본 시선들을 기억한다. 기쁘고 설레서 두둥실 떠올랐다가. 잠깐의 의심에도 '픽' 하고 터져버렸다. 기대감의 빈자리에는 '나는 항상 문제투성이였고, 이렇다 할 성과들을 만들지 못해왔다'는 생각이 머리를 가득 채운다. 상실의 빈자리에는 혼란과 두려움이 들어찬다.

군대 훈련소에서 수료식을 하루 앞두고 열이 40도까지 올랐던 기억이 난다. 고작 한 달을 생활했던 훈련소였지만, 소대장은 끝까지 내 곁에서 열을 재고 물을 가져다주며 나의 안녕을 빌었었다. 물론 부대 내 사고라는 이해관계도 존재했겠지만, 그뿐만은 아니었을 것이다. 끝내 열이 내리고 복귀했을 때, "멀쩡히 돌아와서 고맙다"라고 건넨 한마디가 기억난다. 누군가에겐 살아있는 것, 그저 숨 쉬는 것만으로도 칭찬할 거리가 될 수 있다는 것을 그땐 몰랐지만, 이제는 조금이나마 안다.

나를 칭찬하고 내게 기대할 권리는 타인에게 있다. 그렇지만 그 기대를 충족시킬 의무는 누구에게도 없다. 칭찬과 기대는 서로 계약하는 게 아니니까. 누구도 기대에 종속되지 않아야 한다. "네가 그랬던 모습이 좋았는데. 이젠 아니야." 그런 이유로 떠나는 사람을 위해 우리의 인생을 낭비하지 말자. 가스라이팅이 따로 있는 게 아니다. 상대의 판단을 흐리게 만드는 그들의 기대는 협박에 더 가깝다. 나를 사랑하지 않는 것들에게 휘둘리지 말자.

오늘의 죽지 않을 이유

기대를 충족시킬 이유는 어디에도 없다.

요즘은 그런 생각이 든다. 내가 정말 죽고 싶긴 했을까. 정말 힘들어했던 건 맞을까. 부정적인 감정의 극단에 서있다고 생각 했는데, 아쉽게도 밥은 잘 먹었고 물도 마셨다. 아프고 힘들긴 했지만, 잠만 잘 잤다. 조금 마르고 힘이 없어 보이긴 했어도, 결국 잘 살아있긴 했다.

언젠가 가수 아이유가 최선에 대해 이야기한 적 있다. 어떤 상황 앞에서 "정말 내가 최선을 다했나?" 자문한다는 것이었 다. 의도는 달랐겠지만, 나는 그의 말을 듣고 나서 '정말'에 대 해서 생각했다. 내가 뱉고 행동하던 것들이 진실일까. 그렇게 보이고 싶고 그렇게 읽히고 싶었던 단순한 어리광이었다는 생 각이 많이 드는 요즘이다.

뭐, 정말 죽고 싶었을 수도 있지만, 결국 그렇게 하지 않았 다. 지나 보낸 입장에서는 그저 그런 일이었고 잠깐의 감정이었을 뿐이다. 감정이라는 살을 싹 벗겨내면, 잘 발라진 생선 뼈처럼 사실만 남게 된다. 지금 내가 살아있다는 사실만이 확실한 뼈대를 남기고 있었다.

누군가에게 위로를 전할 일이 있었는데, 그 사람은 이렇게 말했다. "뭐, 어쨌든 저는 살아있잖아요. 그럼 된 거죠." 위로하려다가 위로 받은 적이 한두 번은 아니지만, 이번에도 역시나였다. 그래, 뭐 그렇게까지 죽음을 진실로 바랐던 건 아니다. 단순한 어리광이었겠지. 어리광이 맞지.

오늘의 죽지 않을 이유

어쨌든 살아있지 않습니까.

먼저 100일간의 글쓰기를 마친 내게 약간의 박수를 보낸다. 끝내 해내고 말았구나. 정말 하루도 거르지 않고 글을 써내는 일을 해내다니. 옛 선조들은 아이가 100일 간 살아있으면 숨이 붙었다는 의미에서 백일 잔치를 했다고 한다. 나 역시 나의 조촐한 백일 잔치를 위해 스팸 몇 조각을 구웠다.

따끈한 밥에 스팸을 올려 먹는 삶. 어렸을 때는 스팸이 비싸서 거의 먹은 적이 없었다. 어쩌다가 설 선물로 받아온 스팸 세트가 그렇게도 큰 기쁨이었는데, 이제는 원한다면 삼시 세끼를 스팸으로 먹을 수 있는 어른이 되었다. 무엇이 달라진 걸까. 아마도 소득 수준이 올랐고, 스팸 한 조각의 가격 경쟁력이 낮아진 탓이겠지. 나는 이런 변화가 한편으로는 슬프다. 지금은 스팸 한 입 한 입이 기쁘지만, 언젠가 질려버릴까 봐. 스팸이 가지는 의미가 퇴색되고 말 것이라는 불길한 예감을 혀끝을 통해 느낀다. 그래서 일주일에 한 통 이상은 먹지 않기로 스스로와 약속한다. 좋음이란 건 이토록 쉽게 질려버리는 감각이니까.

글을 쓰는 일도 마찬가지다. 100일간 글을 쓰는 일이 어찌 즐겁기만 했으랴. 하루는 울고 싶었고, 하루는 정말 아무런 생각도 들지 않았다. 뇌에서 전원을 꺼버린 채로 손가락만 움직여 글을 써내고 나면 괜히 눈물이 났다. 순응적인 내 태도가 미워서. 그러면서도 한편으론 꾸준한 이미지로 비칠까 기대를 하는 자신이 역겨웠다. 싫으면서 좋은 상태. 내가 솔직하지 못한 이유는 대체로 이런 식이다. 분명히 싫지만, 분명히 좋기 때문에 나는 한순간에 좋고 싫음을 대답하기가 어렵다. 그때그때 솔직하게 답했더니, 이리저리 휘둘리는 사람이 되었다. 어쩌면 내 신념은 그저 솔직함이었는데, 사람들은 일관되지 않은 솔직함에 대해서는 거짓이라고 평가하기도 한다. 어이없게도 나 또한 남에게는 그렇다.

울고 싶어서 글을 썼고, 죽지 않기 위해 글을 썼다. 글을 통해 구원받고 긍정적인 모습을 기대했다. 점점 더 나은 것들을 발견하고 삶의 지속성을 보장받기 위해서. 그렇지만 허무하게도 글은 아무것도 해결해 주지 않는다. 그냥 쓰일 뿐이다. 사실 처음부터 알고 있었다. 글쓰기는 핑계였을 뿐이라고. 나는 그냥 울고 싶었고 조금은 관심받고 싶었다. 죽지 않을 이유를 찾아 헤맨 100일이었지만, 이제야 말할 수 있는 게 있다. 사실은 진심으로 죽음에 도전한 적은 없었다. 옥상에 올라서면 다리가 떨렸고, 칼을 꺼내면 손이 떨렸다. 물을 보면 머리가 어지러웠고, 불을 보면 몽롱해졌다. 나를 죽음에 이르게 할 수 있는 모든 것들로부터 스스로를 보호하는 본능이 항상 더 강했다. 그렇게 닿지 못할 죽음을 그리워하면서 나는 가져본 적도 없는 죽음에 대한 설렘을 구체화시켰다. 죽음은 항상 두려웠다. 그렇지만 죽음을 생각하는 것만으로 나는 조금 더 살아있을 수 있다고 믿었다. 그렇지만 믿음은 아무것도 바꿔주지 않았다.

이 글은 대단한 성장기도 아니고, 한 사람의 구원기도 아니다. 그냥 관심을 받고 싶어 어리광을 피우던 한 서른 살의 일기장일 뿐이다. 안타깝게도 나는 여전히 며칠은 죽고 싶고, 며칠은 살고 싶다. 이 글을 읽으며 삶의 긍정을 통한 변화를 기대했다면… 그건 미안하게 생각한다. 그렇지만 우리 삶의 모든 것들은 생각보다 큰 의미가 없다. 나는 여전히 헤매고 있고 잃은 것들을 생각하며 아파한다. 과거를 돌아보며 이불을 차는 일도 여전히 많다. 아쉽지만 글을 쓰기 이전과 크게 달라진 건 없다. 이게 제일 허무한 사실이겠지만.

100일의 마무리를 축하하며 친구가 내게 물었다. 다음 도전은 무엇이 될 것이냐고. 글쎄, 나는 도전하지 않으려 한다. 도전을 통해 배운 것이 없던 것은 아니지만, 도전에 중독된 모습이 썩 보기 좋지는 않았다. 앞으로는 내가 가진 것들을 생각하며, 할 수 있는 것들만 생각하려 한다. 딱히 낭만적이지 않아도, 그렇다고 엄청나게 분석적이지 않은 글들을 쓸 것이다. 딱 내가 쓰고 싶은 만큼만.

오늘의 죽지 않을 이유

글쎄….

에필로그

100일간 죽지 않을 이유를 써 내려갔던 날들로부터 벌써 몇 년이 흘렀습니다. 그사이 저는 운동을 시작했고, 직장 생활도 해보았습니다. 물론 하다 만 운동으로 헬스장에 기부한 비용이 수십만 원을 넘어가고, 제출한 사직서도 두 장이나 됩니다. 그럼에도 불구하고, 저는 여전히 살아있습니다. 이제는 더 이상 죽지 않을 이유를 따로 생각하지는 않습니다.

그사이 글쓰기는 많이 줄었습니다. 하루에 한 편씩 글을 쓰던 습관은 어느새 사라져, 이제는 간단한 일기조차 일주일에 한 편을 못 쓰는 날들이 더 많아졌습니다. 브런치에 글을 남기기엔 너무 무거워 보이고, 블로그에 일상을 적자니 가벼워 보여 부끄러워지는 흔한 오만함에 빠져있습니다. 한때 가장 좋아하던 게 글쓰기라고 생각했던 것이 이제는 우스울 정도로, 요즘은 글을 읽는 시간도, 쓰는 시간도 점점 줄어들고 있습니다.

놀랍게도, 결혼을 했습니다. 나 하나 살아가는 것도 버겁던 제가 누군가와 서로의 삶을 약속했습니다. 매일이 두렵고 힘겨운 순간도 여전히 있지만, 이제는 더 이상 죽지 않을 이유를 떠올리지 않게 된 것은 아내 덕분입니다. 퇴근 후 집에 돌아오면, 마치 미온수처럼 적당한 온도로 나를 맞아주는 삶이 기다리고 있습니다. 어쩌면 제가 그토록 찾아 헤맸던 것들은 이처럼 분명한 물질들이었는지도 모르겠습니다.

저는 여전히 갈팡질팡하고, 때때로 글을 놓치기도 하며, 지쳐 쓰러지기도 합니다. 그럼에도 불구하고, 평양냉면의 맛을 음미하고, 택배 기사의 작은 실수를 눈감아 줄 수 있으며, 동료들과 어제 먹은 반찬에 대해 이야기하는 그런 삶을 살아가고 있습니다. 죽지 않을 이유와 살아갈 이유가 종이 한 장 차이인 것처럼, 이제는 살아갈 이유로 느껴지는 것들이 조금 더 많은 비중을 차지하고 있습니다.

서점에서 이 책을 집어 든 여러분은 어떤 마음이셨는지 궁금합니다. 이 글이 여러분의 삶에 어떤 흔적을 남겼을까요? 저는 그저, 여러분의 표정이, 심장 소리가, 마음의 형태가 궁금합니다. 혹시 저를 따라 죽지 않을 이유를 적어보고 싶어졌는지,

아니면 더 깊이 우울 속으로 파고들게 되었는지, 그 또한 궁금합니다.

이 글을 마치며, 여러분에게 작은 응원을 건네고 싶습니다. 어떤 이유로든, 당신이 이 세상을 살아가기로 선택했다면, 그것만으로도 충분합니다. 살아가다 보면 때로는 이유가 흐려질 때도 있고, 이유를 잃어버릴 때도 있겠지만, 그 순간이 지나고 나면 어김없이 또 다른 이유들이 당신을 기다리고 있을 것입니다. 세상의 사소한 것들이 우리를 죽지 않게 할 이유가 되길, 이 책이 그 이유를 찾는 여정에 작은 아이디어가 되었기를 바랍니다.

죽지 않을 이유가 필요해

모두 그만두고 싶은 순간, 살기 위해 찾아낸 죽지 않을 이유 100가지

초판 1쇄 발행 2025년 02월 21일

지은이	최광래
펴낸이	김경희
편 집	안대근
디자인	정나영

펴낸곳 컨셉진
출판등록 2016년 2월 1일 제 2016-000032호
주 소 서울시 마포구 성지길25, 보광빌딩 4층
홈페이지 www.missioncamp.kr
메일 contact@conceptzine.co.kr

저작권자 컨셉진
ISBN 979-11-988591-3-6 (03810)